Cárcel de Amor.
Tractado de amores de
Arnalte y Lucenda.
Sermón

Letras Hispánicas

Diego de San Pedro

Cárcel de Amor. Tractado de amores de Arnalte y Lucenda. Sermón

Edición de José Francisco Ruiz Casanova

CÁTEDRA

LETRAS HISPÁNICAS

© Ediciones Cátedra, S. A., 1995
Juan Ignacio Luca de Tena, 15. 28027 Madrid
Depósito legal: M. 28.051-1995
I.S.B.N.: 84-376-1364-7
Printed in Spain
Impreso en Gráficas Rógar, S. A.
Pol. Ind. Cobo Calleja. Fuenlabrada (Madrid)

Índice

Índice

Introducción

*Para el Dr. D. Lorenzo Rubio González,
con mi amistad y agradecimiento.*

El autor escribiendo una carta de amor. Xilografía
de Rosenchah. Grabado de la traducción catalana
de Bernardí Valmalla, Barcelona, 1493.

1. Diego de San Pedro, una biografía oculta

Sin que sirva como justificación de las líneas que siguen, hará bien el lector en *retroceder en el tiempo* y consultar cómo Samuel Gili Gaya[1], en 1950, Keith Whinnom[2], en 1973, Enrique Moreno Báez[3], en 1974, y César Hernández Alonso[4], en 1987, comenzaban el apartado biográfico de los prólogos a sus respectivas ediciones de la obra de Diego de San Pedro: coincidían todos en la «escasez» y poca seguridad de los datos de que disponemos.

Las pesquisas biográficas de Menéndez y Pelayo[5] y de Cotarelo[6] fueron tomadas por válidas hasta la segunda mitad de los años cincuenta, cuando Whinnom[7] desmintió la mayor parte de la aportación del segundo y constató la dificultad de explorar, con algún atisbo de éxito, la biografía de un tal *Diego de Sant Pedro*, al parecer hidalgo, que pudiera haber vivido en Peñafiel y que escribió dos novelas de tema sentimental, un tratado o sermón, y varios poemas, de entre los que deben destacarse la *Pasión trovada* y el *Desprecio de la Fortuna*. Es más, según Whinnom, «parece que hubo

---

[1] *Obras,* Clásicos Castellanos, Madrid, Espasa Calpe, pág. XXIV y ss.
[2] *Obras completas, I,* Madrid, Castalia, pág. 9 y ss.
[3] *Cárcel de Amor,* Madrid, Cátedra, pág. 11 y ss.
[4] *Novela sentimental española,* Barcelona, Plaza & Janés, pág. 43 y ss.
[5] En *Orígenes de la novela,* I, Madrid, 1925, pág. CCXCVII notas 2 y 3.
[6] «Nuevos y curiosos datos biográficos del famoso trovador y novelista Diego de San Pedro», *B. R. A. E.,* XIV (1927), págs. 305-326.
[7] En «Was Diego de San Pedro a *converso*? A re-examination of Cotarelo's documentary evidence», *B. H. S.,* XXXIV (1957), págs. 187-200 y «Two San Pedros», *B. H. S.,* XLII (1965), págs. 255-258.

tres Diego de San Pedro que se han confundido», «un poeta del reinado de Juan II y regidor de Valladolid», «un bachiller, alcaide de la fortaleza de Peñafiel» y un tercero, «nuestro autor, que estuvo al servicio de Juan Téllez-Girón, hijo de don Pedro [Girón]» y que «también vivía en Peñafiel»[8].

Hasta ahora sólo puede afirmarse que San Pedro vivió en la segunda mitad del siglo xv, que estaba vivo en 1501[9], y que compuso sus obras no antes de la década de los setenta (*Cárcel de Amor*, en 1483, o después)[10], aunque fueron impresas en la última década del siglo[11]. Según Whinnom, «no hay nada en contra de una cronología» —para las fechas de su composición—.que siga el orden «*Arnalte-Sermón-Cárcel-Desprecio*»[12], aun y a pesar de que el breve tratadito sanpedrino «no tiene nada que nos permita fijar su fecha de composición con más precisión que en el periodo en que San Pedro estaba en contacto con las damas de la corte, antes de redactarse la *Cárcel de Amor*»[13].

En un breve artículo titulado «La biografía oculta», el escritor mejicano Alfonso Reyes tomaba como ejemplo al Arcipreste de Hita, de quien, tras reconocer que «poseemos tan escasos datos», señalaba: «Los intérpretes del Arcipreste, al fundarse en las palabras mismas del *Libro de Buen Amor* para reconstruir la figura del poeta, no pretenden necesariamente darnos su verdadero retrato, sino sólo el retrato que él ha querido dejar de sí mismo a sus lectores»[14]. No es de extrañar, pues, que Whinnom y tras él todos los editores y comentaristas de la obra de San Pedro se hayan sumergido en las palabras del novelista y poeta para extraer de ellas al-

---

[8] *Op. cit.*, I, págs. 16-17.
[9] *Ibídem*, pág. 11, n. 7
[10] En el «Prólogo» se refiere a la «guerra del año pasado», la de Granada, que comenzó en 1482.
[11] El *Tractado de amores de Arnalte y Lucenda*, en 1491; la *Cárcel de Amor* y la *Pasión trovada*, en 1492. El *Desprecio de la Fortuna*, junto a las *Trescientas* de Juan de Mena, en 1506.
[12] *Óp. cit.*, I, pág. 41.
[13] *Ibídem*, pág. 47.
[14] «La biografía oculta», en *La experiencia literaria*, Buenos Aires, Losada, 1952, págs. 96-98. La cita, en págs. 96-97.

gunos datos biográficos. Y así, por el prólogo al *Tractado de amores de Arnalte y Lucenda* sabemos que el autor sirvió como criado del conde de Urueña, es decir, de Juan Téllez-Girón; que estaba en buena relación con el círculo cortesano, femenino al menos, de Isabel la Católica; y que escribe este *tractado* por encargo. Por el otro prólogo, el de *Cárcel de Amor*, conocemos la relación existente entre San Pedro y doña Marina Manuel, bisnieta de don Juan Manuel; también que San Pedro posiblemente había participado en la guerra de Granada. Pero es en el prólogo del *Desprecio de la Fortuna*, y en sus cuatro décimas iniciales, donde con más detenimiento ha reparado la crítica[15]. La obra, dirigida al conde de Urueña, contiene en su prólogo afirmaciones como ésta: «Y si hasta aquí, con más osada licencia algunas cosas escreví, fue porque en los tiempos passados me preciava de lo que agora me escuso»[16], a la par que dice San Pedro llevar veintinueve años sirviendo a Téllez-Girón[17]. Las cuatro décimas con que comienza el *Desprecio* han sido consideradas «la primera bibliografía»[18], e incluso, apurando, biobibliografía del autor. Por su interés, las reproducimos aquí:

Mi seso lleno de canas,
de mi consejo engañado,
hasta aquí con obras vanas
y en escripturas livianas
siempre anduvo desterrado.
Y pues carga ya la edad
donde conosco mi yerro,
afuera la liviandad,
pues que ya mi vanidad
ha complido su destierro.

[15] Gili Gaya, ed. cit., págs. XXV-XXVII; Whinnom, ed. cit., I, páginas 36-40 y Carmen Parrilla, en el «Prólogo» a su edición de *Cárcel de Amor*, Barcelona, Crítica, 1995, págs. XXXVII-XL.

[16] El *Desprecio de la Fortuna* puede consultarse en la edición de S. Gili Gaya, *op. cit.*, págs. 233-249 y en la de K. Whinnom y D. S. Severin, *Obras completas, III. Poesías,* Madrid, Castalia, 1979, págs. 271-297.

[17] Para este dato y sus derivaciones cronológicas, *vid.* K. Whinnom, ed. cit., I, págs. 38-40.

[18] K. Whinnom, ed. cit., I, pág. 36.

Aquella *Cárcel de Amor*,
que assí me plugo ordenar,
¡qué propia para amador,
qué dulce para sabor,
qué salsa para pecar!
Y como la obra tal
no tuvo en leerse calma,
he sentido por mi mal
cuán enemiga mortal
fue la lengua para el alma.

E los yerros que ponía
en un *Sermón* que escreví,
como fue el amor la guía,
la ceguedad que tenía
me hizo que no los vi.
Y aquellas cartas de amores
escriptas de dos en dos,
¿qué serán, decid, señores,
sino mis acusadores
para delante de Dios?

Y aquella copla y canción
que tú, mi seso, ordenavas,
con tanta pena y passión,
por salvar el coraçón
con la fe que allí le davas;
y aquellos romances fechos,
por mostrar el mal allí,
para llorar mis despechos,
¿qué serán sino pertrechos
con que tiren contra mí?

Si Whinnom estaba en lo cierto, y el *Desprecio* fue una de
las últimas obras de San Pedro, también habrá que creer en
la «biografía oculta», en el sentido que Alfonso Reyes daba
a la misma, que aquél trazó en estos versos. Y esto sin me-
noscabo para los desvelos e investigaciones de cuantos han
querido reconstruir la biografía de uno de los autores en
lengua castellana más leídos y traducidos durante el siglo XVI: toda una paradoja, aunque nada singular, el que la
extensión y popularidad de la obra de Diego de San Pedro

lleven aparejado nuestro más absoluto desconocimiento sobre su vida, desconocimiento que comprende, incluso, las fechas de nacimiento y muerte del autor.

No obstante, y volviendo a los cuarenta versos del *Desprecio de la Fortuna*, quizá las últimas palabras utilizadas por San Pedro para referirse a sí mismo y a su obra, y dándole una nueva vuelta de tuerca a la «biografía oculta» de Reyes, cabría recordar aquí las siguientes palabras de Octavio Paz: «Los peligros de una biografía poética son dobles: la confesión no pedida y el consejo no solicitado»[19].

Momento es, pues, de comentar la prosística sentimental de Diego de San Pedro, y siga ocultándose su biografía más allá de sus palabras.

2. LA PROSA SENTIMENTAL DE DIEGO DE SAN PEDRO

Cuando se leen los prólogos a las obras de Diego de San Pedro, bien en prosa *(Tractado, Cárcel),* bien en verso *(Pasión trovada, Desprecio de la Fortuna),* y más allá de la preceptiva *captatio benevolentiae* esgrimida por su autor, puede llegarse a la conclusión de que San Pedro fue un autor de la corte isabelina que puso su arte al servicio del deleite y el ocio de los nobles cortesanos de la Castilla de fines del siglo xv. Así, en el *Tractado* dirá que «más necesidad de ageno mando que premia de voluntad mía el siguiente tratado me hizo entender»; en *Cárcel*, «me puse en ella más por necesidad de obedescer que con voluntad de escrevir»; en la *Pasión Trovada,* por «mandado [de una devota monja] hovo de trobar»[20]; en el *Desprecio de la Fortuna,* «mas por servicio de Vuestra Señoría y de algunos señores grandes de quien me fue mandado que no passase la vida en silencio»[21].

Es obvio que tras estas estereotipadas excusas del autor reside, o debía de residir, una voluntad literaria que empe-

---

[19] «La palabra edificante», en D. Harris [ed.], *Luis Cernuda,* El Escritor y la Crítica, Madrid, Taurus, 1977, pág. 140
[20] Sigo la ed. cit. de K. Whinnom y D. S. Severin, pág. 101.
[21] *Ibídem,* pág. 273

15

queñece, con sus resultados, el retrato del simple servidor de la Corte. Si tras las excusas hay o no sinceridad, es algo que no incumbe demasiado al lector moderno, como tampoco al de su tiempo. Lo cierto es que, fueran cuales fueran sus motivos, Diego de San Pedro compuso dos bellos textos en prosa que son tenidos por fundamentales dentro del género o categoría de la ficción sentimental. No obstante, el autor escribió también un *Sermón* sobre el tema amoroso para el que no creyó precisa disculpa alguna, ni retórica ni *sincera*. En las palabras preliminares a las tres partes de que consta el *Sermón*, San Pedro traza una breve poética en la que el autor declara la función y objetivos que, según él, debe asumir un texto; y así, dirá que éste ha de acomodarse a la condición de quien lo recibe y que ha de manifestar «en el sentir lo que fallesciere en el razonar». A pesar de que tanto Gili Gaya como Whinnom, en sus respectivas ediciones, sostienen que el *Sermón* fue escrito después del *Tractado* y antes de la *Cárcel*, el parecer de Gallardo, inexactamente repetido por Menéndez Pelayo, según el cual el *Sermón* era una «obra desmayada»[22], pesó más que la propia entidad de la única obra para la que San Pedro no pidió disculpas a su público. Don Marcelino fulminó el pequeño tratado en prosa sanpedrino con una de sus categóricas afirmaciones: «Todo se reduce a parodiar pobre e ineptamente la traza y disposición de los sermones»[23]. Y eso fue todo. Aun así, Whinnom estudió con cierto detenimiento los modos retóricos del texto[24] y lo editó tras el *Tractado*, siguiendo, para esto último, el mismo criterio que utilizara Gili Gaya años antes.

Si me he detenido en el *Sermón* y en sus circunstancias de edición, debo justificarme ante el lector. Cabría entender esta breve oración de San Pedro como prólogo de sus relatos sentimentales. De todos son conocidas las discusiones que unos y otros críticos han mantenido en lo que respecta al género literario de la prosa de San Pedro. A esto se ha re-

---

[22] M. Menéndez y Pelayo, *op. cit.*, pág. CCCVI.
[23] *Ibídem*, pág. CCCVI.
[24] En su ed. cit, I, págs. 64-69.

ferido, hace poco, Carmen Parrilla, en el prólogo a su edición de *Cárcel de amor*[25]. Dudo mucho que el tema tenga tanta importancia como para obstruir la investigación sobre la obra en prosa de San Pedro. Llámesele a ésta «tratados», «libros de aventuras», amorosas o no, «ficciones sentimentales», o «novelas», me parece mucho más operativo que el bautismo la caracterización de estos libros y, por supuesto, en dicho estudio ha de ocupar un lugar destacado el *Sermón*. ¿Qué es lo primero que destaca en la obra en prosa de Diego de San Pedro? Diría que varias, y sustanciales, cosas. San Pedro es, ante todo, un atento observador de la realidad, un observador con juicio crítico, que propone su prosa como espejo del juicio crítico de los demás, de sus lectores, de tal modo que el libro, la historia o el relato responde a una mecánica del razonamiento mediante la cual el retrato de la realidad, en forma literaria, permite la profundidad del análisis que la propia realidad esconde. No es el autor un revisionista, ni un satírico, sino alguien que se rige por el principio de que la literatura, sin ser verdad, puede mostrar lo que la vida real, a veces, nos escatima, o aquello con lo que no nos enfrentamos. En este sentido, salvando todas las distancias, posibles e imposibles, y sin que haya de tenerse por principio categórico o susceptible de demostración, podría decirse que la mirada de San Pedro sobre la realidad de su tiempo guarda algunas semejanzas con la de Cervantes, un siglo después. Por otra parte, no puede negársele a San Pedro un gran esfuerzo y cuidado técnicos en sus textos; sus procedimientos narrativos, el uso de los textos dentro del texto (cartas, carteles de desafío...), los monólogos, la alegoría y la figura del Autor-testigo, Autor-protagonista y Autor-escritor-San Pedro, son algunos de los elementos técnicos destacables —por no entrar en el uso de la retórica, bien estudiado por Whinnom— que nos sitúan ante un San Pedro profundo conocedor de la tradición amorosa medieval y con un sentido de la construcción prosística en

---

[25] Ed. cit. pág. XLV. No se olvide que San Pedro, en su «Prólogo» a *Cárcel* llama a su obra «tractado».

el que las partes y el todo logran traspasar la barrera de lo meramente inmediato, de lo sincrónico.

Algo de todo esto que percibimos hubo de percibirse a fines del siglo xv y comienzos del xvi. Algo de todo esto hizo, por ejemplo, que *Cárcel de amor* gozase de un gran éxito y fuese traducida a cinco lenguas distintas entre 1493 y 1549[26]. Pero hubo más. De ser una obra hecha «a pedimiento del Alcaide de los Donzeles y de otros cavalleros cortesanos» —el *Sermón* y el Tractado se dirigen a las damas de la Corte—, su conocimiento o, al menos, su contenido engrosaron la materia popular, como deja ver Francisco Delicado en su *Lozana andaluza*, al confundir o asimilar un caballero el texto sanpedrino y la historia de Calisto y Melibea, en el mamotreto XXXVI de la mencionada novela. Si las historias, o los libros, de Diego de San Pedro adquirieron semejante difusión, deberá concederse a éste la habilidad y capacidad suficientes como para trascender todas y cada una de las limitaciones que tales historias parecían tener, las propias de su temática y público, y las propias de la génesis del relato en prosa que tan buenos frutos dará en los dos siglos siguientes.

2.1. *Umbral narrativo y umbral prosístico-tratadístico*

Desde el *Siervo libre de amor* (1440), de Juan Rodríguez del Padrón, hasta el *Proceso de amores* (1548), de Juan de Segura, o la *Selva de aventuras* (1565), de Jerónimo de Contreras, y la moda bizantina, podríamos extender el nacimiento, desarrollo y ulterior evolución del relato sentimental[27]; todo un periodo en el que dichas obras en prosa se suceden y multiplican a la par que el relato explora otros referentes narrativos como son, en última instancia, la novela pastoril, la de

---

[26] Al catalán, en 1493; al italiano, en 1515; al francés, en 1525 y al inglés, en 1549.

[27] Puede verse, a modo de somero resumen A. D. Deyermond, «La ficción sentimental: origen, desarrollo y pervivencia», en Diego de San Pedro, *Cárcel de Amor*, ed. cit. de C. Parrilla, págs. IX-XXXIII

caballerías o la picaresca. Tanto Durán como Wardropper[28] señalaban que la heterogeneidad de las novelas sentimentales no era signo de falta de unidad o de calidad, y veían en estas novelas una especie de primer ensayo del relato y una exploración de sus múltiples posibilidades temáticas.

Diego de San Pedro proporciona al relato en prosa de fines del siglo XV unos límites si no precisos, al menos *ejemplares*. Sus historias sentimentales acogen la poesía amorosa y la religiosa, los discursos en defensa de las mujeres y la descripción de los usos caballerescos, amén de su más precioso recurso: la introducción de las epístolas amorosas que cruzan caballero y dama. Todos estos materiales, de ficción o no, hacen de sus obras libros de muy difícil catalogación genérica; y a esto hay que sumar el hecho de hallarnos en un primer momento de la literatura puramente narrativa. Ni *tratados* a secas ni *novelas*. Participan de procedimientos y recursos varios, y quizá por esto deban ser tenidas por novelas, ya que en ellas, tal y como quería Baroja, «cabe todo». Mas en modo alguno cabe considerarlas tímidas incursiones en la ficción o productos imperfectos resultantes de la amalgama: hay en el San Pedro del *Tractado*, como en el de *Cárcel* o el del *Sermón* un meditado sentido de la construcción prosística y, en consecuencia, una poética de la prosa, elemental si se quiere, acorde con la literatura de su tiempo.

Aun cuando no se considere a San Pedro como uno de los precursores de la novela castellana, cabe considerar sus obras como exponentes de un momento histórico, y literario, de transición; y, en este sentido, la distancia a la que sus obras se sitúan de la pura ficción novelesca y la distancia de los contenidos morales expresados en los tratados, tan abundantes, es similar. Para Cvitanovic, parafraseando a Huizinga, «los elementos históricos y literarios de sus génesis se encuentran en unas aspiraciones a una vida mejor»[29].

[28] A. Durán, *Estructuras y técnicas de la novela sentimental y caballeresca*, Madrid, Gredos, 1973, pág. 60 y B. W. Wardropper, «Allegory and the role of *El Autor* in the *Cárcel de Amor*», *Philological Quarterly*, XXXI (1952), páginas 168-193.

[29] D. Cvitanovic, *La novela sentimental española*, Madrid, Prensa Españo-

Con esto no es que deba pensarse en la novela sentimental, o la de Diego de San Pedro, como un género *menor* o secundario, sino que su evolución, como prosa y como género, camina en paralelo a la de la propia lengua. El mismo Cvitanovic rehusará encuadrarlas en un momento histórico concreto, llámese éste Edad Media o Renacimiento[30].

Pero mejor que adentrarse por los vericuetos de la cronología será partir de las obras en sí mismas. Más allá de arcaísmos técnicos y/o lingüísticos, que los hay, el sentido de la construcción sanpedrino, que parte, la mayoría de las veces, de lo esencial humano, se nos revela como un proceso de selección poética —esto es, creativa— plagado de aciertos, aciertos que no sorprenden por su novedad, sino por el planteamiento y perfecto engaste en la acción narrativa. Uno de estos aciertos, sin duda vital para las obras, es la selección de los personajes y la caracterización, principalmente, de las parejas protagonistas del *Tractado* y *Cárcel*. Tiempo y espacio habrá más adelante para analizar la función de los personajes de San Pedro, protagonistas o no; pero debe empezarse por reconocer en las parejas de enamorados uno de los pilares fundamentales sobre los que se asienta la estructura de las historias narradas. Tanto los caballeros (Arnalte y Leriano) como las damas (Lucenda y Laureola) son seres que intentan sobreponerse a un destino trágico tramado, casi siempre, a sus espaldas. Los cuatro *se desprenden* de las formas y modos codificados que defiende su cubierta social, reciben el impacto de una realidad estamentaria a la que pertenecen, quieran o no, y, en su intento de enajenarse de ella, fracasan o resultan vencidos. Pero todo este proceso, narrado y descrito hasta en su más mínimo detalle (encuentros, soledades, epístolas, monólogos, desafíos, etc.) no es sólo el registro notarial de una pasión desgraciada de principio a fin: el deseo de felicidad expresado por unos y otros y las circunstancias externas (enemigos, falsos testimo-

la, 1973, págs. 22-23. La paráfrasis de Huizinga puede verse en los capítulos 1 y 2 de *El otoño de la Edad Media*, Madrid, Alianza Editorial, 1979 (segunda edición), págs. 13-80.

[30] *Op. cit.*, pág. 29

nios, normas sociales) van creando un efecto de disconti-
nuidad —necesario para mantener el interés del lector—
que es, sin duda, uno más de los muchos recursos destacables de la prosa de San Pedro. El lector, de la mano de los
personajes y sus vicisitudes, pasa de la esperanza al desen-
canto o la tristeza y viceversa. Cuando, en *Cárcel de amor*,
Leriano ha abandonado su prisión alegórica y Laureola aún
no ha ingresado en su encierro real[31], el autor introduce un
nuevo motivo: la traición de Persio. En pocas líneas el orden de la tragedia vuelve a restaurarse en detrimento del
más mínimo atisbo de felicidad para los amantes[32]; y cuando, terminada la guerra entre Leriano y el rey, padre de Laureola, pueda advertirse de nuevo una posibilidad de mudan-
za, el mismo Autor indicará al protagonista «que de nuevo
se començavan sus desaventuras»[33].

Este ejemplo no es más que uno de los muchos que Diego de San Pedro nos ofrece en sus obras. Debe tenerse en
cuenta, además, que el alcance significativo, y literario, del
Tractado y de *Cárcel* va más lejos de ser simples paráfrasis
ovidianas, como en ocasiones quiso verse[34]; San Pedro está
integrando no menos de cuatro tradiciones literarias en sus
historias (lo amoroso, lo caballeresco, lo alegórico-simbóli-
co y lo epistolar) que, amén de muchas y variadas cuestiones sociales (como la del matrimonio, la orfandad, la familia o, en definitiva, las leyes y la libertad), forman una constelación de asuntos —y de códigos— lo suficientemente
representativos como para que de ellos se derive una lectura del mundo cortesano de finales del siglo XV. Así pues, sus
obras son algo más que entretenimiento para ociosos, en lo
que respecta a resultado, y son algo más que meras estam-
pas sin sentido de la composición en lo que hace a su estructura narrativa. De ahí que por encima de disculpas y re-

---

[31] Cap. 18 de *Cárcel de Amor*.
[32] A. D. Deyermond, en su «Estudio preliminar» a la ed. cit. de C. Parrilla, pág. XXIX, dirá que los tres rasgos que caracterizan la ficción sentimental son su extensión («obras cortas»), su tema («amoroso») y su «desen-
lace triste».
[33] Cap. 38.
[34] K. Whinnom, ed. cit., pág. 51

tóricas obligadas, por parte de San Pedro, haya que ver en el *Tractado*, en *Cárcel* y también, por qué no, en el *Sermón*, el resultado de una poética de la prosa en el umbral de la narración y en el de la tratadística.

Se hace imprescindible, pues, un somero análisis de los tres textos —*Sermón, Tractado, Cárcel*— que nos permita fundamentar el posterior estudio de los cuatro códigos arriba mencionados.

Según K. Whinnom[35], el *Sermón* debió de ser escrito después del *Tractado* y antes de *Cárcel*, y a pesar de estar «impreso sin lugar, año ni pie de imprenta [...] se compuso probablemente a mediados de los años ochenta». Un primer acercamiento a este pequeño tratado sanpedrino pudiera ser el de considerarlo como *soporte teórico*[36] de las ideas o temas expuestos por el autor en sus novelas. Creo que no ha de insistirse tanto en una razón de dependencia entre novelas y *Sermón* y apuntar hacia otras cuestiones que tomen como punto de partida la obra sin más. Whinnom así lo hizo en lo que respecta a las formas y usos retóricos del sermón medieval y estudió el texto en sus partes: *thema, prothema* y *clausio*[37].

Existe en el *Sermón* la voluntad de San Pedro por subrayar el carácter oral del texto, cosa sobre la que, creo, poco se ha dicho. Su finalidad moral o didáctica importa, pero no debe suponer que nuestra lectura transite únicamente por aquélla. Por ejemplo, al comienzo de la obra, y después de su ya citada teoría de la conformidad entre el razonamiento y la condición del receptor, las palabras que introducen su discurso son: «Todo edificio, para que dure, conviene ser fundado sobre cimiento firme». Este precepto se

---

[35] Diego de San Pedro, *Obras completas, I, Tractado de amores de Arnalte y Lucenda. Sermón*, Madrid, Castalia, 1973, págs. 36-48, para cronología; y págs. 64-69, para el estudio del *Sermón*.
[36] Así lo entiende, entre otros, J. F. Chorpenning en «Rhetoric and feminism in the *Cárcel de Amor*, *B. H. S.*, LIV (1977), pág. 3
[37] Ed. cit., I, págs. 66-67

aplica, líneas después, a los *amadores*; pero no cabe duda de que no existe gratuidad alguna en el hecho de encabezar su argumentación de este modo. Y al igual que justifica el armazón del texto, justifica después su contenido: «Bien sé yo, señoras, que lo que trato en mi sermón con palabras, havéis sentido vosotras con obras; de manera que son mis razones molde de vuestro sentimiento». Será o no un texto con finalidad adoctrinante; pero, de todas formas, se me concederá que, sincero o no, no importa, San Pedro se muestra como el observador atento de la realidad al que me refería más arriba. Y, en consecuencia, sin negar el posible carácter teórico del *Sermón*, habrá, como mínimo, que conceder la vertiente singular que San Pedro aporta, esto es, cierto tono divulgativo de lo consuetudinario.

El autor dice que va a estructurar su obra en tres partes: la primera es una «ordenança», que comporta el contenido de «cómo las amigas se deven seguir»; la segunda, un «consuelo»; y la tercera un «consejo». Cada una de estas partes consta de un fundamento teórico (que comienza con la fórmula «e para declaración de...» o «para fundamento de...») y un desarrollo o argumentación. Así, en la primera parte trata aspectos como la Fama en la mujer y la contención que el amador debe observar con tal de que ella pueda conservar su honra impoluta. Fama y secreto, una paradoja, son el punto de arranque de las dificultades en el amor. Para el caballero propone San Pedro como modo de actuación el *justo medio*, donde la prudencia, el respeto y la discreción marcan sus directrices[38], y si la «pasión comunicada» debe ser tratada con suma cautela y la soledad es el único ámbito posible del amante, no sorprende que San Pedro confíe que «los hombres ocupados de codicia o amor o desseo no pueden determinar bien en sus cosas propias».

El «consuelo» de la segunda parte del *Sermón* no es más que una exposición de las dificultades que los amantes experimentan en cuanto a la delimitación del bien y del mal

---

[38] No estaría de más consultar, a este efecto, el estudio de A. Giannini, «La *Cárcel de Amor* y *El Cortesano*», *Revue Hispanique*, XLVI (1919), páginas 547-568.

y, por tanto, cuán explicables son las acciones, hasta las más inverosímiles, que en tal estado se llevan a cabo. Si el Amor es la aspiración humana de la belleza y el bien, San Pedro no se sustrae a este precepto platónico y, de entre sus muchas justificaciones, dirá que «[nuestras amigas] embíannos a la memoria el desseo que su hermosura nos causa». Según Moreno Báez, «[el] platonismo, que es lo que da a todo el arte del Renacimiento su fisonomía, tan distinta de la del Gótico y de la que luego tuvo el Barroco, empieza a difundirse en el siglo xv con las traducciones de Marsilio Ficino»[39].

Y llegamos al «consejo», tercera parte de la obra. San Pedro adquiere aquí un tono de conciencia impostada al avisar de los peligros en los que las almas de los amantes caen, y recuerda los cuatro pecados mortales, que, como bien señala Whinnom[40], están razonados con una cierta ironía. Después, y tras detallada filografía del amante, San Pedro apela a la piedad de las damas y el ejemplo de ésta es la historia de Píramo y Tisbe. Éste y otros *ejemplos* funcionan en el *Sermón* como *auctoritas*, «para henchir de verdad mi intención». ¿Ironía, corrección social, nueva norma? San Pedro no es un rígido moralista, las lecturas deben nacer de las damas a quienes se dirige; como para el *thema*, según confiaba en el comienzo del *Sermón*, también partían sus palabras de las «obras» de aquéllas.

El *Tractado de amores de Arnalte y Lucenda* es sin duda anterior a *Cárcel de Amor*. La comparación de las dos novelas, de contenido semejante, escritas a no muchos años de distancia la una de la otra y por el mismo autor, llevó a la crítica a considerar de una forma casi inercial que la primera es un «primer esbozo»[41] de la segunda. Whinnom, por su

---

[39] Del «Prólogo» a su edición de Jorge de Montemayor, *Los siete libros de la Diana*, Madrid, Editora Nacional, 1981, (segunda edición), pág. X.

[40] Ed. cit., I, pág. 68.

[41] Así, por ejemplo, Menéndez y Pelayo, *op. cit.*, pág. CIC; Gili Gaya, ed. cit., pág. VIII o J. Rubió Balaguer, en la «Introducción» a su ed. de *Cárcel de Amor*, Barcelona, Gustavo Gili, 1941, pág. 6.

parte, afirmó que «la diferencia que existe entre la retórica del *Arnalte* y la de la *Cárcel* es la diferencia existente entre la retórica humanística medieval y la renacentista»[42]. Veamos, pues, por ejemplo, el comienzo de una y otra obra. En el *Tractado*, se presentará San Pedro como el autor-testigo y autor-editor de la historia que le ha contado Arnalte, un caballero de Tebas al que encontró encerrado en la Morada de su pesar. Aunque sea recurso, el *Tractado* se escribe ia petición del protagonista masculino!, quien cree firmemente que su relato ha de servir como ejemplo real y como advertencia para las damas. Es decir, Arnalte está ya donde ha terminado, su pasión por Lucenda es materia para la memoria y el relato, su relato y el del Autor, es una reconstrucción narrativa. El Autor sólo es personaje en el presente de su personaje, no intervino como mediador —cosa que sí ocurre en *Cárcel*— de la pasión amorosa: el libro es la historia contada por Arnalte, con todo lo que técnicamente esto implica, sobre todo en cuanto a la posición del Autor. En *Cárcel de Amor*, escrita «a pedimiento del Alcaide de los Donzeles», San Pedro construye toda una torre o castillo alegórico y, en este sentido, la complejidad, al menos retórica, es mayor. Pero ¿y, la que entraña el planteamiento narrativo? Pues si no menor, que no lo es, sí distinta. *Cárcel de Amor* es el relato de una historia amorosa, la de Leriano y Laureola, contada a través de los ojos y de las palabras del Autor, personaje que se constituye en parte activa de los hechos. Pero la voluntad de verosimilitud, expresada en el *Tractado* por el deseo que espolea a Arnalte —que las damas de la Reina conozcan su historia—, es aquí conducida por otros derroteros: el Autor ha sido testigo de lo que cuenta. Diego de San Pedro sustituye el paradigma de la Ficción por el de la Historia. ¿Hay que ver, o es necesario ver, el *Tractado*, según esto, como defendiera Menéndez Pelayo? Más justo me parece, pues, reconocer una arquitectura narrativa para el *Tractado* —más justo y más acertado— que pretender presentarlo como un cúmulo de partes y materias inconexas.

---

[42] Ed. cit., I, pág. 61.

Pero sigamos su planteamiento narrativo. Es Arnalte quien reconstruye la historia para el Autor, y éste la repite para las damas. Arnalte, tras confiar su propósito al Autor, y puesto que no ha sido testigo de toda la acción, como veremos, recurre al siguiente artificio: tras un diálogo o carta, en un capítulo, sigue otro titulado «Arnalte al autor»; la acción queda, de esta forma, secuenciada. Este modo narrativo se mantiene, inclusive para el monólogo del capítulo 8, y con ligeras variantes, a lo largo de toda la novela; es decir, «Arnalte al autor» es la fórmula que justifica la omnisciencia del caballero (reproduce *exactamente* su monólogo, los diálogos entre su hermana Belisa y Lucenda, etc.).

Y termino este somero acercamiento a la cuestión: los dos poemas largos del *Tractado*, el «Panegírico» de la Reina y las *Angustias* de la Virgen. Si hemos de creer al Autor cuando al dirigirse, al comienzo, a las damas dice «osaré el tema de mi comienço con el cabo juntar», fácil será concluir que San Pedro, al hilo del tono ejemplar que Arnalte quiere para su historia, precisa, ya que a las damas va dirigida, presentar los dos mayores ejemplos de virtud: la Reina y la Virgen. ¿Digresiones inconexas? Así quiso creerlo, también, Whinnom[43].

Según Cvitanovic, «la *Cárcel de Amor* se ubica en un plano de continuidad y de reiteración con respecto a algunos modelos, formas y contenidos propuestos en el *Arnalte*»[44]. Diego de San Pedro vuelve a utilizar el procedimiento epistolar para la comunicación entre los amantes, vuelve a utilizar las *terceras personas* —en este caso, al Autor—, vuelve al concepto de la honra en la dama, etc.; pero introduce dos elementos no utilizados en el *Tractado*: la alegoría inicial y el debate final en torno a la defensa de la mujer. Ya vimos cómo en la segunda estrofa del *Desprecio de la Fortuna*[45] el autor mostraba su pesar por las malas lecturas que de la novela pudieron hacerse; quizá, como creía Alfonso Reyes,

[43] *Vid.* las notas núm. 13 y 116 a la presente edición del *Tractado*.
[44] *Op. cit.*, en el cap. «La *Cárcel de Amor*: los factores de continuidad», págs. 135-139. La cita, en pág. 135.
[45] K. Whinnom y D. S. Severin, ed. cit., pág. 276.

pensaba que había rayado con la blasfemia[46], quizá se lamentaba de no haber subrayado, ni al comienzo ni al final de *Cárcel*, su finalidad moralizante. No se lo planteó, por el motivo que fuere; pero no está de más observar que esta supuesta falta (la novela termina, además, sin volver el *habla* a su público) aumenta más su calado si tenemos en cuenta que en *Cárcel de Amor* no existe elogio a la Reina ni a la Virgen. En el debate final reconoce la bondad y maternidad de la Virgen en el capítulo 43; pero ni ella ni la reina Isabel la Católica forman parte de la lista de mujeres ejemplares del capítulo 45. De la Virgen, al igual que de las santas, excusa su mención aduciendo que lo que «es manifiesto parece simpleza repetillo», porque «la Iglesia les da devida y universal alabança» y «por no poner en tan malas palabras tan ecelente bondad, en especial la de Nuestra Señora». Tortuosa explicación ésta que, además, no se planteó ni por asomo en el *Tractado*, donde dedica 490 octosílabos a la Virgen y 210 a la soberana de Castilla. En cuanto a la Reina, deberíamos remitirnos a recordar la Concordia de los Toros de Guisando y los problemas que se originaron a causa del matrimonio de Isabel y Fernando, asunto que llevó, incluso, a la falsificación de bulas y la excomunión inicial[47]. Como puede colegirse, no era la reina el mejor *ejemplo* que podía aducir San Pedro.

Obviamente, estas razones, y el uso de la alegoría al comienzo de *Cárcel*, pueden ser de ayuda en la interpretación de la estrofa del *Desprecio*. Pudiera decirse que en *Cárcel de Amor* Diego de San Pedro ensayó una visión más global, de su tiempo y del ser humano, y que se planteó, desde los personajes, un tono moral más elevado: personajes como el Rey y el Cardenal prueban cómo, en esta obra, San Pedro ha sustituido, como dije, el paradigma de la Ficción por el de la Historia.

---

[46] «Cuestiones estéticas», en *Obras completas*, vol. I, México, F. C. E., 1955, pág. 53.

[47] Para este tema, *vid.* J. F. Ruiz Casanova, «El tema del matrimonio en las novelas sentimentales de Diego de San Pedro: dos hipótesis», *Boletín de la Biblioteca Menéndez y Pelayo*, LXIX (1993), págs. 42-44.

Cabría conceder, además, que *Cárcel de Amor* es obra más ambiciosa, que la condición del ser humano —entre la libertad y el encierro— preside su estructura: cárcel alegórica para Leriano-cárcel real para Laureola-libertad de Laureola-muerte de Leriano. Mas la estructura narrativa se mantiene: tras los diálogos y cartas, interviene el Autor (en el *Tractado* era Arnalte, como dije) para secuenciar la acción; aunque a partir del capítulo 22, cuando Leriano queda libre de su cárcel, los diálogos ya no ocupan dos capítulos (uno por interlocutor), sino que la respuesta es narrada en estilo indirecto por el Autor. Y este cambio técnico tiene lugar cuando el Autor deja de ser el embajador del amante, cuando aparecen personajes nuevos con protagonismo en la acción (el Rey, el Cardenal, la Reina y Galio, tío de Laureola). Todavía más: cuando los interlocutores en el diálogo no tratan directamente con el Autor, o éste no está presente, San Pedro vuelve al sistema de un capítulo para cada personaje y, por lo tanto, a la omnisciencia pura[48].

Momento es ya de comentar los que, a mi parecer, son los cuatro elementos fundamentales de la obra prosístico-novelesca de San Pedro: lo amoroso-cortesano, lo caballeresco-cortesano, lo alegórico y lo epistolar.

2.2. *Lo amoroso-cortesano*

No será descubrir terreno ignoto alguno afirmar que tanto en *Cárcel* como en el *Tractado* el tema del amor es el centro de una constelación de asuntos, acciones y contenidos que construyen la novela. Huizinga sostenía que «no ha habido ninguna otra época en que el ideal de la cultura temporal haya estado tan íntimamente unido con el amor a la mujer como desde el siglo XII al XV»[49]. El amor no constituye, en las obras de San Pedro, parte de lo vivencial, sino que

---

[48] Esto ocurre en el diálogo entre el Cardenal y el Rey (caps. 30 y 31). En el diálogo entre la Reina y Laureola (cap. 33), como aquélla «no quiso esperar respuesta» (cap. 34), interviene el Autor.
[49] *Op. cit.*, pág. 154

aparece como un concepto o idea superior que define al propio ser humano y, a partir de él, el desarrollo vivencial adquiere sentido. No se trata de un concepto que dependa únicamente de las actitudes de los protagonistas, es la vida misma de éstos. El resto de los elementos se relaciona, directa o indirectamente, con él.

La desproporción, según nuestro punto de vista, entre las formas a las que el caballero acude y la actitud de rechazo de la dama, da la medida y talante de la fuerza del amor como elemento de los códigos sociales y como motivo sobre el que se estructura la historia. Es lo que Whinnom denominó «paradoja amorosa fundamental»[50]. El amor se presenta no sólo desde los puntos de vista de las parejas protagonistas, sino también desde la perspectiva social; la pasión amorosa puede ser entonces —es, de hecho— una forma de ruptura con los modelos sociales establecidos, ruptura que está condenada al fracaso. Y así San Pedro parte del relato del desdeñado, del caballero que padece la *aegritudo amoris* o «mal de amor»; desde el comienzo el amor o el sentimiento amoroso y el doloroso aparecen juntos. La apelación al dolor muestra una vertiente doble: de un lado, es expresión de la pasión amorosa; de otro, es representación, puesto que la obra es el resultado de una *pasión explicada*. Según Cvitanovic, «el personaje es el testimonio de un ideal imposible, y esta imposibilidad recibe continuamente, a través de la obra, la forma de un fracaso de la esperanza en el amor humano»[51].

La vida de la Corte, representada por justas, fiestas, envidias y traiciones, todo, en definitiva, influye, de una manera u otra, en los amantes y en su historia. Wardropper advertía que, en estas novelas, «el amor es considerado como una cadena de causas y efectos»[52]. La Fe y la Razón se constituyen en polos de un planteamiento del amor como parado-

[50] En Diego de San Pedro, *Obras completas. II. Cárcel de Amor*, Madrid, Castalia, 1972, pág. 29

[51] *Op. cit.*, pág. 154

[52] B. W. Wardropper, «El mundo sentimental de la *Cárcel de Amor*», *R. F. E.*, XXXVII (1953), pág. 181

ja. La Fe es sublimación del enamoramiento; la Razón, el contrapeso natural o social, nunca suficiente, al vértigo emocional del amante. Esta dualidad, según Vinaver[53], es uno de los motores de la acción del personaje y, en consecuencia, del relato. La Fe se convierte, para el caballero, en prueba palpable de la constancia de su amor, en inclinación única y definitiva: fidelidad. Intentará, pues, por todos los medios, convencer a su dama de que tal prueba de amor necesita una respuesta. Antonio Prieto, al considerar la «fe» en el marco referencial de las novelas de San Pedro observa para dicho término un sentido polisémico y, por tanto, la posibilidad de asociarlo al léxico religioso[54]. Entraría pues en juego el concepto de la «religio amoris»[55], según el cual la dama es el objeto del culto y de la veneración del caballero. Aun así, ni Leriano ni Arnalte llegarán a formulaciones como las expresadas por Calisto («Melibeo soy y a Melibea adoro; y en Melibea creo y a Melibea amo»)[56]. La Fe sería para aquéllos la constante de la pasión amorosa; en su firmeza y declaración está uno de los fundamentos de la necesidad de relación con la dama y, en definitiva, de las propias novelas.

La Razón, por su parte, aniquilada, invadida o invalidada, es el ideal inalcanzable que pudiera devolver al caballero al mundo de la realidad. Pero ni la Razón ni el «seso», al que San Pedro concede un valor significativo cercano al de «sensatez» o «sentido común», pueden operar sobre coordenadas intangibles. Y el recurso de la Razón, desterrado del caballero, es arma para el desdén puesto en la dama. La muerte de Leriano será, según el Autor, «testimonio de su fe». En la dualidad Fe/Razón está la base del discurso san-

---

[53] E. Vinaver, *The rise of romance*, Oxford, 1971, pág. 28.

[54] A. Prieto, *Morfología de la novela*, Barcelona, Planeta, 1975, páginas 299-302.

[55] Este tema fue tratado con detenimiento por Denís de Rougemont en *El Amor y Occidente*, Buenos Aires, Sur, 1959 (también en Kairós, 1979); C. S. Lewis, en *La alegoría del amor*, Buenos Aires, EUDEBA, 1966 y Johan Huizinga, en *op. cit.*

[56] *La Celestina*, auto I.

pedrino sobre la búsqueda o la falta de libertad[57] de ambos protagonistas y de sus respectivas damas. Y para este tema es necesario no olvidar que las «enamoradas leys» a las que se somete el caballero forman parte de la configuración de toda una imagen del mundo, que pasa sin modificación alguna a los aspectos de la vida cotidiana, y, entre ellos, al amor.

El amor es, en conclusión, un reflejo más del mundo caballeresco, de ese mundo cuya muerte certificaría Cervantes un siglo más tarde.

2.3. *Lo caballeresco-cortesano*

La novela sentimental es, evidentemente, un producto cortesano. En un principio, sus lectores pertenecerían al mismo marco estamental que sus protagonistas, con lo cual, la literatura estaba dando forma artística a un mundo plenamente aristocrático. Esto no quiere decir, necesariamente, que, como sostiene Earle[58] para *Cárcel de Amor*, esté «escrita desde el punto de vista aristocrático»; más bien, como pensaba Auerbach, al referirse a la novela caballeresca, «ya al principio, en plena floración de su cultura, esta capa social dominante se dio a sí misma un *ethos* y un ideal que encubrían su función real y definían su propia existencia como extrahistórica, desprovista de fines, como una formación absolutamente estética»[59]. Elevar a categoría artística no ya una forma de vida sino una moral es una de las aportaciones más palpables e inmediatas que la novela sen-

---

[57] A este asunto se refieren, entre otros muchos autores, F. A. de Armas en «Algunas observaciones sobre la *Cárcel de Amor*», *Duquesne Hispanic Review*, 9 (1970), pág. 120 y D. S. Severin en «Structure and thematic repetitions in D. S. P. 's *Cárcel de Amor* and *Arnalte y Lucenda*», *Hispanic Review*, XLV (1977), pág. 168.

[58] P. Earle, «Love concepts in la *Cárcel de Amor* and *La Celestina*», *Hispania*, XXXIX (1956), pág. 95.

[59] E. Auerbach, «La salida del caballero cortesano», cap. VI de *Mimesis. La representación de la realidad en la literatura occidental*, México, F. C. E., 1979 (segunda reimp.), pág. 134.

timental contiene. Todos los personajes de San Pedro pertenecen al ámbito cortesano, a excepción del paje del *Tractado*; este hecho obliga al autor a reducir el *espacio* de sus personajes a un entorno ideal o alegórico y a otro real, la Corte, que es elevada a categoría estética de vida. La ciudad desaparece de la geografía narrativa de Diego de San Pedro y, con ella, la posibilidad de un realismo de largo alcance para sus novelas[60].

La idealización, de haberla, no deviene en ejemplo didáctico más que para la clase que se reconoce en las obras como ante un espejo. Sólo la conciencia cortesana fundamenta el planteamiento narrativo, y éste, en contrapartida, reafirma estéticamente la realidad social de protagonistas y, sobre todo, receptores del texto[61]. Pero San Pedro introducirá varias muescas en sus novelas que, sin ser sátiras ni corrección o revisión de costumbres, suponen la lectura de ciertos temas —como el del matrimonio— perfectamente delimitados, y codificados, por la moral cortesana.

El ideal caballeresco nos muestra a Arnalte y a Leriano desde dos vertientes: la de pesarosos enamorados y la de valerosos caballeros; tanto una como otra tienen su propio reverso, y así el enamorado recurrirá a cualquier método (Arnalte, por ejemplo, se disfraza de mujer) con tal de acercarse a la dama, y esto incluso a costa de su imagen de hombre contemplativo; el hombre de armas, que se muestra como vencedor en la guerra o en el torneo, aparece como vencido ante su «enemiga». El ideal de aspiración amorosa llevará a Leriano a enfrentarse en cruenta y dilatada guerra con

---

[60] En este sentido, y recabando de nuevo la opinión de Auerbach, *op. cit.*, pág. 129: «El realismo cortesano nos ofrece un cuadro muy variado y sabroso de la vida de una sola clase social, que se aísla de las demás y no les permite aparecer más que como comparsas pintorescas, las más de las veces cómicas o grotescas».

[61] K. Whinnom, ed. cit., III, pág. 81, dirá que «San Pedro adapta para sus oyentes o sus lectores tanto el estilo como el contenido de sus escritos». También C. García Gual, en *Primera novelas europeas*, Madrid, Istmo, 1974, pág. 48: «Toda esa literatura 'idealista' ejerce una función mixtificadora de la realidad, al estar al servicio de una ideología particular, la de la clase de los caballeros». *Vid.*, a este respecto, apartado 2. 8 de esta Introducción.

u rey, padre de su amada; Arnalte, en el *Tractado*, se batirá
con Elierso y le dará muerte. Según Cvitanovic, las novelas
de San Pedro comparten «la idea del riesgo, del esfuerzo
consciente por intentar la aventura de lo imposible que mueve a los personajes»[62]. El ideal heroico se identifica, por tanto, con el ideal amoroso, y se refleja en las obras a través de
sus signos: torneos, justas, batallas, carteles de desafío, etc.

Algunos estudiosos han considerado que las novelas sentimentales son, en realidad, novelas de caballerías con la
proporción de sus episodios (amorosos o de armas) alterada[63]. Tanto el *Tractado* como *Cárcel* son algo más que la
combinación, al arbitrio del autor o de los gustos sociales,
de historias de amor y hechos de armas. Los elementos caballerescos tienen una función en el relato, como dije. En el
Tractado la extensión que ocupan estos hechos caballerescos
se limita a cuatro de los treinta y ocho capítulos de la
obra[64]; el episodio principal es el del desafío de Arnalte a
Elierso, el amigo que, según aquél, le ha traicionado. En
Cárcel, el mundo de las armas aparece en seis[65] de los cuarenta y ocho capítulos; la proporción es, pues, similar en
una y otra novela, pero la variedad de hechos de armas y la
extensión que a ellos dedica San Pedro es mayor aquí que
en la anterior obra. Es más, San Pedro presenta un hecho de
armas, los desafíos, como un rito perteneciente al pasado[66],
y de ahí que se permita que el Rey vulnere el «Juicio de
Dios» en el desafío y posterior victoria de Leriano sobre Persio. Cosa distinta, por su singularidad, es el episodio de la
guerra entre Leriano y el rey[67]. Diego de San Pedro presen-

[62] D. Cvitanovic, *op. cit.,* pág. 138
[63] Así lo manifiestan Wardropper [1953], pág. 184 y J. L. Varela, «La novela sentimental y el idealismo cortesano», en *La transfiguración literaria*,
Madrid, Prensa Española, 1970, pág. 39.
[64] Son los capítulos 9, 30, 31 y 32.
[65] Caps. 19, 20, 21, 36, 37 y 38.
[66] C. Parrilla, ed. cit., pág. 144, n. 31. 24 indica que el desafío por carteles fue prohibido por los Reyes Católicos en 1480. *Vid.* mi nota núm. 103
al *Tractado*.
[67] Wardropper [1953], pág. 172, dirá que Leriano se mueve «por ese com-
plejo de principios tan característicos de la decadencia de la caballería».

ta a Leriano, en el primer capítulo, tal y como preceptiva mente se haría en una novela de caballerías: lugar de naci miento, ascendencia y vinculación con la Corte. En el *Trac tado* San Pedro no dedica una sola línea a la descripción fí sica de la justa, y, sin embargo, se detiene en los momos posteriores al torneo. La cortesía no está ya tanto en el va lor como en el trato. La caza con azor será, al final de la no vela, otra de las actividades con que Arnalte, y San Pedro, ilustra el sentido del ocio de la vida cortesana.

Si comparamos ahora los carteles de Arnalte a Elierso y de Persio a Leriano, y sus respectivas respuestas, podrá ob servarse en ellos una estructura en tres partes, que se corres ponden con un inicio en el que se expresa la firme volun tad y exigencia de reparación publica, una explicación —en segundo lugar— de los motivos del desafío y, por último, la fórmula según la cual el desafiante da a escoger armas, cam po y fecha. Las respuestas, a su vez, comprenden una loa y comparación inicial, una justificación en correspondencia con las razones del desafío y la elección de armas, idéntica en una y otra novela. En el *Tractado* se describe de forma más breve el combate que en *Cárcel*, aunque, aun así, en ambos textos se sigue el mismo procedimiento: mención de las leyes sobre retos, inicio del combate, se quiebran las lanzas, se echa mano de las espadas, decrece el ánimo y crece la violencia, y entonces... San Pedro utiliza la *abbrevia tio* y, argumentando su escaso interés[68], presenta al traidor como vencido.

Sin lugar a dudas, el episodio de guerra que aparece en *Cárcel de Amor* es el momento en que lo heroico-caballeres co adquiere mayor relevancia. El lector asiste a un proceso completo que va desde el reclutamiento de hombres, por parte de Leriano, hasta el final de la guerra. El enfrenta miento armado es consecuencia del propósito de Leriano: liberar a Laureola de la cárcel en la que la ha confinado el rey, su padre. Todas las posibilidades (la intercesión del Car-

---

[68] En el *Tractado*: «no quiero nuestro trance por estenso decir» (cap. 32) y en *Cárcel*: «por no detenerme en esto que parece cuento de historias vie jas» (cap. 21).

denal, la reina y la súplica de Laureola) han fracasado, de ahí que Leriano se plantee la acción. La precisión de San Pedro llega incluso a las cifras de hombres reclutados por Leriano. Whinnom estudió, de este episodio, las arengas que Leriano dirige a sus hombres[69], tres en total y ninguna igual al resto en cuanto al procedimiento narrativo utilizado por San Pedro. La primera y la segunda, de forma indirecta («juntó a sus caballeros y díxoles cuánto...»[70] y «esforçando los suyos con animosas palabras...»)[71]; la tercera, en estilo directo[72].

La batalla, como otros tantos hechos descritos por San Pedro en sus novelas, es relatada con todo lujo de detalles en cuanto a estrategias y acciones (liberación de la dama, muerte del traidor, cerco de las tropas del rey a Leriano y sus hombres); también cuida el autor otros detalles como el de puntualizar el momento del día en que suceden los hechos o la cantidad de hombres de uno y otro bando.

No hay que olvidar, no obstante, que todo este universo heroico tiene como norte la mujer: desafíos y guerras, justificados o no, pero propiciados por el ideal amoroso del caballero.

2.4. *Lo alegórico-simbólico*

Huizinga consideraba que «el simbolismo es comparable a un cortocircuito espiritual. El pensamiento no busca la unión entre dos cosas, recorriendo las escondidas sinuosidades de su conexión casual, sino que la encuentra súbitamente, por medio de un salto, no como una unión de causa y efecto, sino como una unión de sentido y finalidad»[73], para concluir, páginas después, que «el pensamiento simbólico impidió el despliegue del pensamiento genético-cau-

---

[69] Ed. cit., II, págs. 56-57.
[70] En cap. 36. *Vid.* mi nota núm. 94 a *Cárcel de Amor.*
[71] *Vid.* mi nota núm. 99 a *Cárcel de Amor.*
[72] Ocupa el capítulo 37.
[73] *Op. cit.*, pág. 289.

sal»[74]. Habría que comenzar por distinguir simbolismo y alegoría. A pesar de que ésta es tenida, retóricamente, por una «especie de metáfora en desarrollo continuo»[75], Huizinga define el primero como «órgano del pensamiento medieval»[76], mientras que la alegoría, en lo que coincide con C. S. Lewis[77], es un modo de expresión.

La alegoría implica la revelación del sentido de un todo mediante la glosa de cada una de sus partes[78]; supone, en definitiva, un modo de omnisciencia total, pues es el autor quien va revelando cuando y como desea el significado de las imágenes. Es una de las formas que tiene a mano Diego de San Pedro para aludir a lo imaginario por medio de lo real[79] y, extrapolando esta idea, la escritura toda aparece ante el lector como alegoría de la realidad. San Pedro utiliza, como recurso, la alegoría, tanto en el *Tractado* como en *Cárcel*, aunque siempre haya llamado más la atención su uso en esta última obra. No obstante, la Morada de Arnalte y la Cárcel de Leriano son alegorías de factura similar pero con funciones muy distintas dentro de cada uno de los relatos[80]. En ambas novelas, el personaje del Autor, como peregrino, da pie en su errar por montes, valles y desiertos, al encuentro con la construcción alegórica en la que se halla

---

[74] *Ibídem,* pág. 302

[75] H. Lausberg, *Manual de Retórica,* Madrid, Gredos, 1966-1968, páginas 311-312.

[76] J. Huizinga, *op. cit.,* pág. 291 y pág. 304.

[77] C. S. Lewis, *op. cit.,* pág. 40. Dirá también, en pág. 25, que «la alegoría, aparte de otras cosas, es el subjetivismo de una era objetivista».

[78] Según Ch. R. Post, *Medieaval Spanish Allegory,* Harvard Univ. Press, 1915, págs. 42-50: «There are three ways of handling the allegorical material. The first is somewhat crude: the allegorical fiction is relegated to a short introduction, and the later and principal part of the composition is an exegesis of this fiction [...] In the second manner of presentation, the allegory is maintained throughout with a little or no interpretation. [...] A third and less frequent mode of presentation [...] is to define the symbol as soon as it is mentioned».

[79] Post, *op. cit.,* pág. 3: «I mean by allegory that literary type which crystallizes a more or less abstract idea by presenting it in the concrete form of fictitious person, thing or event».

[80] J. L. Varela, *op. cit.,* pág. 41, dirá que «la alegoría es en San Pedro una concesión enojosa».

el amante. El Autor hace un alto en el camino para escuchar la historia del triste y desdichado caballero, y éste, con su relato, implica a aquél en la acción: en el *Tractado* el Autor deberá transmitir la historia de Arnalte y Lucenda; en *Cárcel* será, amén de transcriptor de los hechos, mensajero de Leriano. La alegoría (Morada, Cárcel) es el pórtico que sitúa la acción, en su irrealidad, dentro de unos márgenes de estricta realidad, como lo probaría para los lectores de San Pedro el hecho de que el Autor haya hablado con el caballero enamorado.

El edificio, Morada o Cárcel, ante el que se encuentra el Autor es, en su arquitectura y ubicación, alegoría del sentimiento doloroso del caballero. Sin embargo, mientras que en el *Tractado* se alude a la tristeza de Arnalte denotativamente; en *Cárcel* es la equivalencia alegórica establecida por San Pedro la que da como producto el estado del amante. El edificio alegórico es, en las novelas sanpedrinas, patrimonio masculino. Las damas sufren encierros reales: Laureola en la cárcel, Lucenda en la «casa de religión». Merece la pena subrayar la importancia que las descripciones iniciales, en una y otra novela, tienen; el paisaje es, también, alegoría del amor frustrado o no correspondido: en el *Tractado*, el Autor se halla en «grand desierto»; en la *Cárcel* pasa por unos «valles hondos y escuros»[81]. Para hacer efectiva ante el lector la alegoría, San Pedro debe despojar de referentes objetivos su relato, y así en el *Tractado* Castilla queda separada espacial e imaginariamente del desierto por un «largo caminar», y Sierra Morena y los «valles hondos y escuros» del comienzo de la *Cárcel* dan paso a una sierra muy alta en la que se encuentra la torre del tormento de Leriano. Hay, pues, en San Pedro, un uso de la progresión narrativa desde el pseudo-yo del Autor hasta la alegoría, un proceso de des-realización que transfiere lo real físico a lo real-literario o imaginario y en el cual el personaje del Autor —caminante o pere-

---

[81] Acierta, en este sentido, Varela, *op. cit.*, pág. 34, al observar: «No hay paisaje [...] Paisaje supone contemplación estética de la naturaleza e implica distancia. Paisaje supone naturaleza emancipada, en cierta medida, del hombre».

grino— juega un papel decisivo. Después, una vez ante la Morada o la Cárcel, el paisaje es sustituido por el interior de los edificios alegóricos y, de este modo, al entrar el Autor en ellos, entramos como lectores en la fábula.

2.5. *Lo epistolar*

Pero si un elemento sobresale de entre los aquí estudiados en las novelas de Diego de San Pedro es la correspondencia epistolar que cruzan dama y caballero. Según F. Rico, «existía desde siempre, en efecto, una forma literaria que se avenía de maravilla a conciliar la tradición retórica y la modesta historicidad que parecía de rigor en los balbuceos de la novela: la carta»[82]. Esta forma literaria pasa a la novela sentimental desde Ovidio y la *Fiammetta* de Boccaccio, y es una forma de ordenación del discurso amoroso y, por tanto, de la novela, en que el Autor-personaje, convertido en testigo de la relación epistolar, y el autor-editor, esto es, San Pedro, delegan en los protagonistas el *proceso* de sus amores y la expresión —hecha palabra escrita— de ellos[83].

El uso de las epístolas se da con mayor frecuencia en *Cárcel* que en el *Tractado*. Arnalte escribe cuatro cartas a Lucenda[84], y ésta sólo una al caballero[85]; en cambio, Leriano envía cuatro epístolas a Laureola[86] y recibe tres de ésta[87], y la dama, también, escribe una carta de súplica a su padre el rey cuando éste la encierra en prisión[88]. La carta es, en las novelas, una forma de diálogo, no siempre fluido, y en que la intervención del Autor, como mensajero o como editor, sirve para dar cohesión a una de las bases narrativas de las historias. Es también, y ya dentro del argumento de los

---

[82] En *La novela picaresca y el punto de vista,* Barcelona, Seix Barral, 1982 (tercera edición), pág. 17.
[83] *Vid.* nota núm. 38 a la presente edición de *Cárcel de Amor.*
[84] *Tractado*, caps. 3, 10, 25 y 33.
[85] Cap. 23.
[86] *Cárcel*, caps. 8, 15, 26 y 39.
[87] Caps. 17, 28 y 41.
[88] Cap. 35.

38

libros, una de las formas —junto al *habla* con el Autor— que posee el caballero para objetivar su sentimiento amoroso.

Las cartas, de otra parte, contribuyen de una forma significativa a ordenar la estructura del relato. Su inclusión en éste indica, de manera lineal, uno de estos tres momentos: inicio de la relación, crisis sentimental y final de la historia. Sólo en una ocasión San Pedro, por medio del Autor, en el capítulo 9 de *Cárcel*, hará referencia explícita al método epistolar: «cuando las cartas deven alargarse es cuando se cree que ay tal voluntad para leellas quien las recibe como para escrivillas quien las embía». Whinnom analizó las fórmulas retóricas de las epístolas en las novelas[89] y distinguió en ellas cinco partes (*salutatio, exordium, expositio, petitio* y *conclusio*); pero más que detenernos ahora en lo puramente retórico, cabría señalar cuál es la estructura argumentativa que caballero, por un lado, y dama, por otro, utilizan en sus cartas.

El caballero se sitúa, siempre, en un tono de abatimiento inicial e indica, en alguna ocasión, que las palabras de la carta no alcanzan a describir en toda magnitud su estado[90]. Tras esta confesión, el amante manifiesta el objeto de su carta, y aparecen ahí términos como «fe», «hermosura», «galardón», «corazón», «libertad», «servicio», «deseo», «pena», «pasión», «remedio», «piedad», etc.; para terminar reiterando su amor, su deseo de recibir respuesta y la aceptación de la voluntad de la dama. En las cartas de ésta al caballero, la argumentación tiene otro signo: no sólo son respuestas, sino avisos sobre los posibles equívocos en los que el amante puede caer por el hecho de que ella le escriba. Esto puede advertirse, por ejemplo, en la única carta que Lucenda envía a Arnalte[91]. En el caso de las enviadas por Laureola a Leriano, San Pedro muestra una mayor variedad expositiva. La primera es puramente respuesta a la de Leriano, mientras que la segunda y tercera expresan, respectivamente, una pe-

---

[89] Ed. cit., II, págs. 44-47 y págs. 52-55.
[90] *Tractado*, cap. 3.
[91] Cap. 23.

tición de ayuda para salvar la fama y la certificación de que, tras lo ocurrido, Laureola no quiere volver a tratar con Leriano. Todas las enviadas por las mujeres terminan de igual modo: un aviso, al caballero, bien para que no intente traspasar el límite de lo epistolar, bien para que guarde el secreto, o bien para que sepa que la relación ha terminado.

Cuestión aparte es la carta que Laureola envía al rey. Aquí la estructura argumentativa es otra y, además, San Pedro dedica a ella si no más atención, sí mayor espacio. Laureola utilizará aquí una forma de alternancia entre lo personal y lo objetivo, y así, tras dar noticia de su sentencia de muerte, generalizará sobre la inocencia; tras aludir a su fortuna, se remontará a sus antepasados; tras su «bondad», tratará los actos de bondad a lo largo de su vida; tras la honra de su padre, el rey, la de los príncipes; y tras la invitación para que reflexione sobre su decisión, terminará recordándole Laureola a su padre la justicia divina.

Debería concluir este apartado citando, según mi parecer, algunas de las razones por las que las cartas son elementos fundamentales de las novelas de Diego de San Pedro. De forma urgente y esquemática, cabría decir que son, en primer lugar, signo de la necesidad de comunicación que, desde este punto de vista, contribuye a la estructura del relato[92]. Son las cartas, para San Pedro, un modo de armonizar su concepción de los diálogos, que dedica un capítulo para cada personaje que habla, con la división en partes del texto, ya que en el caso de las cartas también ocupan capítulos enteros. En ellas, evidentemente, están los contenidos sociales, morales y psicológicos de sus personajes y son un perfecto hilo conductor de cuantos valores e ideas, referentes o no al amor, retratan la sociedad de una época, dado el carácter supuestamente íntimo que poseen las epístolas.

En *Cárcel* lo epistolar alcanza un sentido más en el final de la novela. Leriano, como prueba última de fidelidad y

---

[92] A. Prieto, *op. cit.*, pág. 260, dirá más: «Estamos, entonces, en el ámbito de la confesión, de intimidad, del género epistolar, con el valor persuasivo de la primera persona como narración».

observancia de la ley del secreto, apura el cáliz de su dolor, que contiene, según el Autor, dos cartas[93].

2.6. *La mujer*

Diego de San Pedro presenta en sus obras tal cantidad de temas y asuntos que habrá que referirse únicamente a aquéllos que constituyen la anatomía del amor, asunto éste del que parten, en múltiples ramificaciones, todos los demás. Las novelas conceden el protagonismo a sus heroínas; a través de ellas se canalizan cuestiones morales, sociales, políticas y amorosas. Desde sus nombres simbólicos (Laureola = laurel; Lucenda = luz)[94] hasta su representación iconográfica[95], San Pedro construye sus protagonistas femeninas como ejes significativos de la acción, y destaca de ellas tres rasgos: hermosura, piedad e inaccesibilidad.

Según Cvitanovic, la mujer ocupa en San Pedro «un estadio intermedio entre Dios y la naturaleza»[96]. La hermosura de Laureola, o la de Lucenda, causa «afición», «deseo», «pena» y «atrevimiento»[97]; es el origen de una cadena de efectos que son, a su vez, constituyentes esenciales del relato. La mujer es presentada como la «belle dame sans merci» que pospone una y otra vez respuestas y cartas, de tal modo que el amante, sumido en una espiral de desconsuelo, asocia la hermosura de la dama con la crueldad. Esta crueldad, tal y como señalaba P. Waley[98], no es más que el mecanis-

---

[93] Laureola le envía, como hemos dicho, tres. Para este final, *vid.* J. F. Chorpenning, «Leriano's consumption of Laureola's letters in the *Cárcel de Amor*», *Modern Language Notes*, 95 (1980), págs. 442-445 y D. Ynduráin, «Las cartas de Laureola (beber cenizas)», *Edad de Oro*, III (1984), págs. 299-309.

[94] E. von Richtofen, «Fuentes inadvertidas de la *Cárcel de Amor* (Petrarca, Dante y Andreas Capellanus», en *Sincretismo literario*, Madrid, Alhambra, 1981, pág. 111-122. *Vid.* pág. 115.

[95] K. Whinnom, ed. cit., I, pág. 102n. 42, compara la descripción de Lucenda, en el cap. 2 del *Tractado,* con la Magdalena.

[96] *Op. cit.,* pág. 156.

[97] *Cárcel*, cap. 8.

[98] P. Waley, «Love and Honour in the novelas sentimentales of Diego de San Pedro and Juan de Flores», *B. H. S.,* XLIII (1966), pág. 258.

mo de protección de la fama que la mujer debe aplicar una y otra vez para no caer en desgracia. La crueldad, como la piedad, son rasgos sociales, de normativa prescrita, que la dama hace suyos.

En las novelas de San Pedro se alude con cierta frecuencia a la «condición» de la dama. Obviamente no se refiere a la condición social del personaje, o no sólo se refiere a ella. La condición de la dama va unida a su «piedad natural» o, dicho de otro modo, ésta forma parte de aquélla[99]. Diego de San Pedro cierra, de este modo, un triángulo para la caracterización de la dama: en un vértice, su hermosura y la crueldad; en el otro, su nacimiento; en el tercero, su condición y la piedad.

La piedad es un atenuante de la pasión, o al menos así lo cree la dama. Lo cierto es que puesta en práctica, se convierte en un incentivador del deseo del enamorado. De todos modos no hay que confundirse ante la piedad de la dama: su función no es tanto la *salvación* del caballero como la salvación de la mujer, y de su buen nombre. Ser piadosa con el enamorado es un riesgo («Cataquí el gualardón que recibo de la piedad que tuve», dirá Laureola en el cap. 28), tanto porque responder al caballero es darle esperanza como porque puede suponer ser descubierta e infamada. De ahí que la mujer se muestre como un ser inaccesible[100]. Todas las formas de acercamiento o comunicación ensayadas por el caballero (cartas, terceras personas, disfraces) no son más, en definitiva, que formas de profundizar en el carácter trágico que las historias mantienen, casi uniformes, desde el principio hasta el final.

Pero la dama no sólo es objeto del deseo y ejemplo de virtud. Su presencia en las novelas de San Pedro da pie al tratamiento de otros asuntos, cosa que enriquece, aun más, la figura de la mujer como personaje, puesto que es ella, en

---

[99] *Vid. Cárcel*, cap. 5.
[100] J. L. Varela, *op. cit.*, pág. 17: «Lo cortesano nos ofrece ahora a la mujer como un ser esquivo e inaccesible, y al hombre languideciendo de amor».

la vida real, quien está dando forma a nuevos contenidos[101]. Merece la pena, pues, que nos detengamos en uno de estos asuntos a los que San Pedro presta especial atención: la ejemplaridad de la mujer y el consiguiente debate entre la misoginia y el profeminismo. En *Cárcel de Amor* Leriano, al borde de la muerte, e instado por los argumentos misóginos de Tefeo, levanta un gran panegírico sobre la ejemplaridad femenina muy dentro de la tradición literaria medieval[102]. El autor dedica tres extensos capítulos[103], al final de la novela, para desarrollar su declaración profeminista. Semejante discurso, situado en la conclusión de *Cárcel*, funciona como lección moral y como propuesta social: Leriano argumenta, mediante quince razones, por qué están equivocados todos aquéllos que atacan o menosprecian a las mujeres, y a continuación enumera las veinte razones por las que los hombres han de sentirse obligados. Una vez estructurada su argumentación (primero rebate a Tefeo, después expone sus razones), Leriano concluye con los «ejemplos de bondad»[104]. Tres son las virtudes que a San Pedro le interesa destacar: la castidad, la defensa de su propio pueblo y la virginidad; es decir, aquellos signos de proyección exterior que redundan en la honra de la mujer. La virtud es, pues, esencia intemporal.

El tratamiento profeminista de la mujer no se circunscri-

---

[101] *Ibídem*, págs. 16-17: «Hauser ha señalado que la cultura cortesana medieval es una cultura específicamente femenina, y no sólo por la participación decisiva de la mujer en la vida espiritual e intelectual, sino porque los hombres siguen conscientemente el modo de pensar y sentir femeninos».

[102] Para este tema, J. Ornstein, «La misoginia y el profeminismo en la literatura castellana», *R. F. H.*, III (1941), págs. 219-232; E. N. Sims, *El antifeminismo en la literatura española hasta 1560*, Andes, Bogotá, 1973 y E. M. Gerli, «La "religión de amor" y el antifeminismo en las letras castellanas del siglo XV», *Hispanic Review*, XLIX (1981), págs. 65-86.

[103] Caps. 43, 44 y 45.

[104] J. F. Gatti, en *Contribución al estudio de Cárcel de Amor: la apología de Leriano*, Buenos Aires, 1955 y B. M. Damiani, en «The didactic intention in the *Cárcel de Amor*», *Hispanófila*, 56 (1976), págs. 29-49, entre otros, estudian el contenido y la filiación literaria de estos capítulos finales. A. Giannini, art. cit., por su parte, compara los ejemplos de la novela y los que aparecen en *El Cortesano*.

be únicamente a la defensa de Leriano; en el *Tractado* existe también el mismo punto de vista, aunque no las mismas formas. Aquí el *Panegírico* de la Reina y las *Angustias* de la Virgen cumplen con la función ejemplar que tiene el discurso de Leriano. La diferencia, no obstante, existe entre una y otra novela: en el *Tractado* se da el elogio de las dos más altas mujeres; en *Cárcel* se presenta un debate completo[105] en el que Tefeo defiende la postura misógina y Leriano la geriolátrica. Habría, en definitiva, que distinguir entre las «quince causas», para las que San Pedro se limita a los códigos morales y del honor de la caballería y de la religión, de las «veinte razones», en las que, sin alejarse de los referentes anteriores (se dice en las siete primeras razones que la mujer hace alcanzar al hombre las virtudes cardinales y las teologales), el autor introduce el referente de la Corte[106] y conceptos próximos a los que mantendrá la tratadística neoplatónica de comienzos del siglo XVI.

2.7. *Los personajes*

2.7.1. El Autor

Tanto en el *Tractado* como en *Cárcel* Diego de San Pedro utiliza el mismo punto de vista: un narrador (el Autor)[107] en primera persona que se dirige a los lectores para relatar un hecho del que bien fue testigo *(Cárcel)*, o bien ha recibido el encargo de transmitir *(Tractado)*. Según Cvitanovic, «entre el brevísimo paréntesis que media entre el prólogo de la obra y el comienzo de la historia, se produce la transmutación del autor en personaje». El Autor será autor-editor de la historia de Arnalte en el *Tractado* y autor-testigo de la de Leriano en *Cár-*

---

[105] G. Reyner, en *Le roman sentimental avant L'Astrée*, París, 1908, página 71, lo consideraba «digression inutile».

[106] Según J. Ornstein, art. cit., pág. 232: «El debate pro antifeminismo no se ocupa de la mujer como entidad social, sino de su existencia moral».

[107] Sobre el Autor y el punto de vista narrativo pueden consultarse los trabajos de Wardropper [1952], Waley [1966], Cvitanovic [1973], Prieto [1975], Dunn [1979], Rey [1981], Tórrego [1983], Mandrell [1983-1984] y Deyermond [1993].

cel, esto es, intermediario entre el caballero protagonista y las damas lectoras en la primera, y entre Leriano y Laureola en la novela y entre la historia de éstos y el público en la segunda.

Encerrar la historia en el marco de la primera persona narrativa, sobre todo en *Cárcel*, es uno de los recursos que maneja San Pedro para hacer su novela verosímil; pero, en este sentido, también utiliza técnicas distintas, puesto que en *Cárcel* la historia es relatada por la tercera persona de la acción (el Autor), dada su condición de testigo de la misma, mientras que en el *Tractado*, al dar la historia por acabada desde el comienzo de la novela, el Autor ha de remitirse al supuesto punto de vista de Arnalte o, lo que es lo mismo, al punto de vista masculino. Los personajes, a su vez, han de «recontar» las conversaciones en las que Arnalte no ha estado presente[108] como único medio de que éste, como narrador de su propia historia, se eleve a narrador omnisciente.

El Autor, como personaje de las novelas, representa el recurso técnico de la mediación. Su presencia establece, de algún modo, un puente estable entre el plano de lo real (el mundo de los lectores y de Diego de San Pedro) y el plano de la ficción. Como dije más arriba, San Pedro sostiene el paradigma de la Historia, con mayúscula, de los hechos ocurridos, como vínculo entre lo ideal y lo real, esto es, como forma de dotar a su relato de verosimilitud, pero también como lícita posibilidad para movilizar contenidos morales y sociales y para, en definitiva, ganar a su público a través del didactismo y la ejemplaridad[109].

2.7.2. Los caballeros Arnalte y Leriano

Los rasgos que caracterizan a los caballeros enamorados de las novelas de San Pedro coinciden en cuanto a prosopografía: ambos son nobles y jóvenes. Pero sus etopeyas, ela-

---

[108] *Vid*. cap. 20 del *Tractado*.
[109] Rojas, en *La Celestina*, al haberse planteado la forma dialogada para su novela, tuvo que acudir al recurso de la declaración de intenciones, contenida en «El autor a su amigo», las octavas acrósticas, el «Prólogo» y el «Síguese» que antecede al inicio de la obra.

boradas a lo largo de las novelas, difieren en algunos rasgos. Según Whinnom, Arnalte es un personaje mucho más ovidiano, y más cómico, que Leriano[110]: envía a su paje a buscar entre la basura, se disfraza de mujer y mata a Elierso, marido de Lucenda. Pero, sin embargo, San Pedro nos muestra rasgos en Arnalte que no se dan en Leriano, como por ejemplo sus pensamientos íntimos, en el capítulo del soliloquio, o su menos desmesurada decisión final, consistente en retirarse a su Morada y concertar un matrimonio para su hermana Belisa, en lugar del suicidio, o la muerte por amor, con la que concluye su vida Leriano. Arnalte es, además, no se olvide, personaje y primer narrador de su historia —ya pasada—, con lo que San Pedro puede alternar entre los hechos relatados y las consideraciones morales que su personaje va haciendo.

También se estructura la caracterización de los caballeros desde otros parámetros, y esto en ambas novelas. Las damas serán, con sus hablas y cartas, contrapunto a las razones del caballero como enamorado; el Autor aportará la parte confesional del personaje; y los enemigos, Elierso y Persio, la defensa de los valores caballerescos y la imagen del *milites*. Todas estas formas del retrato, y otras más que aportan otros personajes como Belisa en el *Tractado*, dibujan el perfil del caballero como hombre en perpetua contradicción que ya advertía Wardropper para Leriano, quien «pretende observar ambos códigos: el del amor y el del honor»[111].

La historia de ambos protagonistas es la del joven noble que antepone su deseo y su pasión a las normas sociales de la Corte, pero en el caso de Arnalte, como veremos, toda la confusión que sufre se duplica, dada su condición de enamorado de Lucenda y de tutor de su hermana Belisa.

[110] K. Whinnom, ed. cit. I, págs. 57-60.
[111] B. W. Wardropper, [1953], art. cit., pág. 190. *Vid.*, también, A. Durán, *op. cit.*, pág. 26.

2.7.3. Los personajes secundarios y la acción

Aunque circunscrita la acción principal a las parejas protagonistas y a la presencia del Autor en ambas obras, el proceso de los amores de caballero y dama implica otras circunstancias y hechos para los que San Pedro traza otros personajes. Y así, el recurso ovidiano de la mensajería se atribuye a un paje y a Belisa en el *Tractado* y al Autor en *Cárcel*.

El PAJE resulta ser un personaje poco verosímil, uno de los pocos deslices de San Pedro en cuanto a este ingrediente de sus relatos, puesto que será presentado como amigo de un hermano de Lucenda que no aparece en la novela.

Esta tercería inicial es sustituida, poco después por la de BELISA, amiga de Lucenda y, evidentemente, de su misma condición social. La hermana de Arnalte permite a San Pedro desentrañar progresivamente el secreto de aquél, a la par que muestra al caballero, como ya dije, en su vertiente social de tutor y responsable de la honra de su hermana. A través de ella conocerá el lector el impedimento matrimonial que se deriva de la orfandad de Arnalte[112]; también expondrá San Pedro un modelo argumentativo de la mensajería en los dos primeros encuentros que Belisa mantiene con Lucenda[113] y que, a grandes rasgos, consta de siete partes: alabanza de Lucenda, propósito del encuentro, relato del caso, conexión del relato con la dama, conexión del relato con Belisa, propuesta de «remedio» y justificación de la mensajera en nombre de la amistad.

En *Cárcel de Amor*, y dejando ya de un lado al personaje del Autor, mensajero de Leriano, se da una mayor variedad de personajes secundarios, circunscritos todos a una sola, y propia, función y a partes determinadas del relato. Si seguimos el orden de los capítulos, iremos encontrándonos con el Salvaje, el Rey, Galio, el Cardenal, Tefeo y los padres del caballero.

---

112 *Vid.* J. F. Ruiz Casanova, art. cit.
113 Caps. 18-19 y 21-22.

El enfrentamiento entre la vida armónica y el orden de la Corte tiene su contrapunto en el SALVAJE[114]. El hombre salvaje es el caballero retirado del entorno cortesano, normalmente tras un desdén amoroso, y que busca en la soledad de la naturaleza el interlocutor para su sentimiento doloroso. Según Deyermond, «hombres y mujeres salvajes se identifican con los amantes y el amor ideal»[115]; no se trata de un ser cuya forma de vida haya consistido siempre en vagar por «valles hondos y escuros», sino que representa, en *Cárcel*, al Deseo y es, pues, en sí mismo, alegoría de las desdichas de los despechados. El caballero salvaje o, mejor, la apariencia salvaje del caballero es, de algún modo, la imagen invertida de la esperanza en el amor.

Aunque en ambas novelas aparece la figura del REY, juez que imparte justicia y vértice de la pirámide caballeresca, al que todos deben vasallaje, me detendré aquí sólo en el Rey de *Cárcel de Amor*, puesto que a la condición ya dicha se suma en esta novela el hecho de ser el padre de la dama. A primera vista, pudiera parecer que el Rey se muestra arbitrario, tanto por creer las calumnias de Persio como por obviar el resultado del Juicio de Dios; pero no debe olvidarse que San Pedro, en este caso, está implicando también al lector, y que éste sabe que la mentira está en ambos lados, en Persio y en Leriano. La relación del Rey con Laureola, por otra parte, implica un código doble: el individual, como padre y protector de la honra de su hija, y el social, como personificación de la justicia y concertador de los matrimonios de la Corte. Esto nos llevaría a un nuevo asunto: el del matrimonio y su imposibilidad, al coincidir en el Rey ambos papeles[116].

---

[114] Para el tema del salvaje, *vid.* J. M. Azcárate, «El tema iconográfico del salvaje», *Archivo Español de Arte*, XXXI (1948), págs. 81-99; A. D. Deyermond, «El hombre salvaje en la novela sentimental, *Filología*, X (1964); H. Livermore, «El caballero salvaje: ensayo de identificación de un juglar», *R. F. E.*, XXIV (1950), págs. 166-183 y R. Bernheimer, *Wild Men in the Middle Ages: A study in Art, Sentiment and Demonology*, Harvard Univ. Press, Cambridge-Massachussets, 1952.

[115] A. D. Deyermond [1964], art. cit., pág. 100

[116] J. F. Ruiz Casanova, art. cit.

GALIO, personaje de *Cárcel*, es tío de Laureola, y tendrá su importancia en el desarrollo de la parte final de la acción[117]. Leriano planea asaltar la prisión en la que está encerrada su dama, pero en modo alguno pretende llevársela consigo, puesto que tal acción (el secuestro) sería motivo de condena a muerte. Galio habrá de hacerse cargo de su sobrina tras la liberación, De este modo se asegurará, ante la Corte y el Rey, la nobleza de propósito de Leriano. El caballero luchará por espacio de más de tres meses contra el Rey, y éste será el tiempo —se supone— que Galio protege la libertad de Laureola frente a los dos partidos en lucha aislándola en su fortaleza de Dala. Aunque no se tengan más noticias de este personaje, tío de la dama y cuñado del Rey, no hay que perder de vista su actitud en el desarrollo de los hechos; puesto que si Leriano está luchando por su buen nombre y por la libertad ya ganada de su dama, Galio, con su acción, ha optado claramente por el signo de la justicia que le transmite el caballero y no por la razón del Rey.

La importancia del CARDENAL de *Cárcel de Amor* podría señalarse en dos direcciones: es el único personaje religioso de las novelas de Diego de San Pedro y, en segundo término, es el primer interlocutor que solicita la clemencia del Rey. No obstante, el Cardenal puede entenderse como una forma de apelar moralmente a la piedad (o a la razón) del Rey, pero sin necesidad de hacer referencia alguna a las Escrituras o a Dios. La única vez que nombra a éste es para recordarle al Rey que no hizo caso del Juicio de Dios que las armas mostraron. Es, en definitiva, más conciencia moral y recurso narrativo (el Cardenal, la Reina y finalmente Laureola solicitan la clemencia del soberano) que ilustración dogmática.

TEFEO aparece como amigo de Leriano en tres de los capítulos finales[118], y frente al «falso amigo», personificado en Persio, representa la amistad, pero no deja de ser, por el momento en que aparece y por su función, otro recurso de San

---

[117] Concretamente en el cap. 36.
[118] Caps. 43, 44 y 45.

Pedro para dar pie a que se presente un debate entre la misoginia y el profeminismo[119]. La desproporción de los argumentos de Tefeo, amén de tener un reflejo real, tiene un sentido argumental: el amigo intenta minimizar el mal infligido por Laureola defendiendo la maldad de la mujer.

Por último, debe subrayarse que ni en el *Tractado* ni en *Cárcel* presenta Diego de San Pedro al completo a los padres del caballero y a los de la dama. Siempre falta alguien. En el *Tractado*, Arnalte y Belisa son huérfanos de padre y madre, y Lucenda aparece, al iniciarse la obra, en el entierro de su padre. Tampoco se nombra a su madre y sí, en cambio, a un hermano de la dama, amigo del paje de Arnalte, que no desempeña papel alguno en la novela. En *Cárcel de Amor* sólo falta el padre del caballero: la madre de Leriano es la duquesa Coleria[120], que aparece al final, y los padres de Laureola son los reyes de Macedonia. El padre o tutor del caballero es quien debe «dar forma» a los deseos de matrimonio del joven, pero resulta que en ambas novelas éste es huérfano, con lo que se plantea, evidentemente, un problema social, máxime en *Cárcel de Amor*, donde el Rey, al ser el padre de Laureola, no puede ejercer la tutela de Leriano.

2.8. *Finalidad y recepción de la obra de Diego de San Pedro*

Diego de San Pedro participa de la corte isabelina, y escribe sus novelas no tanto con una finalidad didáctica *explícita*, al modo de la reconocida por Rojas en su prólogo a *La Celestina*, como con el propósito de reproducir un tiempo histórico en el que los cambios en cuanto a ideas, conocimientos y usos sociales serán continuos. La obra literaria es

[119] *Vid.* nota núm. 102.

[120] *Vid.* L. M. Vicente, «El lamento de Pleberio: contraste y parecido con dos lamentos en *Cárcel de Amor*», *Celestinesca*, XII (1988), págs. 35-43; y D. S. Severin, «From the lamentations of Diego de San Pedro to Pleberio's lament», en A. D. Deyermond e I. Macpherson [eds.], *The Age of the Catholic Monarchs 1474-1516. Literary studies in memory of Keith Whinnom*, Liverpool Univ. Press, 1989, págs. 178-184.

un retrato de la nobleza cortesana, cuya identidad y modo de vida es objeto del arte. Más que estar escritas sus obras «desde el punto de vista aristocrático»[121], son la captación hecha forma literaria de dicho punto de vista. San Pedro, de este modo, revierte en la clase dominante los contenidos de la vida de finales del siglo XV y conforma con sus historias amorosas un público, semejante socialmente a sus protagonistas[122].

En las novelas de Diego de San Pedro no hay, como sí ocurre en *La Celestina*, rufianes, sirvientes traidores, viejas hechiceras, prostitutas o soldados fanfarrones. La realidad social de las novelas sanpedrinas se limita a la Corte. Es un realismo, como todo realismo, parcial el de estas obras, principio y fin en sí mismas y en su público. Whinnom creía que «San Pedro adapta para sus oyentes o sus lectores tanto el estilo como el contenido de sus escritos»[123], observación ésta que sólo debería aplicarse al propósito aparente de las obras, y no a su desarrollo o a algunos de los asuntos tratados por el autor.

Pudiera decirse que el propósito de San Pedro es didáctico, que busca una enseñanza moral o proponer un *aviso* cuyo ejemplo es la historia de los enamorados. Pudiera decirse que dicha enseñanza es evidente, sobre todo, en los finales de las novelas. Pero unas obras como éstas sobrepasan cualquier planteamiento didáctico o unívoco. El autor ha retratado una sociedad, la cortesana, que, aunque lo oculte mediante países remotos y nombres singulares, es la de su tiempo, la de sus lectores y lectoras. Es el retrato que puede hacer quien, cercano a la Corte, tiene la posibilidad de alejarse y adquirir perspectiva.

San Pedro resitúa un determinado gusto literario y ofrece a la nueva aristocracia una dimensión de protagonismo; conforma, según Varela, «la expresión literaria del amor de

---

[121] Así lo defiende P. Earle, art. cit., pág. 95.
[122] En este sentido, y aunque referido a la novela caballeresca francesa, *vid.* E. Auerbach, *op. cit.,* pág. 134, cit. en nota 59.
[123] K. Whinnom, ed. cit. III, pág. 81.

una minoría cortesana»[124]. En sus obras está el germen de algunos de los contenidos de los nuevos géneros, desde el teatro del siglo XVI a la actitud platónico-contemplativa de las formas literarias de amor del nuevo siglo; conjuga, en fin, las dos direcciones del nuevo hombre —la espiritual y la sensible— y subraya en sus textos el valor de la palabra escrita. Laureola creía que las palabras eran «imagen del coraçón»[125]; San Pedro se propone «conformar mis palabras con vuestros pensamientos» y «tratar de las enamoradas pasiones»[126].

[124] J. L. Varela, *op. cit.*, pág. 51.
[125] Cap. 11.
[126] En el prólogo al *Sermón*.

Esta edición

Cuando se me propuso la revisión del trabajo de edición que don Enrique Moreno Báez hiciera para esta editorial hace ya veintiún años y añadir a aquel delgado volumen las dos obras en prosa de Diego de San Pedro que acompañan a *Cárcel de Amor*, el *Tractado de amores de Arnalte y Lucenda* y el *Sermón*, me sentí —y sigo sintiéndome— afortunado por poder afrontar semejante empresa. Si lejos en el tiempo queda ya la primera edición de don Enrique, menos, aunque también lejos —unos nueve años— de estas líneas queda mi tesis de Licenciatura *Estudio y análisis de las novelas sentimentales de Diego de San Pedro*, leída en la Facultad de Filología de la Universidad de Barcelona el día 2 de octubre de 1986.

Para este trabajo he utilizado las siguientes ediciones: para el *Tractado*, la primera, impresa en Burgos en 1491, en la reproducción facsimilar hecha por A. González de Amezúa para la R.A.E. en 1952 a partir del Incunable 153 de la Real Academia de Historia, y la segunda (Burgos, 1522), según el ejemplar de la Biblioteca Nacional de París, signatura Rés.Y2.857; y para el *Sermón*, la edición de Burgos (hacia 1540), ejemplar de la B.N.P., signatura Rés.Y2.860. Para la *Cárcel de Amor*, utilizo el facsímil preparado por A. Pérez Gómez, en Incunables Poéticos Castellanos, XIII, Valencia, 1967, que reproduce la primera edición (Sevilla, 1492) y que se conserva en la Biblioteca Nacional de Madrid, signatura I-2134.

También he tenido en cuenta las ediciones modernas de las obras de Diego de San Pedro. Para el *Tractado*, R. Foulché-Delbosc [ed.] en *Revue Hispanique*, XXV (1911), pági-

·nas 220-282 (el texto a partir de pág. 229); S. Gili Gaya
[ed.], Diego de San Pedro, *Obras*, Clásicos Castellanos, 133,
Espasa Calpe, Madrid, 1976 (cuarta edición); K. Whinnom
[ed.], Diego de San Pedro, *Obras completas*, I, Castalia, Madrid, 1973; Ivy A. Corfis [ed.], *Diego de San Pedro's Tractado
de amores de Arnalte y Lucenda. A critical edition*, Tamesis
Books, Londres, 1985 y C. Hernández Alonso [ed.], *Novela sentimental española*, Plaza & Janés, serie Clásicos, 61, Barcelona, 1987, págs. 125-202. Para *Cárcel de Amor*, R. Foulché-
Delbosc, Biblioteca Hispánica, tomo XV, Barcelona,1904;
M. Menéndez y Pelayo [ed.], en apéndices al tomo II de
Orígenes de la novela, Madrid, 1907; J. Rubió y Balaguer [ed.],
en Ed. Armiño, Barcelona, 1941; S. Gili Gaya [ed.], ed. cit.;
K. Whinnom [ed.], Diego de San Pedro, *Obras completas*, II,
Castalia, Madrid,1972; C. Hernández Alonso [ed.], ed. cit.,
págs.203-282; Ivy A. Corfis [ed.], *Diego de San Pedro's Cárcel
de Amor. A critical edition*, Tamesis Books, Londres, 1987 y C.
Parrilla [ed.], *Cárcel de Amor*, Ed. Crítica, Biblioteca Clásica,
17, Barcelona, 1995. Para el *Sermón*, S.Gili Gaya[ed.], ed. cit.
y K.Whinnom [ed.], *Obras completas*, I, cit.

En cuanto al texto, he mantenido las vacilaciones que
muestran las primeras ediciones tales como las existentes
entre las vocales *e/i; e/y* como conjunción copulativa; *x/s;
b/v; ss/s; x/j* y *m/n* ante *p* o *b*, y he corregido el uso de la *i*
como consonante, la *y* vocálica y la *rr-*. En las notas a pie de
página incluyo aquellas lecciones que difieren totalmente
de la editada, así como también anoto las correcciones y
aquellas variantes que plantean otras posibilidades de edición; en el *Tractado* siempre que utilizo los corchetes ([])
para añadir o reconstruir, y siempre que no lo anote, sigo la
segunda edición (Burgos, 1522), que llamo B.

El texto de *Cárcel de Amor* es el publicado en esta colec-
ción, aunque con correcciones tanto en lo que se refiere a
la lectura del original (editado por A. Pérez Gómez, como
facsímil, en Incunables Poéticos, XIII, Valencia, 1967),
como en cuestiones ortográficas. El aparato crítico que
acompaña al texto es nuevo e incluye referencias bibliográ-
ficas actualizadas, a la par que tiene en cuenta las ediciones
anteriormente reseñadas.

Bibliografía

ARMAS, Frederick A. de, «Algunas observaciones sobre la *Cárcel de Amor*», *Duquesne Hispanic Review*, 9 (1970), págs. 107-127.

AZCÁRATE, José M., «El tema iconográfico del salvaje», *Archivo Español de Arte*, XXXI (1948), págs. 81-99.

BATTESTI PELEGRIN, Jeanne, «Je lyrique, "je" narratif dans la *Cárcel de Amor*: à propos du personage de Leriano», *Cahiers d'Etudes Romanes*, XI (1986), págs. 7-19.

— «Tópica e invención: los lamentos de las madres en la *Cárcel de Amor* de Diego de San Pedro», en Manuel Criado del Val [ed.], *Literatura Hispánica Reyes Católicos y Descubrimiento. Actas del Congreso Internacional sobre Literatura Hispánica en la época de los Reyes Católicos y el Descubrimiento*, Barcelona, P. P. U., 1989, págs. 237-247.

BERMEJO, Haydée y CVITANOVIC, Dinko, «El sentido de la aventura espiritual en *Cárcel de Amor*», *R. F. E.*, XLIX (1966), págs. 289-300

BERNHEIMER, Richard, *Wild Men in the Middle Ages: A study in Art, Sentiment and Demonology*, Harvard Univ. Press, Cambridge-Massachussets, 1952.

BERYSTERVELDT, Antony van, «La nueva teoría del amor en las novelas de Diego de San Pedro», *Cuadernos Hispanoamericanos*, 349 (1979), págs. 1-14.

BOHIGAS BALAGUER, Pedro, «Novela sentimental», en G. Díaz-Plaja [ed.], *Historia General de las Literaturas Hispánicas*, vol. II, Barcelona, Vergara, 1949, págs. 201-207.

BROWNLEE, Marina S., «Imprisioned Discourse in the *Cárcel de Amor*», *Romanic Review*, LXXVIII (1987), págs. 187-201.

BUCETA, Erasmo, «Algunas relaciones de la *Menina e moça* con la literatura española, especialmente con las novelas de Diego de San Pedro», *Revista de la Biblioteca, Archivo y Museo del Ayuntamiento de Madrid*, 10 (1933), págs. 291-307.

— «Cartel de desafío enviado por D. Diego López de Haro a Adelantado de Murcia Pedro Fajardo, 1480», *Revue Hispanique* LXXXI (1933), págs. 456-474.

CANET, José Luis, «El proceso de enamoramiento como elemento estructurante en la ficción sentimental», en R. Beltrán, J. L. Canet y J. L. Sinera [eds.], *Historias y ficciones: Coloquio sobre la literatura del siglo XV*, Universitat de València, Dept. de Filologia Espanyola, València, 1992, págs. 227-240.

CASTRO, Américo, «Algunas observaciones acerca del concepto de honor en los siglos XVI y XVII», *R. F. E.*, XLIX (1916), págs. 1-50.

CHORPENNING, Joseph F., «Rhetoric and feminism in *Cárcel de Amor*», *B. H. S.*, LIV (1977), págs. 1-8.

— «The literary and theological method of the *Castillo Interior*», *Journal of Hispanic Philology*, III (1978-1979), págs. 121-133.

— «Leriano's consumption of Laureola's letters in *Cárcel de Amor*», *Modern Language Notes*, 95 (1980), págs. 442-445.

— «Loss of Inocence, Descent into Hell, and Canibalism: Romance arquetipes and narrative unity in *Cárcel de Amor*», *The Modern Language Review*, LXXXVII (1992), págs. 342-351.

COPENHAGUEN, Carol, «Salutations in the Fifteenth-Century Spanish Vernacular Letters», *La Corónica*, XII (1984-1985), páginas 254-264.

— «The *Exordium* or *Captatio benevolentiae* in the Fifteenth-Century Spanish Letters», *La Corónica*, XIII (1984-1985), págs. 196-205.

— «*Narratio* and *petitio* in the Fifteenth-Century Spanish Letters», *La Corónica*, XIV (1985), págs. 6-14.

— «The *Conclusio* in the Fifteenth-Century Spanish Letters», *La Corónica*, XIV (1985-1986), págs. 213-219.

CORFIS, Ivy A. [ed.], *Diego de San Pedro's Tractado de amores de Arnalte y Lucenda. A critical edition*, Londres, Tamesis Books, 1985.

— «The Dispositio of Diego de San Pedro's *Cárcel de Amor*», *Iberomania*, XXI (1985), págs. 323-347.

— *Diego de San Pedro's Cárcel de Amor. A critical edition*, Londres, Tamesis Books, 1987.

COTARELO, Emilio, «Nuevos y curiosos datos biográficos del famoso trovador y novelista Diego de San Pedro», *B. R. A. E.*, 14 (1927), págs. 305-326.

CVITANOVIC, Dinko, *La novela sentimental española*, Madrid, Prensa Española, 1973.

— «Alusión y elusión en la novela española de los siglos XV y XVI», en D. Cvitanovic, G. R. Brevedan y otros [eds.], *Estudios sobre la expresión alegórica en España y América*, Bahía Blanca, Univ. Nacional del Sur, 1983, págs. 3-68.

DAMIANI, Bruno M., «The didactic intention in the *Cárcel de Amor*», *Hispanófila,* 56 (1976), págs. 29-49.

DEYERMOND, Alan D., «El hombre salvaje en la novela sentimental», *Filología,* X (1964), págs. 97-111.

— *Tradiciones y puntos de vista en la ficción sentimental,* Univ. Autónoma de México (Instituto de Investigaciones Filológicas), México, 1993.

— «La ficción sentimental: origen, desarrollo y pervivencia», estudio preliminar a Diego de San Pedro, *Cárcel de Amor,* ed. de Carmen Parrilla, Barcelona, Crítica, Biblioteca Clásica, 17, 1995, págs. IX-XXXIII.

DUNN, Peter N., «Narrator as character in the *Cárcel de Amor*», *Modern Language Notes,* 94 (1979), págs. 187-199.

DURÁN, Armando, *Estructuras y técnicas de la novela sentimental y caballeresca,* Madrid, Gredos, 1973.

EARLE, Peter G., «Love concepts in *La Cárcel de Amor* and *La Celestina*», *Hispania,* XXXIX (1956), págs. 92-96.

FALCO, Alfonso, «Diego de San Pedro e la *Cárcel de Amor*», *Clizia,* XXIX (1959), págs. 28-47.

FERNÁNDEZ JIMÉNEZ, Juan, «La trayectoria literaria de Diego de San Pedro», *Cuadernos Hispanoamericanos,* 387 (1982), págs. 647-657.

GARCÍA, Michel, «Les fêtes de cour dans le roman sentimental castillan», *La Fête,* 1987, págs. 33-49.

GASCÓN VERA, Elena, «La ambigüedad en el concepto del amor y de la mujer en la prosa castellana del siglo XV», *B. R. A. E.,* LIX (1979), págs. 119-155.

— «Anorexia eucarística: la *Cárcel de Amor* como tragedia clásica», *Anuario medieval,* II (1990), págs. 64-77.

GATTI, José F., *Contribución al estudio de Cárcel de Amor: la apología de Leriano,* Buenos Aires, 1955.

GERLI, Michael, «Leriano's libation: Notes on the Cancionero Lyric, ars moriendi and probable debt to Boccaccio», *Modern Language Notes,* 96 (1981), págs. 414-420.

— «La religión de amor y el antifeminismo en las letras castellanas del siglo XV», *Hispanic Review,* XLIX (1981b), págs. 65-86.

— «Towards a poetics of the Spanish Sentimental romance», *Hispania,* LXXII (1989), págs. 474-482.

— «Metafiction in Spanish Sentimental romance», en A. D. Deyermond & I. Macpherson [eds.], *The age of the Catholic Monarchs 1474-1516: Literary studies in memory of Keith Whinnom*», Liverpool, Liverpool Univ. Press, 1989, págs. 57-63.

GIANNINI, A., «La *Cárcel de Amor* y *El Cortesano*», *Revue Hispanique,* XLVI (1919), págs. 547-568.

Gili Gaya, Samuel [ed.], Diego de San Pedro, *Obras*, Madrid, Espasa Calpe, Clásicos Castellanos, 1976 (cuarta edición).

Goldberg, Harriet, «A reppraisal of colour symbolism in the Courtly Prose Fiction of Late-Medieval Castile», *B. H. S.,* LXIX (1992), pág. 221- 237.

Howe, Elisabeth T., «A woman ensnared: Laureola as victim in the *Cárcel de Amor*», *Revista de Estudios Hispánicos,* XXI (1987), págs. 13-27.

Iglesia Ferreirós, Aquilino, «La crisis de la noción de fidelidad en la obra de Diego de San Pedro», *Anuario de Historia del Derecho Español,* 39 (1969), págs. 707-724.

Jones, Royston O., «Isabel la Católica y el amor cortés», *Revista de Literatura,* XXI (1962), págs. 55-64.

Kany, Charles E., *The beginnings of the Epistolary Novel in France, Italy and Spain,* Univ. of California Publications in Modern Philology, XXI, I, Univ. of California Press, Berkeley, 1937.

Krause, Anna, «El tratado novelístico de Diego de San Pedro», *Bulletin Hispanique,* LIV (1952), págs. 245-275.

Kurtz, Bárbara, «Diego de San Pedro's *Cárcel de Amor* and the tradition of the Allegorical Edifice», *Journal of Hispanic Philology,* 8 (1984), págs. 123-138.

Lacarra, M. Eugenia, «Sobre la cuestión de la autobiografía en la ficción sentimental», en V. Beltrán [ed.], *Actas del I Congreso de la Asociación Hispánica de Literatura Medieval,* Barcelona, P. P. U., 1988, págs. 359-368.

Lewis, Clive S., *La alegoría del amor,* Buenos Aires, EUDEBA, 1966.

Livermore, Harold, «El caballero salvaje: ensayo de identificación de un juglar», *R. F. E.,* XXIV (1950), págs. 166-183.

Mandrell, James, «Author and Authority in *Cárcel de Amor*: the role of El Auctor», *Journal of Hispanic Philology,* VIII (1983-1984), págs. 99-122.

Márquez Villanueva, Francisco, «*Cárcel de Amor,* novela política», *Revista de Occidente,* XIV (1966), págs. 185-200.

Martínez Jiménez, José A. y Muñoz Marquina, Francisco, «Hacia una caracterización del género "novela sentimental"», *Nuevo Hispanismo,* II (1982), págs. 11-43.

Martínez Latre, M. Pilar, «La evolución genérica de la ficción sentimental española: un replanteamiento», *Berceo,* núms. 116-117 (1989), págs. 7-22.

Menéndez Pelayo, Marcelino, *Orígenes de la novela,* N. B. A. E., tomo I, 1925 (segunda edición), págs. CCLXXXI-CCCXXX.

Miguel-Prendes, Sol, «Las cartas de la *Cárcel de Amor*», *Hispanófila,* CII (1990), págs. 1-22.

ORNSTEIN, Jacob, «La misoginia y el profeminismo en la literatura castellana», *R. F. H.*, III (1941), págs. 219-232.

PARRILLA, Carmen, «El *tratado de amores* en la narrativa sentimental», *Boletín de la Biblioteca Menéndez y Pelayo*, LXIV (1988), páginas 109-128.

— «Prólogo a su ed. de *Cárcel de Amor*, Barcelona, Crítica, 1995, págs. XXXVII-LXXXI.

POST, Chandler R., *Mediaeval Spanish Allegory*, Cambridge-Massachussets, Harvard Univ. Press, 1915.

PRIETO, Antonio, *Morfología de la novela*, Barcelona, Planeta, 1975.

REDONDO, Agustín, «Antonio de Guevara y Diego de San Pedro: las *Cartas de amores* del *Marco Aurelio*», *Bulletin Hispanique*, 78 (1976), págs. 226-239.

REY, Alfonso, «La primera persona narrativa en Diego de San Pedro», *B. H. S.*, LVIII (1981), págs. 95-102.

REYES, Alfonso, «La *Cárcel de Amor*, novela perfecta», en *Obras completas*, vol. I, México, F. C. E., 1955, págs. 49-60.

REYNER, Gustave, *Le roman sentimental avant L'Astrée*, París, Colin, 1908.

RICHTOFEN, Erich von, «Fuentes inadvertidas de la *Cárcel de Amor* (Petrarca, Dante y Andreas Capellanus)», en *Sincretismo literario*, Madrid, Alhambra, 1981, págs. 111-122.

ROHLAND DE LANGBEHN, Régula, *Zur interpretation der Romane des Diego de San Pedro*, Heildelberg, Carl Winter, 1970.

— «Desarrollo de géneros literarios: la novela sentimental española de los siglos XV y XVI», *Filología*, XXI (1986), págs. 57-76.

RUBIÓ BALAGUER, J. [ed.], *Cárcel de Amor*, Barcelona, Gustavo Gili, 1941.

RUIZ CASANOVA, José F., «El tema del matrimonio en las novelas sentimentales de Diego de San Pedro: dos hipótesis», *Boletín de la Biblioteca Menéndez y Pelayo*, LXIX (1993), págs. 23-44.

RUIZ DE CONDE, Justina, *El amor y el matrimonio secreto en las novelas de caballerías*, Madrid, Aguilar, 1948.

SCHEVILL, Rudolph, «Ovid and the Renascence in Spain», *Publications in Modern Philology*, vol. IV (1913), Univ. of California, págs. 117-119.

SERRANO PONCELA, S., «Dos "Werther" del Renacimiento español», *Asomante*, 5 (1949), págs. 87-103.

SEVERIN, Dorothy S., «Structure and thematic repetitions in Diego de San Pedro's *Cárcel de Amor* and *Arnalte y Lucenda*», *Hispanic Review*, XLV (1977), págs. 165-169.

— «From the lamentatios of Diego de San Pedro to Pleberio's lament», en A. D. Deyermond & I. Macpherson [eds.], *The age of*

   the Catholic Monarchs 1474-1516. Literary studies in memory of Keit
   Whinnom, Liverpool, Liverpool Univ. Press, 1989, págs. 178-184

SHARRER, Harvey L., «La fusión de las novelas artúrica y sentimen
   tal a fines de la Edad Media», *El Crotalón. Anuario de Filología
   Española,* I (1984), págs. 147-157.

SIMS, Edna N., *El antifeminismo en la literatura española hasta 1560,*
   Andes, Bogotá, 1973.

SPINELLI, Emily, «Chivalry and its terminology in the spanish sentimental romance», *La Corónica,* XII (1983-1984), págs. 241-253.

TÓRREGO, Esther, «Convención retórica y ficción narrativa en *Cárcel
   de Amor», N.R.F.H.,* tomo XXXII, núm. 2 (1983), págs. 330-339.

VARELA, José L., «La novela sentimental y el idealismo cortesano»,
   en *La transfiguración literaria,* Madrid, Prensa Española, 1970,
   págs. 3-51.

VICENTE, Luis M., «El lamento de Pleberio:contraste y parecido
   con dos lamentos en *Cárcel de Amor», Celestinesca,* XII (1988),
   págs. 35-43.

VIGIER, Françoise, «Fiction épistolaire et novela sentimental en Es-
   pagne aux XV et XVI siècles», *Mélanges de la Casa de Velázquez,*
   XX (1984), págs. 229-259.

WALEY, Pamela, «Love and Honour in the *Novelas sentimentales* of
   Diego de San Pedro and Juan de Flores», *B. H. S.,* XLIII (1966),
   págs. 253-275.

— «*Cárcel de Amor* and *Grisel y Mirabella*: A question of priority»,
   B. H. S., L (1973), págs. 340-356.

WARDROPPER, Bruce W., «Allegory and the role of El Autor in *Cárcel de Amor», Philological Quarterly,* 31 (1952), págs. 39-44.

— «El mundo sentimental de la *Cárcel de Amor», R. F. E.,* XXXVII
   (1953), págs. 168-193.

WHINNOM, Keith [ed.], Diego de San Pedro, *Obras completas,
   I. Tractado de amores de Arnalte y Lucenda. Sermón,* Madrid, Castalia, 1973.

— Diego de San Pedro, *Obras completas, II. Cárcel de Amor,* Madrid, Castalia, 1972.

— y SEVERIN, Dorothy S. [eds.], Diego de San Pedro, *Obras completas, III. Poesías,* Madrid, Castalia, 1979.

— *The spanish sentimental romance, 1140-1550: A critical biblio-
   graphy,* Londres, Grant & Cutler, 1983

YNDURÁIN, Domingo, «Las cartas de Laureola (beber cenizas)»,
   Edad de Oro, III (1984), págs. 299-309.

— «Las cartas en prosa», en V. García de la Concha [ed.], *Academia Literaria Renacentista, V: Literatura en la época del Emperador,*
   Univ. de Salamanca, 1988, págs. 53-79

Cárcel de amor

Carcel de amor, Compuesto por:
Diego de sant Pedro, a pedimiéto del señor
don Diego hernandez alcayde delos venze
les z de otros caualleros cortesanos: Nueua
mente historiados, y bien correydo.

Portada de la edición *Cárcel de Amor* de Diego
de San Pedro, impresa en Zaragoza en 1523.

El seguiente tractado[1] fue fecho a pedimiento del señor don Diego Hernández, Alcaide de los Donzeles[2], y de otros cavalleros cortesanos: Llámase Cárcel de Amor. Compúsolo San Pedro.

Comiença el prólogo assí

Muy virtuoso señor:

Aunque me falta sofrimiento para callar, no me fallesce[3] conoscimiento para ver cuánto me estaría mejor preciarme de lo que callase que arrepentirme de lo que dixiese; y puesto que assí lo conozca, aunque veo la verdad, sigo la opinión[4]; y como hago lo peor, nunca quedo sin castigo, porque si con rudeza yerro, con vergüença pago. Verdad es que en la obra presente no tengo tanto cargo, pues me puse en ella más por necesidad de obedescer que con voluntad de escrevir; porque de vuestra merced me fue dicho que devía

---

[1] Para esta denominación, *vid.* el apartado 2. 1 de la «Introducción».
[2] Es Diego Fernández de Córdoba, séptimo Alcaide de los Donceles y primer marqués de Comares.
[3] *fallecer:* «Faltar» (*Auts.*).
[4] Carmen Parrilla en su edición de *Cárcel de Amor*, ed. cit., pág. 123, sugiere que «parece apuntar a la idea aristotélica a propósito del hombre incontinente que "no tiene conocimiento sino sólo opinión"». En el *Tesoro*, bajo *opinión*, leemos: «Distinguen los filósofos la opinión de la ciencia, porque la ciencia dize cosa cierta y indubitable, y la opinión es de cosa incierta».

hazer alguna obra de estilo de una oración[5] que embié a la
señora doña Marina Manuel[6], porque le parescía menos
malo que el que puse en otro tractado[7] que vido mío. Assí
que por complir su mandamiento pensé hazerla, aviendo
por mejor errar en el dezir que en el desobedecer; y también acordé endereçarla a vuestra merced[8] porque la favo-
rezca como señor y la emiende como discreto. Comoquiera[9] que primero que me determinase estuve en grandes dubdas, vista vuestra discreción temía, mirada vuestra virtud
osava: en lo uno hallava el miedo, y en lo otro buscava la
seguridad; y en fin escogí lo más dañoso para mi vergüença
y lo más provechoso para lo que devía.

Podré ser reprehendido si en lo que agora escrivo tornare
a dezir algunas razones de las que en otras cosas he dicho;
de lo cual suplico a vuestra merced me salve, porque como
he hecho otra esc[r]itura[10] de la calidad désta no es de maravillar que la memoria desfallesca; y si tal se hallare, por
cierto más culpa tiene en ello mi olvido que mi querer.

Sin dubda, señor, considerado esto y otras cosas que en
lo que escrivo se pueden hallar, yo estava determinado de
cesar ya en el metro[11] y en la prosa, por librar mi rudeza
de juizios y mi espíritu de trabajos, y paresce, cuanto más
pienso hazerlo, que se me ofrecen más cosas para no poder

---

[5] Pudiera referirse al *Sermón,* aunque en momento alguno se nombra a
Marina Manuel, y sí en cambio a «unas señoras que le desseavan oír pre-
dicar».

[6]. Era bisnieta de don Juan Manuel. Según Whinnom, su familia estaba
emparentada con la de don Juan Téllez-Girón. *Vid.* K. Whinnom, ed. cit.,
I pág. 19 y págs. 28-30, y, del mismo autor, «The mysterious Marina Manuel (Prologue, *Cárcel de Amor)»,* en *Studia Iberica: Fetschrift für Hans Flasche,*
Berna, 1973, págs. 689-695.

[7] El *Tractado de amores de Arnalte y Lucenda,* seguramente.

[8] Tanto el *Tractado* como esta novela han de considerarse encargos de
la nobleza al autor, aunque, indudablemente, éste usa la «captatio benevolentiae» para su justificación.

[9] F. Castro Guisasola [1924], pág. 184, ya apuntó algunas coincidencias
entre este párrafo y otro del auto X de *La Celestina. Vid.* nota núm. 33.

[10] El *Tractado.*

[11] Para la poesía de Diego de San Pedro, puede consultarse la edición de
S. Gili Gaya, ed. cit., págs. 213-249 y la de K. Whinnom y D. S. Severin
[eds.], *Obras completas, III. Poesías,* Madrid, Castalia, 1979.

complirlo. Suplico a vuestra merced, antes que condene mi falta juzgue mi voluntad, porque reciba el pago, no segund mi razón, mas segund mi deseo.

[1] Comiença la obra

Después de hecha la guerra[12] del año pasado, viniendo a tener el invierno a mi pobre reposo, pasando una mañana, cuando ya el sol quería esclarecer la tierra, por unos valles hondos y escuros que se hazen en la Sierra Morena, vi salir a mi encuentro por entre unos robledales do mi camino se hazía un cavallero, assí feroz de presencia como espantoso de vista, cubierto todo de cabello a manera de salvaje[13]. Levava en la mano isquierda un escudo de azero muy fuerte y en la derecha una imagen femenil entallada en una piedra muy clara[14], la cual era de tan estrema hermosura que me turbava la vista. Salían della diversos rayos de fuego que levava encendido el cuerpo de un ombre quel cavallero forciblemente[15] levava tras sí. El cual con un lastimado gemido de rato en rato dezía: «En mi fe se sufre todo».

Y como emparejó comigo díxome con mortal angustia: «Caminante, por Dios te pido que me sigas y me ayudes en tan grand cuita».

Yo, que en aquella sazón tenía más causa para tem[e]r que razón para responder, puestos los ojos en la estraña visión, estove quedo, trastornando en el coraçón diversas consideraciones. Dexar el camino que levava parecíame desvarío; no hazer el ruego de aquel que assí padecía figurá-

---

[12] Todos los editores y comentaristas dan por seguro que se refiere a la guerra de Granada, que comenzó en 1482.

[13] Para el tema del «hombre salvaje», *vid.* nota núm. 114 de la «Introducción».

[14] Esta imagen ha sido estudiada por Harvey L. Sharrer en «La *Cárcel de Amor* de Diego de San Pedro: la confluencia de lo sagrado y lo profano en la imagen femenil entallada en una piedra muy clara», en M. I. Toro Pascua [ed.], *Actas del III Congreso Internacional de la Asociación Hispánica de Literatura Medieval*, Univ. de Salamanca, en prensa.

[15] *forciblemente:* «A la fuerza».

vaseme inumanidad; en siguille avía peligro; y en dexalle flaqueza. Con la turbación, no sabía escoger lo mejor; pero ya quel espanto dexó mi alteración en algund sosiego y cuánto era más obligado a la virtud que a la vida; y, empachado de mí mesmo por la dubda en que estuve, seguí la vía de aquel que quiso ayudarse de mí.

Y como apresuré mi andar, sin mucha tardança alcancé a él y al que la fuerça le hazía, y assí seguimos todos tres por unas partes no menos trabajosas de andar que solas de plazer y de gente; y como el ruego del forçado fue causa que lo sigui[e]se, para cometer al que lo levava faltávame aparejo y para rogalle merescimiento, de manera que me fallecía consejo; y después que rebolví el pensamiento en muchos acuerdos, tomé por el mejor ponerle en alguna plática, porque como él me respondiese, así yo determinase; y con este acuerdo supliquéle con la mayor cortesía que pude me quisiese dezir quién era.

A lo cual assí me respondió: «Caminante, segund mi natural condición, ninguna respuesta quisiera darte, porque mi oficio más es para secutar mal que para responder bien; pero como siempre me crié entre ombres de buena criança, usaré contigo de la gentileza que aprendí y no de la braveza de mi natural. Tú sabrás, pues lo quieres saber: yo soy principal oficial en la Casa de Amor; llámanme por nombre Deseo. Con la fortaleza deste escudo defiendo las esperanças, y con la hermosura desta imagen causo las aficiones, y con ellas quemo las vidas, como puedes ver en este preso que llevo a la Cárcel de Amor[16], donde con solo morir se espera librar.»

Cuando estas cosas el atormentador cavallero me iva diziendo, sobíamos una sierra de tanta altura, que a más andar mi fuerça desfallecía, y ya que con mucho trabajo llegamos a lo alto della, acabó su respuesta. Y como vido que en más pláticas quería ponelle yo, que començava a dalle gra-

---

[16] Para el significado alegórico de la cárcel, pueden consultarse los trabajos de Chorpenning [1978-1979], Cvitanovic [1973], Rohland de Langbehn [1970], Kurtz [1984], Post [1915] y Parrilla [1995], todos citados en «Bibliografía».

Ilustración para *Cárcel de Amor*. Xilografía de Rusenbach.
Grabado de la traducción catalana, Barcelona, 1493.

cias por la merced recebida, súpitamente desapareció de mi presencia; y como esto pasó a tiempo que la noche venía, ningund tino pude tomar para saber dónde guió; y como la escuridad y la poca sabiduría de la tierra me fuesen contrarias, tomé por propio consejo no mudarme de aquel lugar.

Allí comencé a maldezir mi ventura, allí desesperava de toda esperança, allí esperava mi perdimiento, allí en medio de mi tribulación nunca me pesó de lo hecho, porque es mejor perder haziendo virtud que ganar dexándola de hazer; y assí estuve toda la noche en tristes y trabajosas contemplaciones; y cuando ya la lumbre del día descubrió los campos vi cerca de mí, en lo más alto de la sierra, una torre de altura tan grande que me parecía llegar al cielo. Era hecha por tal artificio que de la estrañeza della comencé a maravillarme. Y puesto al pie, aunque el tiempo se me ofrecía más para temer que para notar, miré la novedad de su lavor y de su edificio.

El cimiento sobre que estava fundada era una piedra tan fuerte de su condición y tan clara de su natural cual nunca otra tal jamás avía visto, sobre la cual estavan firmados[17] cuatro pilares de un mármol morado muy hermoso de mirar. Eran en tanta manera altos, que me espantava cómo se podían sostener. Estava encima dellos labrada una torre de tres esquinas, la más fuerte que se puede contemplar; tenía en cada esquina, en lo alto della, una imagen de nuestra umana hechura, de metal, pintada cada una de su color: la una de leonado y la otra de negro y la otra de pardillo[18]. Tenía cada una dellas una cadena en la mano asida con mucha fuerça. Vi más encima de la torre un chapitel sobrel cual estava un águila que tenía el pico y las alas llenas de claridad[19] de unos rayos de lumbre que por dentro de la torre sa-

---

[17] Por «afirmados».

[18] Poco después se nos explicará la simbología de estos colores, que corresponden, respectivamente, a la Tristeza, la Congoja y el Trabajo. Para el simbolismo de los colores, *vid.* nota núm. 27.

[19] Símbolo, según el *Fisiólogo,* de la renovación y de la juventud. *Vid.* Ignacio Malaxecheverría [ed.], *Bestiario medieval,* Madrid, Siruela, 1986, páginas 73 y ss.

lían a ella; oía dos velas[20] que nunca un solo punto dexavan de velar. Yo, que de tales cosas justamente me maravillava, ni sabía dellas qué pensase ni de mí que hiziese; y estando conmigo en grandes dubdas y confusión, vi travada con los mármoles dichos un escalera que llegava a la puerta de la torre, la cual tenía la entrada tan escura que parescía la sobida della a ningund ombre posible. Pero, ya deliberado, quise antes perderme por sobir que salvarme por estar; y, forçada mi fortuna, comencé la sobida, y a tres passos del escalera hallé una puerta de hierro, de lo que me certificó más el tiento de las manos que la lumbre de la vista, segund las tinieblas do estava. Allegado, pues, a la puerta, hallé en ella un portero, al cual pedí licencia para la entrada, y respondióme que lo haría, pero que me convenía dexar las armas primero que entrase; y como le dava las que levava segund costumbre de caminantes, díxome:

warrior lang'.

«Amigo, bien paresce que de la usança desta casa sabes poco. Las armas que te pido y te conviene dexar son aquéllas con que el coraçón se suele defender de tristeza, assí como Descanso y Esperança y Contentamiento, porque con tales condiciones ninguno pudo gozar de la demanda que pides.»

Pues, sabida su intención, sin detenerme en echar juizios sobre demanda tan nueva, respondíle que yo venía sin aquellas armas y que dello le dava seguridad. Pues como dello fue cierto, abrió la puerta y con mucho trabajo y desatino lleg[u]é ya a lo alto de la torre, donde hallé otro guardador que me hizo las preguntas del primero; y después que supo de mí lo quel otro, diome lugar a que entrase, y llegado al aposentamiento de la casa, vi en medio della una silla de fuego, en la cual estava asentado aquel cuyo ruego de mi perdición fue causa. Pero como allí, con la turbación, descargava con los ojos la lengua, más entendía en mirar maravillas que en hazer preguntas; y como la vista no estava despacio, vi que las tres cadenas de las imágines que estavan en

---

[20] *vela:* «Es la centinela que está despierta y velando las horas que le caben de la noche» *(Tesoro).* Las «dos velas» son Desdicha y Desamor, como se verá.

lo alto de la torre tenían atado aquel triste, que siempre se quemava y nunca se acabava de quemar. Noté más, que dos dueñas lastimeras con rostros llorosos y tristes le servían y adornavan, poniéndole con crueza en la cabeça una corona de unas puntas de hierro, sin ninguna piedad, que le traspasavan todo el celebro; y después desto miré que un negro vestido de color amarilla venía diversas vezes a echalle una visarma[21] y vi que le recebía los golpes en un escudo que súpitamente le salía de la cabeça y le cobría hasta los pies. Vi más, que cuando le truxeron de comer, le pusieron una mesa negra y tres servidores mucho diligentes, los cuales le davan con grave sentimiento de comer; y bueltos los ojos al un lado de la mesa, vi un viejo anciano sentado en una silla, echada la cabeça sobre una mano en manera d'ombre cuidoso. Y ninguna destas cosas pudiera ver, segund la escuridad de la torre, si no fuera por un claro resplandor que le salía al preso del coraçón, que la esclarecía toda[22]. El cual, como me vio atónito de ver cosas de tales misterios, viendo cómo estava en tiempo de poder pagarme con su habla lo poco que me devía, por darme algund descanso, mezclando las razones discretas con las lágrimas piadosas, començó en esta manera a dezirme:

[2] El preso al auctor[23]

Alguna parte del coraçón quisiera tener libre de sentimiento, por dolerme de ti segund yo deviera y tú merecías; pero ya tú vees en mi tribulación que no tengo poder para sentir otro mal sino el mío. Pídote que tomes por satisfacción, no lo que hago, más lo que deseo.

---

[21] *bisarma:* «La alabarda, llamada así acaso por tener dos modos de herir, pinzando y cortando» *(Auts.).*

[22] Nótese, en esta última frase, el esfuerzo de San Pedro por hacer verosímil su descripción alegórica.

[23] Para el papel del «Autor» en la obra, *vid.* nota núm. 107 de la «Introducción».

Tu venida aquí yo la causé. El que viste traer preso yo soy, y con la tribulación que tienes no as podido conoscerme. Torna en ti tu reposo, sosiega tu juizio, porque estés atento a lo que te quiero dezir. Tu venida fue por remediarme, mi habla será por darte consuelo, puesto que yo dél sepa poco. Quién yo soy quiero decirte, de los misterios que vees quiero informarte, la causa de mi prisión quiero que sepas, que me delibres quiero pedirte, si por bien lo tovieres.

Tú sabrás que yo soy Leriano, hijo del duque Guersio, que Dios perdone[24], y de la duquesa Coleria. Mi naturaleza es este reino do estás, llamado Macedonia[25]. Ordenó mi ventura que me enamorase de Laureola, hija del rey Gaulo, que agora reina, pensamiento que yo deviera antes huir que buscar; pero como los primeros movimientos no se puedan en los ombres escusar, en lugar de desviallos con la razón confirmélos con la voluntad, y assí de Amor me vencí, que me truxo a esta su casa, la cual se llama Cárcel de Amor; y como nunca perdona, viendo desplegadas las velas de mi deseo, púsome en el estado que vees. Y porque puedas notar mejor su fundamento y todo lo que has visto, deves saber[26] que aquella piedra sobre quien la prisión está fundada es mi fe, que determinó de sofrir el dolor de su pena, por bien de su mal. Los cuatro pilares que asientan sobre ella son mi Entendimiento y mi Razón y mi Memoria y mi Voluntad, los cuales mandó Amor parescer en su presencia an-

---

[24] Para lo referente a la orfandad del protagonista y su incidencia en el matrimonio, *vid.* Ruiz Casanova [1993].

[25] Mientras que en el *Tractado* sitúa el origen de los protagonistas en Tebas, aquí Leriano y Laureola son macedonios. La cuestión de la verosimilitud queda lejos en lo que se refiere a la situación geográfica de la acción. Supuestamente, Leriano y el Autor se encuentran en unos «robledales» de Sierra Morena «una mañana», suben una sierra, y el Autor pierde de vista al penitenciado de Amor con la llegada de la noche. A la mañana siguiente ve la Cárcel, «en lo más alto de la sierra» y, por tanto, en España, pero no: cuando se presenta Leriano al Autor, aquél le dice a éste: «Mi naturaleza es este reino do estás, llamado Macedonia». Es, sin duda, artificio del relato; mas significativo. Pueden consultarse, a este respecto, los trabajos de Varela [1970], Deyermond [1993] y Parrilla, ed. cit., pág. LXII.

[26] Comienza aquí la descripción de los símbolos que encierra la Cárcel de Amor.

tes que me sentenciase, y por hazer de mí justa justicia preguntó por sí a cada uno si consentía que me prendiesen, porque si alguno no consentiese me absolvería de la pena. A lo cual respondieron todos en esta manera:

Dixo el Entendimiento: «Yo consiento al mal de la pena por el bien de la causa, de cuya razón es mi voto que se prenda.»

Dixo la Razón: «Yo no solamente do consentimiento en la prisión, mas ordeno que muera, que mejor le estará la dichosa muerte que la desesperada vida, segund por quien se ha de sofrir.»

Dixo la Memoria: «Pues el Entendimiento y la Razón consienten porque sin morir no pueda ser libre, yo prometo de nunca olvidar.»

Dixo la Voluntad: «Pues que assí es, yo quiero ser llave de su prisión y determino de siempre querer.»

Pues oyendo Amor que quien me avía de salvar me condenava dio como justo esta sentencia cruel contra mí. Las tres imágines que viste encima de la torre, cubiertas cada una de su color, de leonado y negro y pardillo, la una es Tristeza y la otra Congoxa y la otra Trabajo. Las cadenas que tenían en las manos son sus fuerças, con las quales tiene[n] atado el coraçón porque ningund descanso pueda recebir. La claridad grande que tenía en el pico y alas el águila que viste sobre el chapitel es mi Pensamiento, del cual sale tan clara luz, por quien está en él, que basta para esclarecer las tinieblas desta triste cárcel; y es tanta su fuerça que para llegar al águila ningund impedimento le haze lo grueso del muro, assí que andan él y ella en una compañía, porque son las dos cosas que más alto suben, de cuya causa está mi prisión en la mayor alteza de la tierra. Las dos velas que oyes velar con tal recaudo son Desdicha y Desamor; traen tal aviso porque ninguna esperança me pueda entrar con remedio. El escalera obscura por do sobiste es el Angustia con que sobí donde me vees. El primero portero que hallaste es el Deseo, el cual a todas tristezas abre la puerta, y por esso te dixo que dexases las armas de plazer, si por caso las traías. El otro que acá en la torre hallaste es el Tormento, que aquí me traxo, el cual sigue en el cargo que tiene la con-

72

dición del primero, porque está de su mano. La silla de fuego en que asentado me vees es mi justa afición, cuyas llamas siempre arden en mis entrañas. Las dos dueñas que me dan, como notas, corona de martirio, se llaman la una Ansia y la otra Passión, y satisfazen a mi fe con el galardón presente. El viejo que vees asentado, que tan cargado pensamiento representa, es el grave Cuidado, que junto con los otros males pone amenazas a la vida. El negro de vestiduras amarillas[27], que se trabaja por quitarme la vida, se llama Desesperar. El escudo que me sale de la cabeça, con que de sus golpes me defiendo, es mi juizio, el cual, viendo que vo con desesperación a matarme, dízeme que no lo haga, porque, visto lo que merece Laureola, antes devo desear larga vida por padecer que la muerte para acabar. La mesa negra que para comer me ponen es la Firmeza con que como y pienso y duermo, en la cual siempre están los manjares tristes de mis contemplaciones. Los tres solícitos servidores que me servían son llamados Mal y Pena y Dolor: el uno trae la cuita con que coma y el otro trae la desesperança en que viene el manjar, y el otro trae la tribulación, y con ella, para que beva, trae el agua del coraçón a los ojos y de los ojos a la boca.

Si te parece que soy bien servido, tú lo juzga; si remedio [h]e menester, tú lo vees. Ruégote mucho, pues en esta tierra eres venido, que tú me lo busques y te duelas de mí. No te pido otro bien sino que sepa de ti Laureola cuál me viste, y si por ventura te quisieres dello escusar, porque me vees en tiempo que me falta sentido para que te lo agradezca, no te escuses, que mayor virtud es redimir los atribulados que sostener los prósperos. Assí sean tus obras que ni tú te quexes de ti por lo que no heziste, ni yo por lo que pudieras hazer.

---

[27] En efecto, el amarillo simboliza la desesperación. Para el tema del simbolismo de los colores, y aunque referido al soneto «Es lo blanco castísima pureza» de Gutierre de Cetina, *vid.* H. A. Kenyon, «Colour simbolism in early Spanish ballads», *Romanic review,* VI (1915), págs. 327-340, y también H. Goldberg, «A reppraisal of colour simbolism in the Courtly Prose Fiction of Late-Medieval Castile», *B. H. S.,* LXIX (1992), págs. 221-237.

[3] Respuesta del auctor a Leriano

En tus palabras, señor, as mostrado que pudo Amor prender tu libertad y no tu virtud, lo cual se prueva porque, segund te veo, deves tener más gana de morir que de hablar, y por proveer en mi fatiga forçaste tu voluntad, juzgando por los trabajos pasados y por la cuita presente que yo ternía de bevir poca esperança, lo que sin dubda era assí; pero causaste mi perdición como deseoso de remedio y remediástela como perfeto de juizio.

Por cierto no he avido menos plazer de oírte que dolor de verte, porque en tu persona se muestra tu pena y en tus razones se conosce tu bondad. Siempre en la peior[28] fortuna socorren los virtuosos, como tú agora a mí heziste; que vistas las cosas desta tu cárcel, yo dubdava de mi salvación, creyendo ser hechas más por arte diabólica que por condición enamorada. La cuenta, señor, que me has dado te tengo en merced; de saber quién eres soy muy alegre; el trabajo por ti recebido he por bien empleado; la moralidad[29] de todas estas figuras me ha plazido saber, puesto que diversas vezes las vi, mas como no las pueda ver sino coraçón cativo, cuando le tenía tal conoscíalas, y agora que estava libre dubdávalas.

Mándasme, señor, que haga saber a Laureola cuál te vi, para lo cual hallo grandes inconvenientes, porque un ombre de nación estraña ¿qué forma se podrá dar para negociación semejante? Y no solamente ay esta dubda, pero otras muchas: la rudeza de mi engenio, la diferencia de la lengua, la grandeza de Laureola, la graveza del negocio[30]. Assí que

---

[28] Es latinismo. Para el uso de cultismos en el siglo xv, *vid.* R. Lapesa, *Historia de la lengua española*, Madrid, Gredos, 1981 (novena edición), § 70. 4 y 71. 3.

[29] Por «significado».

[30] Hay que insistir en el cuidado que San Pedro pone en que la narración sea verosímil, y del que las palabras del Autor son ejemplo.

en otra cosa no hallo aparejo sino en sola mi voluntad, la cual vence todos los inconvenientes dichos, que para tu servicio la tengo tan ofrecida como si oviese seído tuyo después que nascí. Yo haré de grado lo que mandas. Plega a Dios que lieve tal la dicha como el deseo, porque tu deliberacion sea testigo de mi diligencia. Tanta afición te tengo y tanto me ha obligado amarte tu nobleza, que avría tu remedio por galardón de mis trabajos. Entre tanto que vo, deves templar tu sentimiento con mi esperança, porque cuando buelva, si algund bien te truxere, tengas alguna parte biva con que puedas sentillo.

[4] El auctor

E como acabé[31] de responder a Leriano en la manera que es escrita, informéme del camino de Suria, cibdad donde estava a la sazón el rey de Macedonia, que era media jornada de la prisión donde partí; y puesto en obra mi camino, llegué a la corte y, después que me aposenté, fui a palacio por ver el trato y estilo de la gente cortesana, y también para mirar la forma del aposentamiento, por saber dónde me complía ir o estar o aguardar para el negocio que quería aprender[32]. Y hize esto ciertos días por aprender mejor lo que más me conviniese; y cuanto más estudiava en la forma que ternía, menos dispusición se me ofrecía para lo que deseava; y buscadas todas las maneras que me avían de aprovechar, hallé la más aparejada comunicarme con algunos mancebos cortesanos de los principales que allí veía. Y como generalmente entre aquéllos se suele hallar la buena criança, assí me trataron y dieron cabida que en poco tiempo yo fui tan estimado entre ellos como si fuera de su natural nación, de forma que vine a noticia de las damas. Y assí de poco en poco ove de ser conocido de Laureola, y

[31] Para el punto de vista narrativo en la novela sentimental, *vid.* nota núm. 107 de la «Introducción».

[32] «Dezimos aprehender la possessión de una cosa, tomar possessión della. Algunas vezes vale percebir en el entendimiento» *(Tesoro).*

aviendo ya noticia de mí, por más participarme con ella contávale las cosas maravillosas d'España, cosa de que mucho holgava. Pues viéndome tratado della como servidor, parecióme que le podría ya dezir lo que quisiese; y un día que la vi en una sala apartada de las damas, puesta la rodilla en el suelo, díxele lo siguiente:

[5] El auctor a Laureola

No les está menos bien el perdón a los poderosos cuando son deservidos que a los pequeños la vengança cuando son injuriados; porque los unos se emiendan por onra y los otros perdonan por virtud; lo cual si a los grandes ombres es devido, más y muy más a las generosas mugeres, que tienen el coraçón real de su nacimiento y la piedad natural de su condición.

Digo esto, señora, porque, para lo que te quiero dezir, halle osadía en tu grandeza, porque no la puedes tener sin manificencia. Verdad es que primero que me determinase estove dubdoso, pero en el fin de mis dubdas tove por mejor, si inumanamente me quisieses tratar, padecer pena por dezir que sofrilla por callar.

Tú, señora, sabrás que caminando un día por unas asperezas desiertas, vi que por mandado del Amor levavan preso a Leriano, hijo del duque Guersio, el cual me rogó que en su cuita le ayudase; de cuya razón dexé el camino de mi reposo por tomar el de su trabajo. Y después que largamente con él caminé vile meter en una prisión dulce para su voluntad y amarga para su vida, donde todos los males del mundo sostiene: Dolor le atormenta, Pasión le persigue, Desesperança le destruye, Muerte le amenaza, Pena le secuta, Pensamiento lo desvela, Deseo le atribula, Tristeza le condena, Fe no le salva. Supe dél que de todo esto tú eres causa. Juzgué, segund le vi, mayor dolor el que en el sentimiento callava que el que con lágrimas descobría, y vista tu presencia, hallo su tormento justo. Con sospiros que le sacavan las entrañas me rogó te hiziese sabidora de su mal. Su ruego fue de lástima y mi obediencia de compasión. En el sentimiento suyo te juzgué cruel, y en tu acatamiento te veo piadosa, lo cual va por razón que de tu hermosura se cree lo uno y de tu condición se espera lo otro.

Si la pena que le causas con el merecer le remedias con la piedad, serás entre las mugeres nacidas la más alabada de cuantas nacieron. Contempla y mira cuánto es mejor que te alaben porque redemiste que no que te culpen porque mataste. Mira en qué cargo eres a Leriano, que aun su passión te haze servicio; pues si la remedias te da causa que puedas hazer lo mismo que Dios, porque no es de menos estima el redemir quel criar, assí que harás tú tanto en quitalle la muerte como Dios en darle la vida. No sé qué escusa pongas para no remediallo. Si no crees que matar es virtud, no te suplica que le hagas otro bien sino que te pese de su mal; que cosa grave para ti no creas que te la pidiría, que por mejor avrá el penar que serte a ti causa de pena.

Si por lo dicho mi atrevimiento me condena, su dolor del que me embía me asuelve, el cual es tan grande que ningund mal me podrá venir que iguale con el que él me causa. Suplícote sea tu respuesta conforme a la virtud que tienes, y no a la saña que muestras, porque tú seas alabada y yo buen mensajero, y el cativo Leriano libre.

[6] Respuesta de Laureola *al auctor*

Así como fueron tus razones temerosas de dezir, assí son graves de perdonar. Si, como eres de España, fueras de Macedonia, tu razonamiento y tu vida acabaran a un tiempo[33].

---

[33] Tanto Whinnom como Corfis anotan la coincidencia entre esta frase y aquella otra con la que Melibea responde a Celestina en el auto IV: «yo te hiciera, malvada, que tu razón y vida acabaran en un tiempo». Para éstas y otras coincidencias entre *Cárcel de Amor* y la *Tragicomedia, vid.* F. Castro Guisasola, *Observaciones sobre las fuentes literarias de «La Celestina»*, Anejos de la *R. F. E.*, 5 (1924), Madrid, C. S. I. C., reimp. 1973; y, sobre este trabajo, P. E. Rusell, «The Celestina comentada», en A. D. Deyermond [ed.], *Medieval Hispanic Studies Presented to Rita Hamilton,* Londres, 1976 (reimp. en P. E. Rusell, *Temas de «la Celestina»*, Ariel, Barcelona, 1978; en especial, págs. 311-316).

Assí que, por ser estraño, no recebirás la pena que merecías, y no menos por la piedad que de mí juzgaste, comoquiera que en casos semejantes tan devida es la justicia como la clemencia, la cual en ti secutada pudiera causar dos bienes: el uno, que otros escarmentaran, y el otro, que las altas mugeres fueran estimadas y tenidas segund merecen[34]. Pero si tu osadía pide el castigo, mi mansedumbre consiente que te perdone, lo que va fuera de todo derecho, porque no solamente por el atrevimiento devías morir, mas por la ofensa que a mi bondad heziste, en la cual posiste dubda. Porque si a noticia de algunos lo que me dexiste veniese, más creerían que fue por el aparejo que en mí hallaste que por la pena que en Leriano viste, lo que con razón assí deve pensarse, viendo ser tan justo que mi grandeza te posiese miedo como su mal osadía.

Si más entiendes en procurar su libertad, buscando remedio para él hallarás peligro para ti; y avísote, aunque seas estraño en la nación, que serás natural en la sepoltura. Y porque en detenerme en plática tan fea ofendo mi lengua, no digo más, que para que sepas lo que te cumple lo dicho basta. Y si alguna esperança te queda porque te hablé, en tal caso sea de poco bevir si más de la embaxada pensares usar.

[7] El auctor

Cuando acabó Laureola su habla, vi, aunque fue corta en razón, que fue larga en enojo, el cual le empedía la lengua; y despedido della comencé a pensar diversas cosas que gravemente me atormentavan. Pensava cuán alongado estava de España[35], acordávaseme de la tardança que hazía, traía a

---

[34] A este respecto, préstese la debida atención a las «Veinte razones por que los ombres son obligados a las mugeres» y «Prueva por enxemplos la bondad de las mugeres», los dos últimos discursos de Leriano al final de la novela. Para el papel de la mujer en la época y en las novelas, *vid.* Chorpenning [1977], Gerli [1981b] y Ornstein [1941], citados en «Bibliografía».

[35] *Vid.* nota núm. 25.

la memoria el dolor de Leriano, desconfiava de su salud, y visto que no podía cumplir lo que me dispuse a hazer sin mi peligro o su libertad, determiné de seguír mi propósito hasta acabar la vida o levar a Leriano esperança. Y con este acuerdo bolví otro día a palacio para ver qué rostro hallaría en Laureola, la cual, como me vido, tratóme de la primera manera, sin que ninguna mudança hiziese: de cuya seguridad tomé grandes sospechas. Pensava si lo hazía por no esquivarme, no aviendo por mal que tornase a la razón començada. Creía que disimulava por tornar al propósito para tomar emienda de mi atrevimiento, de manera que no sabía a cuál de mis pensamientos diese fe.

En fin, pasado aquel día y otros muchos, hallava en sus aparencias más causa para osar que razón para temer, y con este crédito aguardé tiempo convenible y hízele otra habla, mostrando miedo, puesto que no lo tuviese, porque en tal negociación y con semejantes personas conviene fengir turbación; porque en tales partes el desempacho es avido por desacatamiento, y parece que no se estima ni acata la grandeza y autoridad de quien oye con la desvergüença de quien dize; y por salvarme deste yerro hablé con ella no segund desempachado, mas segund temeroso. Finalmente, yo le dixe todo lo que me pareció que convenía para remedio de Leriano.

Su respuesta fue de la forma de la primera, salvo que ovo en ella menos saña, y como, aunque en sus palabras avía menos esquividad para que deviese callar, en sus muestras hallava licencia para que osase dezir, todas las vezes que tenía lugar le suplicaba se doliese de Leriano, y todas las vezes que ge lo dezía, que fueron diversas, hallava áspero lo que respondía y sin aspereza lo que mostrava; y como traía aviso en todo lo que se esperava provecho, mirava en ella algunas cosas en que se conosce el coraçón enamorado[36]. Cuando estava sola veíala pensativa; cuando estava acompañada no muy alegre; érale la compañía aborrecible y la soledad

---

[36] Tras la primera respuesta de Laureola, en estilo directo, en el capítulo anterior, ensaya aquí San Pedro, a través de su personaje —el Autor— la forma del estilo indirecto.

agradable. Más vezes se quexava que estava mal por huir los plazeres. Cuando era vista, fengía algund dolor; cuando la dexavan, dava grandes sospiros. Si Leriano se nombrava en su presencia, desatinava de lo que dezía, bolvíase súpito colorada y después amarilla, tornávase ronca su boz, secávasele la boca; por mucho que encobría sus mudanças, forçábale la pasión piadosa a la disimulación discreta. Digo piadosa porque sin dubda, segund lo que después mostró, ella recebía estas alteraciones más de piedad que de amor[37]. Pero como yo pensaba otra cosa, viendo en ella tales señales tenía en mi despacho alguna esperança, y con tal pensamiento partíme para Leriano, y después que estensamente todo lo pasado le reconté, díxele que se esforçase a escrevir a Laureola, proferiéndome a dalle la carta[38], y puesto que él estava más para hazer memorial de su hazienda que carta de su pasión, escrivió las razones, de la cual eran tales:

[8] Carta de Leriano a Laureola

Si toviera tal razón para escrevirte como para quererte, sin miedo lo osara hazer; mas en saber que escrivo para ti se turba el seso y se pierde el sentido, y desta causa antes

---

[37] Castiglione, en *El Cortesano,* libro IV, cap. 6, dirá: «Porque no solamente en el cabo, mas aun en el principio y en el medio de este amor nunca otra cosa se siente sino afanes, tormentos, dolores, adversidades, sobresaltos y fatigas; de manera que el andar ordinariamente amarillo y afligido en continas lágrimas y sospiros, el estar triste, el callar siempre o quejarse, el desear la muerte, y, en fin, el vivir en estrema miseria y desventura, son las puras cualidades que se dicen ser propias de los enamorados». Para la relación entre Castiglione y San Pedro, *vid.* Giannini [1919].

[38] Puede consultarse, para las epístolas, Durán [1973], págs. 51-52 y Vigier [1984], entre otros. El origen de la carta como forma literaria se remonta, según Menéndez y Pelayo [1925], pág. CCLXXXVI, Rubió Balaguer [1941], pág. 7, Gili Gaya [1976], pág. 22 y Durán [1973], pág. 51, a Ovidio, y se introduce en las novelas a partir de la *Fiammetta* de Boccaccio, considerada por muchos como una larga carta. En el *Tractado,* como veremos, Arnalte escribe en cuatro ocasiones a Lucenda, y ésta sólo contesta una vez. Aquí, Leriano escribirá cuatro epístolas, y Laureola, tres al protagonista y una a su padre, el rey. Para la estructura de las cartas y los usos retóricos en las mismas, *vid.* K. Whinnom, «Introducción», a ed. cit., II, págs. 44-47 y págs. 52-55; también, aquí, el apartado 2. 5 de la «Introducción».

que lo començase tove conmigo grand confusión; mi fe dezía que osase, tu grandeza que temiese; en lo uno hallava esperança y por lo otro desesperava; y en el cabo acordé esto. Mas, guay de mí, que comencé temprano a dolerme y tarde a quexarme, porque a tal tiempo soy venido, que si alguna merced te meresciese no ay en mí cosa biva para sentilla, sino sola mi fe. El coraçón está sin fuerça y el alma sin poder y el juizio sin memoria. Pero si tanta merced quisiesses hazerme que a estas razones te pluguiese responder, la fe con tal bien podríe bastar para restituir las otras partes que destruiste. Yo me culpo porque te pido galardón sin averte hecho servicio, aunque si recibes en cuenta del servir el penar, por mucho que me pag[u]es siempre pensaré que me quedas en deuda[39].

Podrás dezir que cómo pensé escrevirte: no te maravilles, que tu hermosura causó el afición, y el afición el deseo, y el deseo la pena, y la pena el atrevimiento[40]; y si porque lo hize te pareciere que merezco muerte, mándamela dar, que muy mejor es morir por tu causa que bevir sin tu esperança. Y hablándote verdad, la muerte, sin que tú me la dieses, yo mismo me la daría por hallar en ella la libertad que en la vida busco, si tú no oviesses de quedar infamada por matadora; pues malaventurado fuese el remedio que a mí librase de pena y a ti te causase culpa. Por quitar tales inconvenientes te suplico que hagas tu carta galardón de mis males, que, aunque no me mate por lo que a ti toca, no podré bevir por lo que yo sufro, y todavía quedarás condenada. Si algund bien quisieres hazerme, no lo tardes; si no, podrá ser que tengas tiempo de arrepentirte y no lugar de remediarme.

[39] En la «Tercera parte» del *Sermón* puede leerse: «¿Qué os paresce que dirá quien supiere que quitando las vidas galardonáis los servicios? Para el león y la sierpe es bueno el matar. Pues dexad, señoras, por Dios, usar a cada uno su officio, que para vosotras es el amor y la buena condición y el redimir y el consolar» (págs. 248-249 de esta edición).

[40] Dentro de las argumentaciones de los enamorados es muy habitual la expresión narrativa que se estructura en torno al mecanismo *causa-efecto* y que toma la forma, como indicó Whinnom, de *gradatio retórica*.

[9] El auctor

Aunque Leriano, segund su grave sentimiento, se quisiera más estender usando de la discreción y no de la pena[41], no escrivió más largamente, porque para hazer saber a Laureola su mal bastava lo dicho; que cuando las cartas deven alargarse es cuando se cree que ay voluntad para leellas quien las recibe como para escrivillas quien las embía; y porquél estava libre de tal presunción no se estendió más en su carta[42], la cual, después de acabada, recebí con tanta tristeza de ver las lágrimas con que Leriano me la dava que pude sentilla mejor que contalla. Y despedido dél, partíme para Laureola; y como llegué donde estava, hallé propio tiempo para poderle hablar, y, antes que le diese la carta, díxele tales razones:

[10] El auctor a Laureola

Primero que nada te diga, te suplico que recibas la pena de aquel cativo tuyo por descargo de la importunidad mía, que dondequiera que me hallé siempre tove por costumbre de servir antes que importunar.

Por cierto, señora, Leriano siente más el enojo que tú recibes que la pasión que él padece, y éste tiene por el mayor mal que ay en su mal, de lo cual quería escusarse; pero si su voluntad, por no enojarte, desea sufrir, su alma, por no padecer, querría quexar. Lo uno le dize que calle y lo otro le haze dar bozes; y confiando en tu virtud, apremiado del do-

---

[41] *pena:* Por «pluma». Sigo la anotación de K. Whinnom y C. Parrilla y su indicación bibliográfica: F. Rico, «Un penacho de penas. De algunas invenciones y letras de caballeros», en *Textos y contextos. Estudios sobre la poesía española del siglo XV*, Barcelona, Crítica, 1990, págs. 189-230.

[42] Esta consideración acerca de las cartas es una de las pocas indicaciones que San Pedro, a través del Autor, hace de tan fundamental forma de escritura.

lor, quiere poner sus males en tu presencia, creyendo, aunque por una parte te sea pesado, que por otra te causará compasión. Mira por cuántas cosas te merece galardón: por olvidar su cuita pide la muerte; porque no se diga que tú la consentiste, desea la vida; porque tú la hazes, llama bienaventurada su pena; por no sentirla desea perder el juizio; por alabar tu hermosura quer[r]ía tener los agenos y el suyo. Mira cuánto le eres obligada que se precia de quien le destruye; tiene su memoria por todo su bien y esle ocasión de todo su mal.

Si por ventura, siendo yo tan desdichado, pierde por mi intercesión lo quél merece por fe, suplícote recibas una carta suya, y si l[e]ella quisieres, a él harás merced por lo que ha sufrido y a ti te culparás por lo que le as causado, viendo claramente el mal que le queda en las palabras que embía, las cuales, aunque la boca las dezía, el dolor las ordenava. Assí te dé Dios tanta parte del cielo como mereces de la tierra que la recibas y le respondas, y con sola esta merced le podrás redemir. Con ella esforçarás su flaqueza; con ella afloxarás su tormento; con ella favorecerás su firmeza; pornásle en estado que ni quiera más bien ni tema más mal. Y si esto no quisieres hazer por quien deves, que es él, ni por quien lo suplica, que so yo, en tu virtud tengo esperança que, segund la usas, no sabrás hazer otra cosa.

[11] Respuesta de Laureola al auctor

En tanto estrecho me ponen tus porfías que muchas vezes he dubdado sobre cuál haré antes: desterrar a ti de la tierra o a mí de mi fama en darte lugar que digas lo que quisieres; y tengo acordado de no hazer lo uno de compasión tuya, porque si tu embaxada es mala, tu intención es buena, pues la traes por remedio del querelloso; ni tampoco quiero lo otro de lástima mía, porque no podría él ser libre de pena sin que yo fuese condenada de culpa.

Si pudiese remediar su mal sin amanzillar mi onra, no

con menos afición que tú lo pides yo lo haría; mas ya tú conosces cuánto las mugeres deven ser más obligadas a su fama que a su vida, la cual deven estimar en lo menos por razón de lo más, que es la bondad[43]. Pues si el bevir de Leriano a de ser con la muerte désta, tú juzga a quién con más razón devo ser piadosa, a mí o a su mal. Y que esto todas las mugeres deven assí tener, en muy más manera las de real nacimiento, en las cuales assí ponen los ojos todas las gentes, que antes se vee en ella[s] la pequeña manzilla que en las baxas la grand fealtad. Pues en tus palabras con la razón te conformas, ¿cómo cosa tan injusta demandas? Mucho tienes que agradecerme porque tanto comunico contigo mis pensamientos, lo cual hago porque, si me enoja tu demanda, me aplaze tu condición, y he plazer de mostrarte mi escusación con justas causas por salvarme de cargo.

La carta que dizes que reciba fuera bien escusada, porque no tienen menos fuerça mis defensas que confiança sus porfías. Porque tú la traes plázeme de tomarla. Respuesta no la esperes ni trabages en pedirla, ni menos en más hablar en esto, porque no te quexes de mi saña como te alabas de mi sofrimiento.

Por dos cosas me culpo de averme tanto detenido contigo: la una porque la calidad de la plática me dexa muy enojada y la otra porque podrás pensar que huelgo de hablar en ella y creerás que de Leriano me acuerdo; de lo cual no me maravillo, que como las palabras sean imagen del coraçón[44], irás contento por lo que juzgaste y levarás buen esperança de lo que deseas. Pues por no ser condenada de tu pensamiento, si tal le tovieres, te torno a requerir que sea ésta la postrimera vez que en este caso me hables; si no, podrá ser que te ar[r]epientas y que buscando salud agena te falte remedio para la tuya.

---

[43] Para el tema de la honra, *vid.* Castro [1916] y Waley [1966], citados en «Bibliografía».

[44] *Las palabras sean imagen del coraçón*, una de las más bellas frases de la novela, y que resume perfectamente asunto y modo narrativos.

[12] El auctor

Tanta confusión me ponían las cosas de Laureola, que cuando pensava que más la entendía menos sabía de su voluntad. Cuando tenía más esperança, me dava mayor desvío; cuando estava seguro, me ponía mayores miedos; sus desatinos cegavan mi conocimiento. En el recebir la carta me satisfizo; en el fin de su habla me desesperó. No sabía qué camino siguiese en que esperança hallase, y como ombre sin consejo partíme para Leriano con acuerdo de darle algund consuelo, entretanto que buscava el mejor medio que para su mal convenía, y llegado donde estava comencé a dezirle:

[13] El auctor a Leriano

Por el despacho que traigo se conoce que donde falta la dicha no aprovecha la diligencia. Encomendaste tu remedio a mí, que tan contraria me a sido la ventura que en mis propias cosas la desprecio[45], porque no me puede ser en lo porvenir tan favorable que me satisfaga lo que en lo pasado me a sido enemiga, puesto que en este caso buena escusa toviera para ayudarte, porque si yo era el mensajero, tuyo era el negocio.

Las cosas que con Laureola he pasado ni pude entenderlas ni sabré dezirlas, porque son de condición nueva. Mill vezes pensé venir a darte remedio y otras tantas a darte la sepoltura. Todas las señales de voluntad vencida vi en sus aparencias; todos los dessabrimientos de muger sin amor vi en sus palabras. Juzgándola me alegrava, oyéndola me entristecía. A las vezes creía que lo hazía de sabida y a las vezes de desamorada. Pero con todo eso, viéndola movible, creía su desamor, porque cuando amor prende, haze el coraçón

---

45 Una de las pocas confesiones del Autor a Leriano.

85

constante, y cuando lo dexa libre, mudable. Por otra parte pensava si lo hazía de medrosa, segund el bravo coraçón de su padre. ¿Qué dirás? Que recibió tu carta y recebida me afrentó con amenazas de muerte si más en tu caso le hablava. Mira qué cosa tan grave parece en un punto tales dos diferencias.

Si por estenso todo lo pasado te oviese de contar, antes fallecería tiempo para dezir que cosas para que te dixiese. Suplícote que esfuerce tu seso lo que enflaquece tu pasión, que, segund estás, más as menester sepoltura que consuelo. Si algund espacio no te das, tus huesos querrás dexar en memoria de tu fe, lo cual no deves hazer, que para satisfación de ti mismo más te conviene bevir para que sufras que morir para que no penes. Esto digo porque de tu pena te veo gloriar. Segund tu dolor, gran corona es para ti que se diga que toviste esfuerço para sofrirlo. Los fuertes en las grandes fortunas muestran mayor coraçón. Ninguna diferencia entre buenos y malos avría si la bondad no fuese tentada. Cata que con larga vida todo se alcança; ten esperança en tu fe, que su propósito de Laureola se podrá mudar y tu firmeza nunca.

No quiero dezirte todo lo que para tu consolación pensé, porque, segund tus lágrimas, en lugar de amatar tus ansias, las enciendo. Cuanto te pareciere que yo pueda hazer, mándalo, que no tengo menos voluntad de servir tu persona que remediar tu salud.

[14] Responde Leriano

La dispusición en que estó ya la vees, la privación de mi sentido ya la conoces, la turbación de mi lengua ya la notas; y por esto no te maravilles si en mi respuesta oviere más lágrimas que concierto, las cuales, porque Laureola las saca del coraçón, son dulce manjar de mi voluntad. Las cosas que con ella pasaste, pues tú, que tienes libre el juizio, no las entiendes, ¿qué haré yo, que para otra cosa no le tengo bivo sino para alabar su hermosura? Y por llamar bienaventurada mi fin, éstas querría que fuesen las postrimeras palabras de mi vida, porque son en su alabança. ¿Qué mayor bien puede aver en mi mal que querello ella? Si fuera tan dichoso en el galardón que merezco como en la pena que sufro, ¿quién me podiera igualar? Mejor me es a mí morir, pues dello es servida, que bevir, si por ello ha de ser enojada. Lo que más sentiré cuando muera será saber que perecen los ojos que la vieron y el coraçón que la contempló, lo cual, segund quién ella es, va fuera de toda razón. Digo esto porque veas que sus obras, en lugar de apocar amor, acrecientan fe.

Si en el coraçón cativo las consolaciones hiziesen fruto, la que tú me as dado bastara para esforçarme; pero como los oídos de los tristes tienen cer[r]aduras de pasión no ay por donde entren al alma las palabras de consuelo[46]. Para que pueda sofrir mi mal, como dizes, dame tú la fuerça y yo porné la voluntad. Las cosas de onra que pones delante conózcolas con la razón y niégolas con ella misma. Digo que las conozco y apruevo, si las ha de usar ombre libre de mi pensamiento; y digo que las niego para comigo, pues pienso, aunque busque grave pena, que escogí onrada muerte.

El trabajo que por mí as recebido y el deseo que te he visto me obligavan a ofrecer por ti la vida todas las vezes que fuere menester; mas, pues lo menos della me queda de bevir, séate satisfación lo que quisiera y no lo que puedo. Mucho te ruego, pues ésta será la final buena obra que tú me podrás hazer y yo recebir, que quieras levar a Laureola en una carta mía nuevas con que se alegre, porque della sepa cómo me despido de la vida y de más dalle enojo; la cual, en esfuerço que la levarás, quiero començar en tu presencia, y las razones della sean éstas:

[46] *Vid.* en la «Respuesta del rey», cap. 31, pág. 110: «bien sabés cuando el coraçón está embargado de pasión que están cerrados los oídos al consejo».

[15] Carta de Leriano a Laureola

Pues el galardón de mis afanes avíe de ser mi sepoltura, ya soy a tiempo de recebirlo. Morir no creas que me desplaze, que aquél es de poco juizio que abor[r]ece lo que da libertad. Mas ¿qué haré, que acabará comigo el esperança de verte? Grave cosa para sentir. Dirás que cómo tan presto, en un año ha o poco más que ha que soy tuyo[47], desfallesció mi sofrimiento: no te deves maravillar que tu poca esperança y mi mucha pasión podían bastar para más de quitar la fuerça al sofrir. No pudiera pensar que a tal cosa dieras lugar si tus obras no me lo certificaran.

Siempre creí que forçara tu condición piadosa a tu voluntad porfiada, comoquiera que en esto, si mi vida recibe el daño, mi dicha tiene la culpa. Espantado estó cómo de ti misma no te dueles: dite la libertad, ofrecíte el coraçón, no quise ser nada mío por sel[l]o del todo tuyo[48]. Pues ¿cómo te querrá servir ni tener amor quien sopiere que tus propias cosas destruyes? Por cierto tú eres tu enemiga. Si no me querías remediar porque me salvara yo, deviéraslo hazer porque no te condenaras tú. Porque en mi perdición oviese algund bien, deseo que te pese della; mas si el pesar te avíe de dar pena, no lo quiero, que pues nunca biviendo te hize servicio no sería justo que moriendo te causase enojo.

Los que ponen los ojos en el sol cuanto más lo miran más se ciegan: y assí cuanto yo más contemplo tu hermosura más ciego tengo el sentido. Esto digo porque de los desconciertos escritos no te maravilles. Verdad es que a tal tiempo escusado era tal descargo, porque, segund quedo, más estó en disposición de acabar la vida que de desculpar las razones.

---

[47] La precisión temporal, aquí y en el *Tractado* (*vid.* nota núm. 70), es un elemento más de la concepción de la verosimilitud narrativa de San Pedro.

[48] Los vv. 64-65 del primer poema de «Poesías menores»: «no quise ser nada mío/por sello del todo vuestro» (K. Whinnom y D. S. Severin, ed. cit., III, pág. 244).

Pero quisiera que lo que tú avías de ver fuera ordenado, porque no ocuparas tu saber en cosa tan fuera de su condición. Si consientes que muera porque se publique que podiste matar, mal te aconsejaste, que sin esperiencia mía lo certificava la hermosura tuya. Si lo tienes por bien porque no era merecedor de tus mercedes, pensava alcançar por fe lo que por desmerecer perdiese, y con este pensamiento osé tomar tal cuidado. Si por ventura te plaze por parecerte que no se podría remediar sin tu ofensa mi cuita, nunca pensé pedirte merced que te causase culpa. ¿Cómo avía de aprovecharme el bien que a ti te viniese mal? Solamente pedí tu respuesta por primero y postrimero galardón.

Dexadas más largas, te suplico, pues acabas la vida, que onres la muerte, porque, si en el lugar donde van las almas desesperadas ay algún bien, no pediré otro sino sentido para sentir que onraste mis huesos, por gozar aquel poco espacio de gloria tan grande.

[16] El auctor

Acabada la habla y carta de Leriano, satisfaziendo los ojos por las palabras con muchas lágrimas, sin poderle hablar despedíme dél, aviendo aquélla, segund le vi, por la postrimera vez que lo esperava ver. Y puesto en el camino, puse un sobrescrito[49] a su carta, porque Laureola en seguridad de aquél la quisiese recebir. Y llegado donde estava, acordé de ge la dar, la cual creyendo que era de otra calidad, recebió, y començó y acabó [de] leer; y como en todo aquel tiempo que la leía nunca partiese de su rostro mi vista, vi que cuando acabó de leerla quedó tan enmudecida y turbada como si gran mal toviera; y como su turbación de mirar la mía no le escusase, por asegurarme hízome preguntas y hablas fuera de todo propósito; y para librarse de la compañía que en semejantes tiempos es peligrosa, porque las mudanças públi-

---

[49] *sobrescrivir:* «Intitular la carta a la persona para la cual va escrita» *(Tesoro).*

cas no descubriessen los pensamientos secretos, retráxose y assí estuvo aquella noche sin hablarme nada en el propósito. Y otro día de mañana mandóme llamar y después que me dixo cuantas razones bastavan para descargarse del consentimiento que dava en la pena de Leriano, díxome que le tenía escrito, pareciéndole inumanidad perder por tan poco precio un ombre tal; y porque con el plazer de lo que le oía estava desatinado en lo que hablava, no escrivo la dulceza y onestad que ovo en su razonamiento.

Quienquiera que la oyera pudiera conocer que aquel estudio avíe usado poco: ya de empachada estava encendida, ya de turbada se tornava amarilla. Tenía tal alteración y tan sin aliento la habla como si esperara sentencia de muerte; en tal manera le temblava la boz, que no podía forçar con la discreción al miedo. Mi respuesta fue breve, porque el tiempo para alargarme no me dava lugar, y después de besalle las manos recebí su carta, las razones de la cual eran tales:

[17] Carta de Laureola a Leriano

La muerte que esperavas tú de penado merecía yo por culpada si en esto que hago pecase mi voluntad, lo que cierto no es assí, que más te escrivo por redemir tu vida que por satisfacer tu deseo. Mas, triste de mí, que este descargo solamente aprovecha para complir comigo, porque si deste pecado fuese acusada no tengo otro testigo para salvarme sino mi intención, y por ser parte tan principal no se tomaría en cuenta su dicho. Y con este miedo, la mano en el papel, puse el coraçón en el cielo, haziendo juez de mi fin Aquél a quien la verdad de las cosas es manifiesta.

Todas las vezes que dudé en responderte fue porque sin mi condenación no podías tú ser asuelto[50], como agora parece, que puesto que tú solo y el levador de mi carta sepáis

---

[50] Se trata de una anticipación, puesto que la salida de la cárcel alegórica de Leriano coincide con el ingreso de Laureola en la cárcel real. Existen ciertas similitudes entre las razones de Laureola y las expuestas por Lucenda en su primera carta (págs. 197-199).

que·escreví, ¿qué sé yo los juizios que daréis sobre mí? Y digo que sean sanos; sola mi sospecha me amanzilla.

Ruégote mucho, cuando con mi respuesta en medio de tus plazeres estés más ufano, que te acuerdes de la fama de quien los causó; y avísote desto porque semejantes favores desean publicarse, teniendo más acatamiento a la vitoria dellos que a la fama de quien los da. Cuánto mejor me estoviera ser afeada por cruel que amanzillada por piadosa tú lo conosces, y por remediarte usé lo contrario. Ya tú tienes lo que deseavas y yo lo que temía. Por Dios te pido que embuelvas mi carta en tu fe, porque si es tan cierta, como confiesas, no se te pierda ni de nadie pueda ser vista; que quien viese lo que te escrivo pensaría que te amo y creería que mis razones antes eran dichas por disimulación de la verdad[d] que por la verdad. Lo cual es al revés, que por cierto más las digo, como ya he dicho, con intención piadosa que con voluntad enamorada. Por hazerte creer esto querría estenderme, y por no ponerte otra sospecha acabo, y para que mis obras recibiesen galardón justo avía de hazer la vida otro tanto.

[18] El auctor

Recebida la carta de Laureola acordé de partirme para Leriano, el cual camino quise hazer acompañado, por levar conmigo quien a él y a mí ayudase en la gloria de mi embaxada; y por animarlos para adelante llamé los mayores enemigos de nuestro negocio, que eran Contentamiento, y Esperança, y Descanso, y Plazer, y Alegría, y Holgança. Y porque si las guardas de la prisión de Leriano quisiesen por levar compañía defenderme la entrada, pensé de ir en orden de guer[r]a, y con tal pensamiento, hecha una batalla de toda mi compañía, seguí mi camino; y allegado a un alto donde se parecía la prisión, viendo los guardadores della mi seña, que era verde y colorada[51], en lugar de defenderse pu-

---

[51] Simbolizan la esperanza y la alegría. *Vid*. nota núm. 27.

siéronse en huida tan grande que quien más huía más cerca pensava que iva del peligro. Y como Leriano vido a sobreora[52] tal rebato, no sabiendo qué cosa fuese, púsose a una ventana de la torre, hablando verdad más con flaqueza de espíritu que con esperança de socorro. Y como me vio venir en batalla de tan hermosa gente, conoció lo que era, y lo uno de la poca fuerça y lo otro de súpito bien, perdido el sentido cayó en el suelo de dentro de la casa.

Pues yo, que no levava espacio, como llegué al escalera por donde solía sobir, eché a Descanso delante, el cual dio estraña claridad a su tini[e]bra; y subido a donde estava el ya bienaventurado, cuando le vi en manera mortal pensé que iva a buen tiempo para llorarlo y tarde para darle remedio. Pero socorrió luego Esperança, que andava allí la más diligente, y echándole un poco de agua en el rostro tornó en su acuerdo, y por más esforçarle dile la carta de Laureola; y entretanto que la leía, todos los que levava comigo procuravan su salud: Alegría le alegrava el coraçón, Descanso le consolava el alma, Esperança le bolvía el sentido, Contentamiento le aclarava la vista, Holgança le restituía la fuerça, Plazer le abivava el entendimiento; y en tal manera lo trataron que cuando lo que Laureola le escrivió acabó de leer estava tan sano como si ninguna pasión uviera tenido. Y como vido que mi diligencia le dio libertad, echábame muchas vezes los braços encima, ofreciéndome a él y a todo lo suyo, y parecíale poco precio, segund lo que merecíe mi servicio. De tal manera eran sus ofrecimientos que no sabía responderle como yo devía y quien él era.

Pues después que entre él y mí grandes cosas pasaron acordó de irse a la corte, y antes que fuese estuvo algunos días en una villa suya por rehazerse de fuerças y atavíos para su partida; y como se vido en disposición de poderse partir, púsolo en obra, y sabido en la corte como iva, todos los grandes señores y mancebos cortesanos salieron a recebirle. Mas como aquellas cerimonias viejas toviesse sabidas, más ufana le dava la gloria secreta que la onra pública, y así fue acompañado hasta palacio.

---

[52] *sobreora:* Por «inesperadamente».

Cuando besó las manos a Laureola pasaron cosas mucho de notar, en especial para mí, que sabía lo que entre ellos estava: al uno le sobrava turbación, al otro le faltava color; ni él sabíe qué dezir ni ella qué responder; que tanta fuerça tienen las pasiones enamoradas que siempre traen el seso y discreción debaxo de su vandera, lo que allí vi por clara esperiencia.

Y puesto que de las mudanças dellos ninguno toviese noticia por la poca sospecha que de su pendencia avía, Persio, hijo del señor de Gavia, miró en ellas trayendo el mismo pensamiento que Leriano traía; y como las sospechas celosas escudriñan las cosas secretas, tanto miró de allí adelante las hablas y señales dél que dio crédito a lo que sospechava, y no solamente dio fe a lo que veía, que no era nada, mas a lo que imaginava, que era el todo. Y con este malvado pensamiento, sin más deliberación ni consejo, apartó al rey en un secreto lugar y díxole afirmadamente que Laureola y Leriano se amavan y que se veían todas las noches después que él dormía, y que ge lo hazía saber por lo que devíe a la onra y a su servicio.

Turbado el rey de cosa tal, estovo dubdoso y pensativo sin luego determinarse a responder, y después que mucho dormió sobre ello, tóvolo por verdad, creyendo, segund la virtud y auctoridad de Persio que no le diría otra cosa; pero con todo esso, primero que deliberase quiso acordar lo que devíe hazer, y puesta Laureola en una cárcel mandó llamar a Persio y díxole que acusase de traición a Leriano segund sus leyes, de cuyo mandamiento fue mucho afrontado. Mas como la calidad del negocio le forçava a otorgarlo, respondió al rey que aceutava su mando y que dava gracias a Dios que le ofrecía caso para que fuesen sus manos testimonio de su bondad. Y como semejantes autos se acustumbran en Macedonia hazer por carteles[53] y no en presencia del rey, embió en uno Persio a Leriano las razones siguientes:

[53] Vid. nota núm. 103 del Tractado.

[19] Cartel de Persio para Leriano

Pues procede de las virtuosas obras la loable fama, justo es que la maldad se castigue porque la virtud se sostenga; y con tanta diligencia deve ser la bondad amparada que los enemigos della, si por voluntad no la obraren, por miedo la usen.

Digo esto, Leriano, porque la pena que recebirás de la culpa que cometiste será castigo para que tú pagues y otros teman; que, si a tales cosas se diese lugar, no sería menos favorecida la desvirtud en los malos que la nobleza en los buenos. Por cierto, mal te as aprovechado de la limpieza que eredaste; tus mayores te mostraron hazer bondad y tú aprendiste obrar traición; sus huessos[54] se levantarían contra ti si supiesen cómo ensuziaste por tal error sus nobles obras. Pero venido eres a tiempo que recibieras por lo hecho fin en la vida y manzilla en la fama. ¡Malaventurados aquellos como tú que no saben escoger muerte onesta!

Sin mirar el servicio de tu rey y la obligación de tu sangre, toviste osada desvergüença para enamorarte de Laureola, con la cual en su cámara, después de acostado el rey, diversas vezes as hablado, escureciendo por seguir tu condición tu claro linage; de cuya razón te rebto por traidor y sobrello te entiendo matar o echar del campo, o lo que digo hazer confesar por tu boca; donde cuanto el mundo durare seré en exemplo de lealtad; y atrévome a tanto confiando en tu falsía y mi verdad. Las armas escoge de la manera que querrás y el campo yo de parte del rey lo hago seguro.

[20] Respuesta de Leriano

Persio, mayor sería mi fortuna que tu malicia si la culpa que me cargas con maldad no te diese la pena que mereces por justicia. Si fueras tan discreto como malo, por quitarte

---

[54] Para el tema de la orfandad, *vid.* Ruiz Casanova [1993].

de tal peligro antes devieras saber mi intención que sentenciar mis obras. A lo que agora conozco de ti más curavas de parecer bueno que de serlo. Teniéndote por cierto amigo, todas mis cosas comunicava contigo, y, segund parece, y[o] confiava de tu virtud y tú usavas de tu condición[55]. Como la bondad que mostravas concertó el amistad, assí la falsedad que encobría causó la enemiga. ¡O enemigo de ti mismo!, que con razón lo puedo dezir, pues por tu testimonio dexarás la memoria con cargo y acabarás la vida con mengua. ¿Por qué pusiste la lengua en Laureola, que sola su bondad bastava, si toda la del mundo se perdiese, para tornarla a cobrar? Pues tú afirmas mentira clara y yo defiendo causa justa, ella quedará libre de culpa y tu onra no de vergüença.

No quiero responder a tus desmesuras porque hallo por más onesto camino vencerte con la persona que satisfazerte con las palabras. Solamente quiero venir a lo que haze al caso, pues allí está la fuerça de nuestro debate. Acúsasme de traidor y afirmas que entré muchas vezes en su cámara de Laureola después del rey retraído. A lo uno y a lo otro te digo que mientes, comoquiera que no niego que con voluntad enamorada la miré. Pero si fuerça de amor ordenó el pensamiento, lealtad virtuosa causó la limpieza dél; assí que por ser della favorecido y no por ál lo pensé. Y para más afearte te defenderé no sólo que no entré en su cámara, mas que palabra de amores jamás le hablé. Pues cuando la intención no peca salvo está el que se juzga, y porque la determinación desto ha de ser con la muerte del uno y no con las lenguas dentram[b]os, quede para el día del hecho la sentencia, la cual fío en Dios[56] se dará por mí, porque tú reutas con malicia y yo defiendo con razón y la verdad determina con justicia.

---

[55] Reproduce aquí San Pedro el tema de la amistad traicionada, expuesto en el *Tractado* al referirse a la relación entre Arnalte y Elierso. Aquí, sin embargo, el lector no ha tenido noticia de la amistad de Leriano y Persio hasta este momento. *Vid.* nota núm. 13 del *Sermón.*

[56] Se refiere al Juicio de Dios.

Las armas que a mí son de señalar sean a la brida[57], segund nuestra costumbre; nosotros, armados de todas pieças, los cavallos con cubiertas y cuello y testera[58], lanças iguales y sendas espadas, sin ninguna otra arma de las usadas, con las cuales, defendiendo lo dicho, te mataré o haré desdezir o echaré del campo sobrello.

[21] El auctor

Como la mala fortuna, embidiosa de los bienes de Leriano, usase con él de su natural condición, diole tal revés cuando le vido mayor en prosperidad. Sus desdichas causavan pasión a quien las vio y combidan a pena a quien las oye.

Pues dexando su cuita para hablar en su reuto, después que respondió al cartel de Persio, como es escrito, sabiendo el rey que estavan concertados en la batalla aseguró el campo, y señalado el lugar donde hiziesen y ordenadas todas las cosas que en tal auto se requerían, según las ordenanças de Macedonia, puesto el rey en un cadahalso, vinieron los cavalleros cada uno acompañado y favorecido como merecía. Y guardadas en igualdad las onras dentram[b]os, entraron en el campo; y como los fieles los dexaron solos, fuéronse el uno para el otro, donde en la fuerça de los golpes mostraron la virtud de los ánimos; y quebradas las lanças en los primeros encuentros, pusieron mano a las espadas y assí se combatían que quienquiera oviera embidia de lo que obravan y compasión de lo que padecían.

Finalmente, por no detenerme en esto que parece cuento de istorias viejas[59], Leriano le cortó a Persio la mano de-

---

[57] *a la brida:* «Es ir a caballo en silla de borrenes, o rasa, con los estribos largos, al contrario de la jineta» *(Auts.)*.

[58] Tal y como indica Gili Gaya, ed. cit., pág. 150, n. 31: «las armas que elige Leriano para el combate son las mismas que eligió Arnalte».

[59] Según Gili Gaya, ed. cit., pág. 151, n. 25: «Las *historias viejas* a que alude el autor son, seguramente, los libros de caballerías [...] Con esta declaración quiere Diego de San Pedro diferenciar el género novelesco que cultiva».

recha, y como la mejor parte de su persona le viese perdida, díxole: «Persio, porque no pague tu vida por la falsedad de tu lengua, déveste desdezir.» El cual respondió: «Haz lo que as de hazer, que aunque me falta el braço para defender no me fallece coraçón para morir.» Y oyendo Leriano tal respuesta diole tanta priesa[60] que lo en la postrimera necesidad; y como ciertos cavalleros sus parientes le viesen en estrecho de muerte, suplicaron al rey mandase echar el bastón[61], que ellos le fiavan para que dél hiziese justicia si claramente se hallase culpado; lo cual el rey assí les otorgó. Y como fuesen despartidos, Leriano de tan grande agravio con mucha razón se sintió, no podiendo pensar por qué el rey tal cosa mandase[62]. Pues como fueron despartidos sacáronlos del campo iguales en cerimonia, aunque desiguales en fama, y assí los levaron a sus posadas, donde estuvieron aquella noche; y otro día de mañana, avido Leriano su consejo, acordó de ir a palacio a suplicar y requerir al rey en presencia de toda su corte le mandase restituir en su onra, haziendo justicia de Persio, el cual, como era malino de condición y agudo de juizio, en tanto que Leriano lo que es contado acordava, hizo llamar tres ombres muy conformes de sus costumbres, que tenía por muy suyos, y juramentándolos que le guardasen secreto, dio a cada uno infinito dinero por que dixesen y jurasen al rey que vieron hablar a Leriano con Laureola en lugares sospechosos y en tiempos desonestos, los cuales se profirieron a afirmarlo y jurarlo hasta perder la vida sobrello.

No quiero dezir lo que Laureola en todo esto sentía, porque la pasión no turbe el sentido para acabar lo comen-

---

[60] *dar priesa:* «Acometer con ímpetu, brío y resolución» *(Auts.).*

[61] *echar el bastón:* «Es entrar de por medio y poner paz entre los amigos que se van encoleriçando. Está tomada la semejança del maestro de esgrima, que quando le parece han entrado en cólera los que juegan las armas, atraviessa el bastón que tiene en la mano» *(Tesoro).*

[62] Persio no se ha retractado de su infamia y, por tanto, la decisión del rey es entendida por Leriano como vulneración del Juicio de Dios. No obstante hay en esta acción una cierta creencia en el providencialismo de la corona, puesto que, aunque no sea verdad lo denunciado por Persio, sí que ha habido trato secreto entre Leriano y Laureola.

çado; porque no tengo agora menos nuevo su dolor que cuando estava presente. Pues tornando a Leriano, que más de su prisión della se dolía que de la vitoria dél se gloriava, como supo que el rey era levantado fuese a palacio, y presentes los cavalleros de su corte, hízole una habla en esta manera:

[22] Leriano al rey

Por cierto, señor, con mayor voluntad sufriera el castigo de tu justicia que la vergüença de tu presencia, si ayer no levara lo mejor de la batalla, donde si tú lo ovieras por bien; de la falsa acusación de Persio quedara del todo libre; que puesto que a vista de todos yo le diera el galardón que merecía, gran ventaja va de hiziéralo a hízolo. La razón por que despartirnos mandaste no la puedo pensar, en especial tocando a ti mismo el debate, que aunque de Laureola deseases vengança, como generoso no te faltaría piedad de padre, comoquiera que en este caso bien creo quedaste satisfecho de su descargo. Si lo heziste por compasion que avías de Persio, tan justo fuera que lo uvieras de mi onra como de su vida, siendo tu natural[63]. Si por ventura lo consentiste por verte aquexado de la suplicación de sus parientes, cuando les otorgaste la merced devieras acordarte de los servicios que los míos te hizieron, pues sabes con cuánta costança de coraçón cuántos dellos en muchas batallas y combates perdieron por tu servicio las vidas. Nunca hueste juntaste que la tercia parte dellos no fuese.

Suplícote que por juizio me satisfagas la onra que por mis manos me quitaste. Cata que guardando las leyes se

---

[63] *naturaleza:* «Se toma por la casta y por la patria o nación» *(Tesoro).* C. Parrilla, ed. cit., pág. 145, n. 36.3, incorpora esta definición, tomada de José Manuel Nieto Soria, *Fundamentos ideológicos del poder real en Castilla (siglos XIII-XVI),* Madrid, Eudema, 1988, pág. 240: «La noción de natural es una consecuencia de la "concepción corporativa", en cuanto que se es "natural" porque se pertenece a un cuerpo político en el que están integrados todos los estamentos del reino, siendo el rey la cabeza, alma y corazón de ese cuerpo».

Ilustración para *Cárcel de amor*. Xilografía de Rosenbach.
Grabado de la traducción catalana, Barcelona, 1493.

conservan los naturales[64]. No consientas que biva ombre que tan mal guarda las preeminencias de sus pasados, porque no corrompa su venino los que con él participaren. Por cierto no tengo otra culpa sino ser amigo del culpado[65], y si por este indicio merezco pena, dámela, aunque mi inocencia della me asuelva, pues conservé su amistad creyéndole bueno y no juzgándole malo. Si le das la vida por servirte dél, dígote que te será el más leal cizañador que puedas hallar en el mundo.

Requiérote contigo mismo, pues eres obligado a ser igual en derecho, que en esto determines con la prudencia que tienes y sentencies con la justicia que usas. Señor, las cosas de onra deven ser claras, y si a éste perdonas por ruegos o por ser principal en tu reino, o por lo que te plazerá, no quedaré en los juizios de las gentes por desculpado del todo, que si unos creyeren la verdad por razón, otros la turbarán con malicia. Y digo que en tu reino lo cierto se sepa; nunca la fama leva lexos lo cierto. ¿Cómo sonará en los otros lo que es pasado si queda sin castigo público? Por Dios, señor, dexa mi onra sin disputa, y de mi vida y lo mío ordena lo que quisieres.

[23] El auctor

Atento estuvo el rey a todo lo que Leriano quiso dezir, y acabada su habla respondióle que él avría su consejo sobre lo que deviese hazer, que en cosa tal con deliberación se avíe de dar la sentencia. Verdad es que la respuesta del rey no fue tan dulce como deviera, lo cual fue porque si a Laureola dava por libre, segund lo que vido, él no lo estava de enojo, porque Leriano pensó de servilla, aviendo por culpa-

---

[64] Al no «guardar las leyes» el rey, según el parecer de Leriano, éste dejará de sentirse vasallo de aquél, lo que justifica el posterior enfrentamiento armado.
[65] Castro Guisasola, *op. cit.*, pág. 184, anota la frase que Celestina dice en el auto IV: «no tengo otra culpa sino ser mensajera del culpado».

do su pensamiento, aunque no lo fuese su entención[66]. Y así por esto como por quitar el escándalo por que andava entre su parentela y la de Persio, mandóle ir a una villa suya que estava dos leguas de la corte, llamada Susa, entretanto que acordava en el caso. Lo que luego hizo con alegre coraçón, teniendo ya a Laureola por desculpada, cosa que él tanto deseava.

Pues como del rey fue despedido, Persio, que siempre se trabajava en ofender su onra por condición y en defenderla por malicia, llamó los conjurados antes que Laureola se delibrase, y díxoles que cada uno por su parte se fuese al rey y le dixese como de suyo, por quitarle de dubdas, que él acusó a Leriano con verdad, de lo cual ellos eran testigos, que le vieron hablar diversas vezes con ella en soledad; lo que ellos hizieron de la manera que él ge lo dixo, y tal forma supieron darse y assí afirmaron su testimonio que turbaron al rey, el cual, después de aver sobrello mucho pensado, mandólos llamar. Y como vinieron, hizo a cada uno por sí preguntas muy agudas y sotiles para ver si los hallaría mudables o desatinados en lo que respondiesen. Y como devieran gastar su vida en estudio de falsedad, cuanto más hablavan mejor sabíen concertar su mentira, de manera quel rey les dio entera fe, por cuya información, teniendo a Persio por leal servidor, creía que más por su mala fortuna que por su poca verdad avía levado lo peor de la batalla. ¡O Persio, cuánto mejor te estoviera la muerte una vez que merecella tantas!

Pues queriendo el rey que pagase la inocencia de Laureola por la traición de los falsos testigos, acordó que fuese sentenciada por justicia; lo cual, como viniese a noticia de Leriano, estovo en poco de perder el seso, y con un arrebatamiento y pasión desesperada acordava de ir a la corte a librar a Laureola y matar a Persio o perder por ello la vida. Y viendo yo ser aquel consejo de más peligro que esperança, puesto con él en razón desviélo dél. Y como estava con la aceleración desacordado, quiso servirse de mi parecer en

[66] *Vid.* nota núm. 62.

lo que oviese de delibrar, el cual me plogo dalle porque no dispusiese con alteración para que se arrepintiese con pesar; y después que en mi flaco juizio se representó lo más seguro, díxele lo que se sigue:

[24] El auctor a Leriano

Assí, señor, querría ser discreto para alabar tu seso como poderoso para remediar tu mal, porque fueses alegre como yo deseo y loado como tú mereces. Digo esto por el sabio sofrimiento que en tal tiempo muestras, que, como viste tu juizio embargado de pasión, conociste que sería lo que obrases, no segund lo que sabes, mas segund lo que sientes; y con este discreto conocimiento quesiste antes errar por mi consejo simple y libre que acertar por el tuyo natural y empedido. Mucho he pensado sobre lo que en esta tu grande fortuna se deve hazer, y hallo, segund mi pobre juizio, que lo primero que se cumple ordenar es tu reposo, el cual te desvía el caso presente.

De mi voto el primer acuerdo que tomaste será el postrero que obres, porque como es gran cosa la que as de emprender, assí como gran pesadumbre se deve determinar. Siempre de lo dubdoso se ha de tomar lo más seguro, y, si te pones en matar a Persio y librar a Laureola, deves antes ver si es cosa con que podrás salir; que como es de más estima de onra della que la vida tuya, si no pudieses acabarlo dexarías a ella condenada y a ti desonrado. Cata que los ombres obran y la ventura juzga; si a bien salen las cosas son alabadas por buenas, y si a mal, avidas por desvariadas. Si libras a Laureola diráse que heziste osadía, y si no que pensaste locura.

Pues tienes espacio daquí a nueve días que se dará la sentencia, prueva todos los otros remedios que muestran esperança, y si en ellos no la hallares, disponas lo que tienes pensado, que en tal demanda, aunque pierdas la vida, la darás a tu fama. Pero en esto ay una cosa que deve ser proveída primero que lo cometas y es ésta: Estemos agora en que ya as forçado la prisión y sacado della a Laureola. Si la traes a tu tierra, es condenada de culpa; dondequiera que allá la dexes no la librarás de pena. Cata aquí mayor mal que el primero. Paréceme a mí para sanear esto, obrando tú esto otro, que se deve tener tal forma: yo llegaré de tu parte a Galio, hermano de la reina, que en parte desea tanto la libertad de la presa como tú mismo, y le diré lo que tienes acordado, y le suplicaré, porque sea salva del cargo y de la vida, que esté para el día que fueres con alguna gente, para que si fuere tal tu ventura que la puedas sacar, en sacándola la pongas en su poder a vista de todo el mundo, en testimonio de su bondad y tu limpieza; y que recebida, entretanto que el rey sabe lo uno y provee en lo otro, la ponga en Dala, fortaleza suya, donde podrá venir el hecho a buen fin[67]. Mas como te tengo dicho, esto se a de tomar por postrimero partido. Lo que antes se conviene negociar es esto[68]: yo iré a la corte y juntaré con el cardenal de Gausa todos los cavalleros y perlados que aí se hallaren, el cual con voluntad alegre suplicará al rey le otorgue a Laureola la vida. Y si en esto no hallare remedio, suplicaré a la reina que con todas las onestas y principales mugeres de su casa y cibdad le pida la libertad de su hija, a cuyas lágrimas y petición no podrá, a mi creer, negar piedad. Y si aquí no hallo esperança, diré a Laureola que le escriva certificándole su inocencia. Y cuando todas estas cosas me fueren contrarias, proferirm'he al rey que darás una persona tuya que haga armas con los tres malvados testigos. Y no aprovechando nada desto, probarás la fuerça, en la que por ventura hallarás la piedad que en el rey yo buscava. Pero antes que me parta, me parece que deves escrevir a Laureola, esforçando su miedo con seguridad de su vida, la cual enteramente le puedes dar; que pues se dispone en el cielo lo que

---

[67] De este modo, Leriano se librará de la acusación de secuestro, tipificado como impedimento para el matrimonio.

[68] El Autor traza un plan de actuación: primero, solicitar la intercesión del cardenal; segundo, la de la reina; tercero, la súplica de Laureola; cuarto, un nuevo desafío, esta vez contra todos los difamadores; y, quinto, la «fuerça». Se anticipa así la estructura de los siguientes capítulos, los anteriores a la batalla.

se obra en la tierra, no puede ser que Dios no reciba sus lágrimas inocentes y tus peticiones justas.

[25] El auctor

Sólo un punto no salió Leriano de mi parecer, porque le pareció aquél propio camino para despachar su hecho más sanamente; pero con todo esso no le asegurava el coraçón, porque temía, segund la saña del rey, mandaría dar antes del plazo la sentencia, de lo cual no me maravillava, porque los firmes enamorados lo más dudoso y contrario creen más aína, y lo que más desean tienen por menos cierto. Concluyendo, él escrivió para Laureola con mucha duda que no querría recebir su carta, las razones de la cual dezían assí:

[26] Carta de Leriano a Laureola

Antes pusiera las manos en mí para acabar la vida que en el papel para començar a escrevirte, si de tu prisión uvieran sido causa mis obras como lo es mi mala fortuna, la cual no pudo serme tan contraria que no me puso estado de bien morir, segund lo que para salvarte tengo acordado; donde, si en tal demanda muriere, tú serás libre de la prisión y yo de tantas desaventuras: assí que será una muerte causa de dos libertades.

Suplícote no me tengas enemiga por lo que padeces, pues, como tengo dicho, no tiene la culpa dello lo que yo hize, mas lo que mi dicha quiere. Puedes bien creer, por grandes que sean tus angustias, que siento yo mayor tormento en el pensamiento dellas que tú en ellas mismas. Pluguiera a Dios que no te uviera conocido, que, aunque fuera perdidoso del mayor bien desta vida, que es averte visto, fuera bienaventurado en no oír ni saber lo que padeces. Tanto he usado bevir triste, que me consuelo con las mismas tristezas por causallas tú. Mas lo que agora siento ni recibe consuelo ni tiene reposo, porque no dexa el coraçón en ningún sosiego. No acreciente la pena que sufres la muerte que temes, que mis manos te salvarán della. Yo he buscado remedios para templar la ira del rey. Si en ellos faltare esperança, en mí la puedes tener, que por tu libertad haré tanto que será mi memoria, en cuanto el mundo durare, en exemplo de fortaleza. Y no te pare[z]ca gran cosa lo que digo, que, sin lo que tú vales, la injusticia de tu prisión haze justa mi osadía. ¿Quién podrá resistir mis fuerças, pues tú las pones? ¿Qué no osara el coraçón emprender, estando tú en él? Sólo un mal ay en tu salvación, que se compra por poco precio, segund lo que mereces, aunque por ella pierda la vida; y no solamente esto es poco, mas lo que se puede desear perder no es nada.

Esfuerça con mi esperança tu flaqueza, porque si te das a los pensamientos della podría ser que desfallecieses, de donde dos grandes cosas se podrían recrecer: la primera y más principal sería tu muerte; la otra, que me quitarías a mí la mayor onra de todos los ombres, no podiendo salvarte. Confía en mis palabras, espera en mis prometimientos, no seas como las otras mugeres, que de pequeñas causas reciben grandes temores. Si la condición mugeril te causare miedo, tu discreción te dé fortaleza, la cual de mis siguridades puedes recebir; y porque lo que haré será prueva de lo que digo, suplícote que lo creas. No te escrivo tan largo como quisiera por proveer lo que a tu vida cumple.

[27] El auctor

En tanto que Leriano escrevía ordené mi camino, y recebida su carta partíme con la mayor priesa que pude; y llegado a la corte, trabajé que Laureola la recibiese, y entendí primero en dárgela que ninguna otra cosa hiziesse, por dalle algún esfuerço. Y como para vella me fuese negada licencia, informado de una cámara donde dormía, vi una ventana con una rexa no menos fuerte que cerrada; y venida la noche, doblada la carta muy sotilmente púsela en una lança, y con mucho trabajo echéla dentro en su cámara. Y otro día en la mañana, como desimuladamente por allí me anduviese, abierta la ventana, vila y vi que me vido, comoquiera que por la espesura de la rexa no la pude bien devisar. Finalmente ella respondió, y venida la noche, cuando sintió mis pisadas echó la carta en el suelo, la cual recebida, sin hablarle palabra por el peligro que en ello para ella avía, acordé de irme, y sintiéndome ir dixo: «Cataquí[69] el gualardón que recibo de la piedad que tuve.» Y porque los que la guardavan estavan junto comigo no le pude responder. Tanto me lastimó aquella razón que me dixo que, si fuera buscado, por el rastro de mis lágrimas pudieran hallarme. Lo que respondió a Leriano fue esto:

[28] Carta de Laureola a Leriano

No sé, Leriano, qué te responda, sino que en las otras gentes se alaba la piedad por virtud y en mí se castiga por vicio. Yo hize lo que devía, segund piadosa, y tengo lo que merezco, segund desdichada. No fue por cierto tu fortuna ni tus obras causa de mi prisión, ni me querello de ti ni de otra persona en esta vida, sino de mí sola, que por librarte de muerte me cargué de culpa, comoquiera que en esta compasión que te uve más ay pena que cargo, pues remedié como inocente y pago como culpada. Pero todavía me plaze más la prisión sin yerro que la libertad con él; y por esto, aunque pene en sofrilla, descanso en no merecella.

Yo soy entre las que biven la que menos deviera ser biva. Si el rey no me salva, espero la muerte; si tú me delibras, la de ti y de los tuyos: de manera que por una parte o por otra se me ofrece dolor. Si no me remedias, he de ser muerta; si me libras y lievas, seré condenada; y por esto te ruego mucho te trabajes en salvar mi fama[70] y no mi vida, pues lo uno se acaba y lo otro dura. Busca, como dizes que hazes, quien amanse la saña del rey, que de la manera que dizes no pue-

---

[69] *cataquí:* Por «he aquí».
[70] *Vid.* nota núm. 43.

do ser salva sin destruición de mi onra. Y dexando esto a tu consejo, que sabrás lo mejor, oye el galardón que tengo por el bien que te hize.

Las prisiones que ponen a los que han hecho muertes me tienen puestas porque la tuya escusé; con gruesas cadenas estoy atada, con ásperos tormentos me lastiman, con grandes guardas me guardan, como si tuviese fuerça para poderme salir. Mi sofrimiento es tan delicado[71] y mis penas tan crueles, que sin que mi padre dé la sentencia, tomara la vengança, muriendo en esta dura cárcel. Espantada estó como de tan cruel padre nació hija tan piadosa. Si le pareciera en la condición no le temiera en la justicia, puesto que injustamente la quiera hazer.

A lo que toca a Persio no te respondo porque no ensuzie mi lengua, como ha hecho mi fama. Verdad es que más querría que de su testimonio se desdixese que no que muriese por él. Mas aunque yo digo, tú determina, que, segund tu juizio, no podrás errar en lo que acordares.

[29] El auctor

Muy dudoso estuve cuando recebí esta carta de Laureola sobre embialla a Leriano o esperar a levalla yo, y en fin hallé por mejor seso no embiárgela, por dos inconvenientes que hallé: el uno era porque nuestro secreto se ponía a peligro en fiarla de nadie; el otro, porque las lástimas della le pudieran causar tal aceleración que errara sin tiempo lo que con él acertó, por donde se pudiera todo perder.

Pues bolviendo al propósito primero, el día que llegué a la corte tenté las voluntades de los principales della para poner en el negocio a los que hallase conformes a mi opinión, y ninguno hallé de contrario deseo, salvo a los parientes de Persio. Y como esto uve sabido, supliqué al cardenal que ya dixe le pluguiese hazer suplicación al rey por la vida de Lau-

---

[71] *delicado:* «Metafóricamente vale lo mismo que sutil, agudo». También «arduo, espinoso» *(Auts.)*.

reola, lo cual me otorgó con el mismo amor y compasión que yo ge lo pedía. Y sin más tardança, juntó con él todos los perlados y grandes señores que allí se hallaron, y puesto en presencia del rey, en su nombre y de todos los que ivan con él, hízole una habla en esta forma:

[30] El cardenal[72] al rey

No a sinrazón los soberanos príncipes pasados ordenaron consejo en lo que uviesen de hazer, segund cuantos provechos en ello hallaron, y puesto que fuesen diversos, por seis razones aquella ley deve ser conservada: la primera, porque mejor aciertan los ombres en las cosas agenas que en las suyas propias[73], porque el coraçón de cuyo es el caso no puede estar sin ira o cobdicia o afición o deseo o otras cosas semejantes para determinar como deve; la segunda, porque platicadas las cosas siempre quedan en lo cierto; la tercera, porque si aciertan los que aconsejan, aunque ellos dan el voto, del aconsejado es la gloria; la cuarta, por lo que se sigue del contrario, que si por ageno seso se yerra el negocio, el que pide el parecer queda sin cargo y quien ge lo da no sin culpa; la quinta, porque el buen consejo muchas vezes asegura las cosas dudosas; la sesta, porque no dexa tan aína caer la mala fortuna y siempre en las adversidades pone esperança.

Por cierto, señor, turbio y ciego consejo puede ninguno dar a sí mismo siendo ocupado de saña o pasión; y por eso no nos culpes si en la fuerça de tu ira te venimos a enojar:

---

[72] A. Krause [1952], pág. 263, dirá: «Aun siendo pálidos los personajes secundarios, tomados de un círculo íntimo de amigos y parientes, aportan naturalidad a estas obras». De hecho, el Cardenal es un personaje singular en la obra de San Pedro, puesto que es el único personaje religioso. Para los personajes secundarios, *vid.* apartado 2. 7. 3. de la «Introducción».

[73] El Cardenal esgrime aquí seis justificaciones por las que el Rey debiera considerar su consejo. Ivy A. Corfis, ed. cit. [1987], pág. 220, advierte un paralelismo con una frase de la primera parte del *Sermón:* «porque los hombres ocupados de codicia, o amor, o desseo, no pueden determinar bien en sus cosas propias» (aquí, pág. 245).

que más queremos que airado nos reprehendas porque te dimos enojo, que no que arrepentido nos condenes porque te dimos consejo[74].

Señor, las cosas obradas con deliberación y acuerdo procuran provecho y alabança para quien las haze, y las que con saña se hazen con ar[r]epentimiento se piensan. Los sabios como tú, cuando obran, primero delibran que disponen y sonles presentes todas las cosas que pueden venir, assí de lo que esperan provecho como de lo que temen revés. Y si de cualquiera pasión empedidos se hallan, no sentencian en nada fasta verse libres; y aunque los hechos se dilaten hanlo por bien, porque en semejantes casos la priesa es dañosa y la tardança segura; y como han sabor de hazer lo justo, piensan todas las cosas, y antes que las hagan, siguiendo la razón, establécenles secución onesta. Propiedad es de los discretos provar los consejos y por ligera creencia no disponer, y en lo que parece dubdoso tener la sentencia en peso[75], porque no es todo verdad lo que tiene semejança de verdad. El pensamiento del sabio, agora acuerde, agora mande, agora ordene, nunca se parta de lo que puede acaecer, y siempre como zeloso de su fama se guarda de error; y por no caer en él tiene memoria en lo pasado, por tomar lo mejor dello y ordenar lo presente con templança y contemplar lo porvenir con cordura por tener aviso de todo.

Señor, todo esto te avemos dicho por que te acuerdes de tu prudencia y ordenes en lo que agora estás, no segund sañudo, mas segund sabidor. Assí, buelve en tu reposo, que fuerce lo natural de tu seso al acidente de tu ira. Avemos sabido que quieres condenar a muerte a Laureola. Si la bondad no merece ser justiciada, en verdad tú eres injusto juez. No quieras turbar tu gloriosa fama con tal juizio, que, pues-

---

[74] Castro Guisasola, *op. cit.*, pág. 183, advierte de la coincidencia entre esta frase del Cardenal y la de Pármeno en el auto II de *La Celestina* : «Señor, más quiero que airado me reprehendas, porque no te doy enojo, que arrepentido me condenes, porque no te di consejo».

[75] *Ibídem,* pág. 184: *La Celestina*, auto IV, dice Melibea: «Quiero en tu dudosa desculpa tener la sentencia en peso». Estos razonamientos del cardenal, según Parrilla [1995], pág. 146, son nociones morales de raíz senequista.

to que en él uviese derecho, antes serías, si lo dieses, infamado por padre cruel que alabado por rey justiciero. Diste crédito a tres malos ombres; por cierto tanta razón avía para
pesquisar su vida como para creer su testimonio. Cata que
son en tu corte mal infamados; confórmanse con toda maldad, siempre se alaban en las razones que dizen de los engaños que hazen. Pues, ¿por qué das más fe a la información dellos que al juizio de Dios[76], el cual en las armas de
Persio y Leriano se mostró claramente? No seas verdugo
de tu misma sangre[77], que serás entre los ombres muy afea-
do; no culpes la inocencia por consejo de la saña.

Y si te pareciere que, por las razones dichas, Laureola no
deve ser salva, por lo que deves a tu virtud, por lo que te
obliga tu realeza, por los servicios que te avemos hecho,
te suplicamos nos hagas merced de su vida. Y porque menos palabras de las dichas bastavan, segund tu clemencia,
para hazello, no te queremos dezir sino que pienses cuánto
es mejor que perezca tu ira que tu fama.

[31] Respuesta del rey

Por bien aconsejado me tuviera de vosotros si no tuviese sabido ser tan devido vengar las desonras como perdonar
las culpas. No era menester dezirme las razones por que los
poderosos deven recevir consejo, porque aquéllas y otras
que dexastes de dezir tengo yo conocidas. Mas bien sabés
cuando el coraçón está embargado de pasión que están cerrados los oídos al consejo; y en tal tiempo las frutuosas palabras, en lugar de amansar, acrecientan la saña[78], porque reverdecen en la memoria la causa della; pero digo que estu-

---

[76] *Vid.* notas núms. 56 y 62.

[77] Castro Guisasola, *op. cit.*, pág. 184, indica la coincidencia con las palabras de Melibea en el auto XIV: «¡Cómo serías cruel verdugo de tu propia sangre!»

[78] Melibea, en el auto XXI, dirá: «Cuando coraçón está embargado de
pasión, están cerrados los oídos al consejo y en tal tiempo las fructuosas
palabras, en lugar de amansar, acrecientan la saña». *Vid.* nota núm. 46.

viese libre de tal empedimento, yo creería que dispongo y ordeno sabiamente la muerte de Laureola, lo cual quiero mostraros por causas justas determinadas segund onra y justicia.

Si el yerro desta muger quedase sin pena, no sería menos culpante que Leriano en mi desonra. Publicado que tal cosa perdoné, sería de los comarcanos despreciado y de los naturales desobedecido, y de todos mal estimado, y podría ser acusado que supe mal conservar la generosidad de mis antecesores; y a tanto se estendería esta culpa, si castigada no fuese, que podríe amanzillar la fama de los pasados y la onra de los presentes y la sangre de los por venir; que sola una mácula en el linage cunde toda la generación. Perdonando a Laureola sería causa de otras mayores maldades que en esfuerço de mi perdón se harían; pues más quiero poner miedo por cruel que dar atrevimiento por piadoso, y seré estimado como conviene que los reyes lo sean.

Segund justicia, mirad cuántas razones ay para que sea sentenciada: Bien sabéis que establecen nuestras leyes[79] que la muger que fuere acusada de tal pecado muera por ello. Pues ya veis cuanto más me conviene ser llamado rey justo que perdonador culpado, que lo sería muy conocido si, en lugar de guardar la ley, la quebrase, pues a sí mismo se condena quien al que yerra perdona. Igualmente[80] se deve guardar el derecho, y el coraçón del juez no se ha de mover por

---

[79] Según Gili Gaya, ed. cit., pág. 168, n. 9: «Es la "ley de Escocia", que pocos años después condenó a Mirabella en la novela de Juan de Flores; *l'aspra legge de Scozia* que Ariosto menciona a imitación de este último autor». Según Parrilla [1995], pág. 147, «para los legisladores, el adulterio es delito típica y exclusivamente femenino».

[80] Comienza aquí una perfecta, y breve, *argumentatio* sobre el ideal de justicia y su aplicación práctica. En el *Diálogo de la dignidad del hombre*, publicado en 1546, Fernán Pérez de Oliva hará decir a Antonio: «Difícil cosa es que la verdad con tanto amparo sea vencida, y que venza la falsedad, si no es por descuido o por malicia del juez; o si por divina permisión alguna vez la verdad no se conoce y queda desfavorecida, el que della es juez no queda culpado, si con amor la buscó [...] Así el juez que a la falsedad acata, cuando le parece ser ella la verdad, sin tener culpa en el tal error, no menos merece que si conociendo la verdad la siguiera» (en la ed. de J. L. Abellán, Barcelona, Ediciones de Cultura Popular, 1967, págs. 125-126).

favor ni amor ni cobdicia, ni por ningún otro acidente. Siendo derecha, la justicia es alabada, y si es favorable[81], aborrecida. Nunca se deve torcer, pues de tantos bienes es causa: pone miedo a los malos, sostiene los buenos, pacifica las diferencias, ataja las cuestiones, escusa las contiendas, abiene los debates, asegura los caminos, onra los pueblos, favorece los pequeños, enfrena los mayores, es para el bien común en gran manera muy provechosa. Pues para conservar tal bien, porque las leyes se sostengan, justo es que en mis propias cosas la use.

Si tanto la salud de Laureola queréis y tanto su bondad alabáis, dad un testigo de su inocencia como ay tres de su cargo, y será perdonada con razón y alabada con verdad. Dezís que deviera dar tanta fe al juizio de Dios como al testimonio de los ombres: no's maravilléis de assí no hazello, que veo el testimonio cierto y el juizio no acabado, que, puesto que Leriano levase lo mejor de la batalla, podemos juzgar el medio y no saber el fin. No respondo a todos los apuntamientos de vuestra habla por no hazer largo proceso y en el fin embiaros sin esperança. Mucho quisiera aceutar vuestro ruego por vuestro merecimiento. Si no lo hago, aveldo por bien, que no menos devéis desear la onra del padre que la salvación de la hija.

[32] El auctor

La desesperança del responder del rey fue para los que la oían causa de grave tristeza; y como yo, triste, viese que aquel remedio me era contrario, busqué el que creía muy provechoso, que era suplicar a la reina le suplicase al rey por la salvación de Laureola[82]. Y yendo a ella con este acuerdo, como aquella que tanto participava en el dolor de la hija, topéla en una sala, que venía a hazer lo que yo quería dezi-

---

[81] *favorable:* «Lo que se hace en favor de alguno y redunda en su beneficio; y assí se dice que la sentencia fue favorable» *(Auts.).* Aquí, por «parcial», tal y como anota Whinnom, ed. cit., II, pág. 133, n. 146.

[82] Esto es, la segunda posibilidad de solicitud de perdón. *Vid.* nota número 68.

lle, acompañada de muchas generosas dueñas y damas, cuya auctoridad bastava para alcançar cualquiera cosa, por injusta y grave que fuera, cuanto más aquélla que no con menos razón el rey deviera hazella que la reina pedilla. La cual, puestas las rodillas en el suelo, le dixo palabras assí sabias para culpalle como piadosas para amansallo.

Dezíale[83] la moderación que conviene a los reyes, reprehendíale la perseverança de su ira, acordávale que era padre, hablávale razones tan discretas para notar como lastimadas para sentir, suplicávale que, si tan cruel juizio dispusiese, se quisiese satisfazer con matar a ella, que tenía los más días pasados, y dexase a Laureola, tan dina de la vida; provávale que la muerte de la salva[84] mataría la fama del juez y el bevir de la juzgada y los bienes de la que suplicava. Mas tan endurecido estava el rey en su propósito que no pudieron para con él razones que dixo ni las lágrimas que derramó; y assí se bolbió a su cámara con poca fuerça para llorar y menos para bevir.

Pues viendo que menos la reina hallava gracia en el rey, llegué a él como desesperado, sin temer su saña, y díxele, porque su sentencia diese con justicia clara, que Leriano daría una persona que hiziese armas con los tres falsos testigos[85], o que él por sí lo haría, aunque abaxase su merecer, porque mostrase Dios lo que justamente deviese obrar. Respondióme que me dexase de embaxadas de Leriano, que en oír su nombre le crecía la pasión.

Pues bolviendo a la reina, como supo que en la vida de Laureola no avía remedio, fuese a la prisión donde estava y besándola diversas vezes dezíale tales palabras:

[33] La reina a Laureola

¡O bondad acusada con malicia! ¡O virtud sentenciada con saña! ¡O hija nacida para el dolor de su madre! ¡Tú serás muerta sin justicia y de mí llorada con razón! Más poder

---

[83] Como puede apreciarse aquí, San Pedro alterna el estilo directo del habla del cardenal con el estilo indirecto.

[84] Anoto, siguiendo a Whinnom, «inocente».

[85] *Vid*. nota núm. 68.

113

ha tenido tu ventura para condenarte que tu inocencia para hazerte salva. Beviré en soledad de ti y en compañía de los dolores que en tu lugar me dexas, los cuales, de compasión, viéndome quedar sola, por acompañadores me diste. Tu fin acabará dos vidas, la tuya sin causa y la mía por derecho, y lo que biviere después de ti me será mayor muerte que la que tú recibirás, porque muy más atormenta desealla que padecella. Pluguiera a Dios que fueras llamada hija de la madre que murió y no de la que te vido morir. De las gentes serás llorada en cuanto el mundo durare. Todos los que de ti tenían noticia avían por pequeña cosa este reino que avíes de eredar, segund lo que merecías. Podiste caber en la ira de tu padre, y dizen los que te conoscen que no cupiera en toda la tierra tu merecer. Los ciegos deseavan vista por verte y los mudos habla por alabarte y los pobres riqueza por servirte. A todos eras agradable y a Persio fuist[e] odiosa. Si algund tiempo bivo, él recebirá de sus obras galardón justo, y aunque no me queden fuerças para otra cosa sino para desear morir, para vengarme dél tomallas he prestadas de la enemistad que le tengo, puesto que esto no me satisfaga, porque no podrá sanar el dolor de la manzilla la secución de la vengança.

¡O hija mía! ¿Por qué, si la onestad es prueva de la virtud, no dio el rey más crédito a tu presencia que al testimonio? En la habla, en las obras, en los pensamientos, siempre mostraste coraçón virtuoso. Pues ¿por qué consiente Dios que mueras? No hallo por cierto otra causa sino que puede más la muchedumbre de mis pecados que el merecimiento de tu justedad, y quiso que mis errores comprehendiesen tu inocencia. Pon, hija mía, el coraçón en el cielo; no te duela dexar lo que se acaba por lo que permanece. Quiere el Señor que padezcas como mártir porque gozes como bienaventurada. De mí no leves deseo, que si fuere dina de ir do fueres, sin tardança te sacare dél. ¡Qué lástima tan cruel para mí que suplicaron tantos al rey por tu vida y no pudieron todos defendella, y podrá un cuchillo acaballa, el cual dexará el padre culpado y la madre con dolor y la hija sin salud y el reino sin eredera!

Deténgome tanto contigo, luz mía, y dígote palabras tan

Ilustración para *Cárcel de amor*. Xilografía de Rosenbach.
Grabado de la traducción catalana, Barcelona, 1493.

lastimeras que te quiebren el coraçón, porque deseo que mueras en mi poder de dolor por no verte morir en el del verdugo por justicia, el cual, aunque derrame tu sangre, no terná tan crueles las manos como el rey la condición. Pero, pues no se cumple mi deseo, antes que me vaya recibe los postrimeros besos de mí, tu piadosa madre; y assí me despido de tu vista y de tu vida y de más querer la mía.

[34] El auctor

Como la reina acabó su habla, no quiso esperar la respuesta de la innocente por no recebir doblada manzilla; y assí ella y las señoras de quien fue acompañada se despidieron della con el mayor llanto de todos los que en el mundo son hechos. Y después que fue ida, embié a Laureola un mensajero, suplicándole escriviese al rey[86], creyendo que avría más fuerça en sus piadosas palabras que en las peticiones de quien avía trabajado su libertad, lo cual luego puso en obra con mayor turbación que esperança. La carta dezía en esta manera:

[35] Carta de Laureola al rey

Padre: He sabido que me sentencias a muerte y que se cumple de aquí a tres días[87] el término de mi vida, por donde conozco que no menos deven temer los inocentes la ventura que los culpados la ley, pues me tiene mi fortuna en el estrecho que me podiera tener la culpa que no tengo, lo cual conocerías si la saña te dexase ver la verdad[88].

---

[86] *Vid.* nota núm. 68. El Autor ha cambiado el orden de las dos últimas súplicas (el desafío y la de Laureola), dejando para el final la carta de la protagonista.

[87] Han pasado, pues, seis días desde que se inició el plan del Autor y de Leriano para liberar a Laureola y demostrar su inocencia.

[88] *Vid.* nota núm. 78.

Bien sabes la virtud que las corónicas pasadas publican de los reyes y reinas donde yo procedo; pues, ¿por qué, nacida yo de tal sangre, creíste más la información falsa que la bondad natural? Si te plaze matarme por voluntad, obra lo que por justicia no tienes, porque la muerte que tú me dieres, aunque por causa de temor la rehúse, por razón de obedecer la consiento, aviendo por mejor morir en tu obediencia que bevir en tu desamor. Pero todavía te suplico que primero acuerdes[89] que determines, porque, como Dios es verdad, nunca hize cosa por que mereciese pena. Mas digo, señor, que la hiziera, tan convenible te es la piedad de padre como el rigor de justo. Sin dubda yo deseo tanto mi vida por lo que a ti toca como por lo que a mí cumple, que al cabo so hija. Cata, señor, que quien crueza haze su peligro busca; más seguro de caer estarás siendo amado por clemencia que temido por crueldad. Quien quiere ser temido, forçado es que tema. Los reyes crueles de todos los ombres son desamados, y éstos, a las vezes, buscando cómo se venguen, hallan cómo se pierdan. Los súditos de los tales más desean la rebuelta del tiempo que la conservación de su estado; los salvos temen su condición y los malos su justicia; sus mismos familiares les tratan y buscan la muerte, usando con ellos lo que dellos aprendieren.

Dígote, señor, todo esto porque deseo que se sostente tu onra y tu vida. Mal esperança ternán los tu[y]os en ti, viéndote cruel contra mí; temiendo otro tanto les darás en exemplo de cualquier osadía, que quien no está seguro nunca asegura. ¡O cuánto están libres de semejantes ocasiones los príncipes en cuyo coraçón está la clemencia! Si por ellos conviene que mueran sus naturales, con voluntad se ponen por su salvación al peligro; vélanlos de noche, guárdanlos de día. Más esperança tienen los beninos y piadosos reyes en el amor de las gentes que en la fuerça de los muros de sus

<hr>

[89] *acordar:* «Recobrar el uso y exercicio de los sentidos, de que por algún accidente estuvo alguno privado, o suspenso» *(Auts.).* Según Parrilla [1995], pág. 149, los razonamientos de Laureola están inspirados en los que aparecían en la *Floresta de philosophos* (hay ed. de R. Foulché-Delbosc, en *Revue Hispanique*, XI (1904), págs. 5-154).

fortalezas. Cuando salen a las plaças, el que más tarde los bendize y alaba más temprano piensa que yerra. Pues mira, señor, el daño que la crueldad causa y el provecho que la mansedumbre procura; y si todavía te pareciere mejor seguir antes la opinión de tu saña que el consejo propio, malaventurada sea hija que nació para poner en condición la vida de su padre, que por el escándalo que pornás con tan cruel obra nadie se fiará de ti ni tú de nadie te deves fiar, porque con tu muerte no procure alguno su seguridad. Y lo que más siento sobre todo es que darás contra mí la sentencia y harás de tu memoria la justicia, la cual será siempre acordada más por la causa della que por ella misma. Mi sangre ocupará poco lugar y tu crueza toda la tierra. Tú serás llamado padre cruel y yo seré dicha hija innocente, que, pues Dios es justo, él aclarará mi verdad. Assí quedaré libre de culpa cuando aya recebido la pena.

[36] El auctor

Después que Laureola acabó de escrevir, embió la carta al rey con uno de aquellos que la guardavan; y tan amada era de aquél y todos los otros guardadores que le dieran libertad si fueran tan obligados a ser piadosos como leales. Pues como el rey recibió la carta, después de avella leído mandó muy enojadamente que al levador della le tirasen delante. Lo cual yo viendo, comencé de nuevo a maldezir mi ventura, y, puesto que mi tormento fuese grande, ocupava el coraçón de dolor, mas no la memoria de olvido para lo que hazer convenía. Y a la ora, porque avía más espacio para la pena que para el remedio, hablé con Galio, tío de Laureola, como es contado, y díxele cómo Leriano quería sacalla por fuerça de la prisión, para lo cual le suplicava mandase juntar alguna gente para que, sacada de la cárcel, la tomase en su poder[90] y la pusiese en salvo, porque si él consigo la levase podría dar lugar al testimonio de los malos ombres y a la

---

[90] *Vid.* Ruiz Casanova [1993], pág. 30 y págs. 43-44.

acusación de Persio. Y como no le fuese menos cara que a la reina la muerte de Laureola, respondióme que aceutava lo que dezía; y como su voluntad y mi deseo fueron conformes, dio priesa en mi partida, porque antes quel hecho se supiese se despachase, la cual puse luego en obra.

Y llegado donde Leriano estava, dile cuenta de lo que hize y de lo poco que acabé[91]; y hecha mi habla, dile la carta de Laureola[92], y con la compasión de las palabras della y con pensamiento de lo que esperava hazer traía tantas rebueltas en el coraçón que no sabía qué responderme. Llorava de lástima, no sosegava de sañudo, desconfiava segund su fortuna, esperava segund su justicia; cuando pensava que sacaríe a Laureola alegrávase; cuando dudava si lo podríe hazer enmudecía. Finalmente, dexadas las dubdas, sabida la respuesta que Galio me dio, començó a proveer lo que para el negocio complía; y como ombre proveído, en tanto que yo estava en la corte juntó quinientos ombres darmas suyos sin que pariente ni persona del mundo lo supiese. Lo cual acordó con discreta consideración, porque si con sus deudos lo comunicara, unos, por no deservir al rey, dixieran que era mal hecho, y otros, por asegurar su hazienda, que lo devía dexar, y otros, por ser el caso peligroso, que no lo devía emprender; assí que por estos inconvenientes y porque por allí pudiera saberse el hecho, quiso con sus gentes solas acometello. Y no quedando sino un día[93] para sentenciar a Laureola, la noche antes juntó sus cavalleros y díxoles cuánto eran más obligados los buenos a temer la vergüença que el peligro. Allí les acordó cómo por las obras que hizieron aún bibía la fama de los pasados; rogóles que por cobdicia de la gloria de buenos no curasen de la de bivos; tráxoles a la memoria el premio de bien morir y mostróles cuánto era locura temello no podiendo escusallo. Prometióles muchas mercedes, y después que les hizo un largo razonamiento,

_____

[91] *acabar:* «Conseguir, obtener, y alcanzar» *(Auts.).*

[92] El Autor le entrega ahora a Leriano la segunda carta de Laureola, que había retenido aquél tanto por temor a que se desvelase el secreto de los jóvenes como a que la furia de Leriano desbaratase todo el plan tramado para vencer la voluntad del rey.

[93] Han pasado dos días. *Vid.* nota núm. 87.

díxoles para qué los avía llamado, los cuales a una boz juntos se profirieron a morir con él[94].

Pues[95] conociendo Leriano la lealtad de los suyos, túvose por bien acompañado y dispuso su partida en anocheciendo; y llegado a un valle cerca de la cibdad, estuvo allí en celada[96] toda la noche, donde dio forma en lo que avía de hazer. Mandó a un capitán suyo con cient ombres darmas que fuese a la posada de Persio y que matase a él y a cuantos en defensa se le pusiesen. Ordenó que otros dos capitanes estuviesen con cada cincuenta cavalleros a pie en dos calles principales que salían a la prisión, a los cuales mandó que tuviesen el rostro contra la cibdad, y que a cuantos viniesen defendiesen la entrada de la cárcel, entretanto que él con los trezientos que le quedavan trabajava por sacar a Laureola. Y al que dio cargo de matar a Persio díxole que en despachando se fuese a ayuntar con él; y creyendo que a la buelta, si acabase el hecho, avía de salir peleando, porque al sobir en los cavallos no recibiese daño, mandó aquel mismo caudillo quél y los que con él fuesen se adelantasen a la celada a cavalgar, para que hiziesen rostro a los enemigos, en tanto quél y los otros tomavan los cavallos, con los cuales dexó cincuenta ombres de pie para que los guardasen. Y como acordado todo esto començase amanecer, en abriendo las puertas movió con su gente, y entrados todos dentro en la cibdad, cada uno tuvo a cargo lo que avía de hazer.

El capitán que fue a Persio, dando la muerte a cuantos topava, no paró hasta él, que se començava a armar, donde muy cruelmente sus maldades y su vida acabaron. Leriano, que fue a la prisión, acrecentando con las saña la virtud del esfuerço, tan duramente peleó con las guardas que no po-

---

[94] Whinnom, ed. cit., II, págs. 56-57, habla de las *artes arengandi*, y trae a colación la «obra histórica de Pulgar, *Los Reyes Católicos* y la *Guerra de Granada*». Por tres veces arengará Leriano a sus fieles, aunque sólo la última (*vid.* nota núm. 100) es en estilo directo, puesto que las dos primeras son relatadas por el Autor.

[95] Aquí comienza toda una descripción de estrategia militar.

[96] *celada*: «La emboscada, assechanza, ocultación, o encubrimiento de gente armada, en lugar, parage, o sitio oculto, para assaltar al contrario descuidado u desprevenido, o para otra facción semejante» (*Auts.*).

día pasar adelante sino por encima de los muertos quél y los suyos derribavan; y como en los peligros más la bondad se acrecienta por fuerça de armas, llegó hasta donde estava Laureola, a la cual sacó con tanto acatamiento y cerimonia como en tiempo seguro lo pudiera hazer; y puesta la rodilla en el suelo, besóle las manos como a hija de su rey[97].

Estava ella con la turbación presente tan sin fuerça que apenas podía moverse: desmayávale el corazón, fallecíale la color, ninguna parte de biva tenía. Pues como Leriano la sacava de la dichosa cárcel, que tanto bien mereció guardar, halló a Galio con una batalla de gente que la estava esperando y en presencia de todos ge la entregó; y comoquiera que sus cavalleros peleavan con los que al rebato venían, púsola en una hacanea[98] que Galio tenía aderesçada, y después de besalle las manos otra vez, fue a ayudar y favorecer su gente, bolviendo siempre a ella los ojos hasta que de vista la perdió, la cual, sin ningún contraste, levó su tío a Dala, la fortaleza dicha.

Pues tornando a Leriano, como ya ell alboroto llegó a oídos del rey pidió las armas, y, tocadas las trompetas y atabales, armóse toda la gente cortesana y de la cibdad. Y como el tiempo le ponía necesidad para que Leriano saliese al campo, començólo a hazer, esforçando los suyos con animosas palabras[99], quedando siempre en la reçaga, sufriendo la multitud de los enemigos con mucha firmeza de coraçón. Y por guardar la manera onesta que requiere el retraer, iva ordenado con menos priesa que el caso pedía, y assí, perdiendo algunos de los suyos y matando a muchos de los contrarios, llegó adonde dexó los cavallos; y guardada la orden que para aquello avíe dado, sin recebir revés ni peligro cavalgaron él y todos sus cavalleros, lo que por ventura no hiziera si antes no proveyera el remedio.

Puestos todos, como es dicho, a cavallo, tomó delante los peones y siguió la vía de Susa, donde avíe partido. Y como

---

[97] *Vid.* nota núm. 67.

[98] «Hacas y hacaneas, todo viene a sinificar una cosa, salvo que llaman hacanea a la que es preciada, cavallería de damas o de príncipes» *(Tesoro)*.

[99] La segunda arenga, en estilo indirecto. *Vid.* nota núm. 94.

se le acercavan tres batallas del rey, salido de paso apresuró algo ell andar, con tal concierto y orden que ganava tanta onra en el retraer como en el pelear. Iva siempre en los postreros, haziendo algunas bueltas cuando el tiempo las pedía, por entretener los contrarios, para levar su batalla más sin congoxa. En el fin, no aviendo sino dos leguas, como es dicho, hasta Susa, pudo llegar sin que ningun[o] suyo perdiese, cosa de gran maravilla, porque con cinco mill ombres darmas venía ya el rey embuelto con él, el cual, muy encendido de coraje, puso a la ora cerco sobre el lugar con propósito de no levantarse de allí hasta que dél tomase vengança. Y viendo Leriano que el rey asentava real, repartió su gente por estancias, segund sabio guerrero: donde estava el muro más flaco, ponía los más rezios cavalleros; donde avía aparejo para dar en el real, ponía los más sueltos; donde veía más disposición para entralle por traición o engaño, ponía los más fieles; en todo proveía como sabidor y en todo osava como varón.

El rey, como aquel que pensava levar el hecho a fin, mandó fortalecer el real y proveó en las provisiones; y, ordenadas todas las cosas que a la hueste cumplían, mandó llegar las estancias cerca de la cerca de la villa, las cuales guarneció de muy bona gente, y pareciéndole, segund le acuciava la saña, gran tardança esperar a tomar a Leriano por hambre, puesto que la villa fuese muy fuerte, acordó de combatilla, lo cual provó con tan bravo coraçón que uvo el cercado bien menester el esfuerço y la diligencia. Andava sobresaliente con cient cavalieros que para aquello tenía diputados: donde veía flaqueza se forçava; donde veía coraçón alabava; donde veía mal recaudo proveía. Concluyendo, porque me alargo, el rey mandó apartar el combate con pérdida de mucha parte de sus cavalleros, en especial de los mancebos cortesanos, que siempre buscan el peligro por gloria. Leriano fue herido en el rostro, y no menos perdió muchos ombres principales.

Passado assí este combate, diole el rey otros cinco en espacio de tres meses, de manera que le fallecían ya las dos partes de su gente, de cuya razón hallava dudoso su hecho, comoquiera que en el rostro ni palabras ni obras nadie ge lo conosciese, porque en el coraçón del caudillo se esfuerçan los acaudillados. Finalmente, como supo que otra vez ordenavan de le combatir, por poner coraçón a los que le quedavan hízoles una habla en esta forma:

[37] Leriano a sus cavalleros[100]

Por cierto, cavalleros, si como sois pocos en número no fuésedes muchos en fortaleza, yo ternía alguna duda en nuestro hecho, según nuestra mala fortuna. Pero como sea más estimada la virtud que la muchedumbre, vista la vuestra, antes temo necesidad de ventura que de cavalleros, y con esta consideración en solos vosotros tengo esperança; pues es puesta en nuestras manos nuestra salud, tanto por sustentación de vida como por gloria de fama nos conviene pelear. Agora se nos ofrece causa para dexar la bondad que eredamos a los que nos han de eredar, que malaventurados seríamos si por flaqueza en nosotros se acabase la eredad. Assí pelead que libréis de vergüença vuestra sangre y mi nombre. Oy se acaba o se confirma nuestra onra. Sepámonos defender y no avergonçar, que muy mayores son los galardones de las vitorias que las ocasiones de los peligros. Esta[101] vida penosa en que bevimos no sé por qué se deva mucho querer, que es breve en los días y larga en los trabajos, la cual ni por temor se acrecienta ni por osar se acorta, pues cuando nascemos se limita su tiempo; por donde es escusado el miedo y devida la osadía. No nos pudo nuestra fortuna poner en mejor estado que en esperança de onrada muerte o gloriosa fama. Cudicia de alabança, avaricia de onra acaban otros hechos mayores quel nuestro. No temamos las grandes compañas llegadas al real, que en las afrentas los menos pelean; a los simples espanta la multitud de los muchos y a los sabios esfuerça la virtud de los pocos.

---

[100] Tercera y última arenga de Leriano a sus caballeros (*vid*. nota número 94).

[101] Leriano argumenta su razón mediante un *topoi* literario: la brevedad de la vida frente a la eternidad de la fama.

Grandes aparejos tenemos para osar: la bondad nos obliga, la justicia nos esfuerça, la necesidad nos apremia. No ay cosa por qué devamos temer y ay mill para que devamos morir.

Todas las razones, cavalleros leales, que os he dicho, eran escusadas para creceros fortaleza, pues con ella nacistes; mas quíselas hablar porque en todo tiempo el coraçón se deve ocupar en nobleza, en el hecho con las manos, en la soledad con los pensamientos, en compañía con las palabras, como agora hazemos, y no menos porque recibo igual gloria con la voluntad amorosa que mostráis como con los hechos fuertes que hazéis. Y porque me pareze, segund se adereça el combate, que somos costreñidos a dexar con las obras las hablas, cada uno se vaya a su estancia.

[38] El auctor

Con tanta constancia de ánimo fue Leriano respondido de sus cavalleros que se llamó dichoso por hallarse dino dellos; y porque estava ya ordenado el combate fuese cada uno a defender la parte que le cabía. Y poco después que fueron llegados, tocaron en el real los atavales y trompetas y en pequeño espacio estavan juntos al muro cincuenta mill ombres, los cuales con mucho vigor començaron el hecho, donde Leriano tuvo lugar de mostrar su virtud, y, segund los de dentro defendían, creía el rey que ninguno dellos faltava.

Duró el combate desde mediodía hasta la noche, que los despartió. Fueron heridos y muertos tres mill de los del real y tantos de los de Leriano que de todos los suyos no le avían quedado sino ciento y cincuenta, y en su rostro, segund esforçado, no mostrava aver perdido ninguno, y en su sentimiento, segund amoroso, parecía que todos le avían salido del ánima. Estuvo toda aquella noche enterrando los muertos y loando los bivos, no dando menos gloria a los que enterrava que a los que veía. Y otro día, en amaneciendo, al tiempo que se remudan las guardas, acordó que cin-

124

cuenta de los suyos diesen en una estancia que un pariente de Persio tenía cercana al muro, porque no pensase el rey que le faltava coraçón ni gente; lo cual se hizo con tan firme osadía que, quemada la estancia, mataron muchos de los defendedores della.

Y como ya Dios tuviese por bien que la verdad de aquella pendencia se mostrase[102], fue preso en aquella buelta uno de los damnados que condenaron a Laureola, y puesto en poder de Leriano, mandó que todas las maneras de tormento fuesen obradas en él, hasta que dixese por qué levantó el testimonio, el cual sin premia ninguna confesó todo el hecho como pasó. Y después que Leriano de la verdad se informó, embióle al rey, suplicándole que salvase a Laureola de culpa y que mandase justiciar aquél y a los otros que de tanto mal avíen sido causa. Lo cual el rey, sabido lo cierto, aceutó con alegre voluntad por la justa razón que para ello le requería. Y por no detenerme en las prolixidades que en este caso pasaron, de los tres falsos ombres se hizo tal la justicia como fue la maldad.

El cerco fue luego alçado y el rey tuvo a su hija por libre y a Leriano por desculpado, y llegado a Suria, embió por Laureola a todos los grandes de su corte, la cual vino con igual onra de su merecimiento. Fue recebida del rey y la reina con tanto amor y lágrimas de gozo como se derramaran de dolor. El rey se desculpava, la reina la besava, todos la servían, y assí se entregavan[103] con alegría presente de la pena pasada.

A Leriano mandóle el rey que no entrase por estonces en la corte hasta que pacificase a él y a los parientes de Persio, lo que recibió a graveza porque no podría ver a Laureola; y no podiendo hazer otra cosa, sintiólo en estraña manera. Y viéndose apartado della, dexadas las obras de guerra, bolvióse a las congoxas enamoradas; y deseoso de saber en lo que Laureola estava, rogóme que le fuese a suplicar que diese alguna forma onesta para que la pudiese ver y hablar, que

---

[102] Aquí culmina, pues, el Juicio de Dios.
[103] «Reintegrar, restituir» *(Corominas)*. Sigo aquí a Corfis, ed. cit., página 224.

tanto deseava Leriano guardar su onestad que nunca pensó hablalla en parte donde sospecha en ella se pudiese tomar, de cuya razón él era merecedor de sus mercedes.

Yo, que con plazer aceutava sus mandamientos, partíme para Suria, y llegado allá, después de besar las manos a Laureola supliquéle lo que me dixo, a lo cual me respondió que en ninguna manera lo haría, por muchas causas que me dio para ello; pero no contento con decírgelo aquella vez, todas las que veía ge lo suplicava. Concluyendo, respondióme al cabo que si más en aquello le hablava que causaría que se desmesurase contra mí.

Pues visto su enojo y responder, fui a Leriano con grave tristeza, y cuando le dixe que de nuevo se començavan sus desaventuras[104], sin duda estuvo en condición de desesperar. Lo cual yo viendo, por entretenelle díxile que escriviese a Laureola, acordándole lo que hizo por ella y estrañándole su mudança en la merced que en escriville le començó a hazer.

Respondióme que avía acordado bien, mas que no tenía que acordalle lo que avía hecho por ella, pues no era nada, segund lo que merecía, y también porque era de ombres baxos repetir lo hecho; y no menos me dixo que ninguna memoria le haría del galardón recebido, porque se defiende en la ley enamorada escrivir qué satisfación se recibe, por el peligro que se puede recrecer si la carta es vista. Así que, sin tocar en esto, escrivió a Laureola las siguientes razones:

[39] Carta de Leriano a Laureola

Laureola, segund tu virtuosa piedad, pues sabes mi pasión, no puedo creer que sin alguna causa la consientas, pues no te pido cosa a tu onra fea ni a ti grave. Si quieres mi mal, ¿por qué lo dudas? A sinrazón muero, sabiendo tú que

---

[104] Según la estructura de la novela, la alternancia de situaciones que se da entre Leriano y Laureola sitúa a los personajes como al comienzo de la historia; de ahí las palabras del Autor y de ahí, también, la nueva carta de Leriano.

la pena grande assí ocupa el coraçón que se puede sentir y no mostrar. Si lo has por bien, pensa[n]do que me satisfazes con la pasión que me das, porque, dándola tú, es el mayor bien que puedo esperar, justamente lo harías si la dieses a fin de galardón. Pero, ¡desdichado yo!, que la causa tu hermosura y no haze la merced tu voluntad. Si lo consientes, juzgándome desagradecido porque no me contento con el bien que me heziste en darme causa de tan ufano pensamiento, no me culpes, que, aunque la voluntad se satisfaze, el sentimiento se querella. Si te plaze porque nunca te hize servicio, no pude sobir los servicios a la alteza de lo que mereces.

Cuando todas estas cosas y otras muchas pienso, hállome que dexas de hazer lo que te suplico porque me puse en cosa que no pude merecer, lo cual yo no niego; pero atrevíme a ello pensando que me harías merced, no segund quien la pedía, mas segund tú, que la avíes de dar. Y también pensé que para ello me ayudaran virtud y compasión y piedad, porque son acetas a tu condición, que cuando los que con los poderosos negocian para alcançar su gracia, primero ganan las voluntades de sus familiares[105]. Y paréceme que en nada hallé remedio; busqué ayudadores para contigo y hallélos por cierto leales y firmes, y todos te suplican que me ayas merced: el alma por lo que sufre, la vida por lo que padece, el coraçón por lo que pasa, el sentido por lo que siente. Pues no niegues galardón a tantos que con ansia te lo piden y con razón te lo merecen. Yo soy el más sin ventura de los más desaventurados. Las aguas reverdecen la tierra y mis lágrimas nunca tu esperança, la cual cabe en los campos y en las yervas y árboles, y no puede caber en tu coraçón.

Desesperado avría, segund lo que siento, si alguna vez me hallase solo; pero como siempre me acompañan el pensamiento que me das y el deseo que me ordenas y la contemplación que me causas, viendo que lo vo a hazer, consuélanme acordándome que me tienen compañía de tu par-

---

[105] Para todo este fragmento, *vid*. Ruiz Casanova [1993], págs. 40-44.

te; de manera que quien causa las desesperaciones me tiene que no desespere. Si todavía te plaze que muera, házmelo saber, que gran bien harás a la vida, pues no será desdichada del todo: lo primero della se pasó en inocencia y lo del conocimiento en dolor; a lo menos el fin será en descanso, porque tú lo das, el cual, si ver no me quieres, será forçado que veas.

[40] El auctor

Con mucha pena recibió Laureola la carta de Leriano, y por despedirse dél onestamente respondióle desta manera, con determinación de jamás recebir embaxada suya:

[41] Carta de Laureola a Leriano

El pesar que tengo de tus males te sería satisfación dellos mismos, si creyeses cuánto es grande, y él sólo tomarías por galardón, sin que otro pidieses, aunque fuese poca paga, segund lo que me tienes merecido; la cual yo te daría, como devo, si la quisieses de mi hazienda y no de mi onra.

No responderé a todas las cosas de tu carta, porque en saber que te escrivo me huye la sangre del coraçón y la razón del juizio. Ninguna causa de las que dizes me haze consentir tu mal, sino sola mi bondad, porque cierto no estó dudosa dél, porque el estrecho a que llegaste fue testigo de lo que sofriste. Dizes que nunca me hiziste servicio: lo que por mí has hecho me obliga a nunca olvidallo y siempre desear satisfazerlo, no segund tu deseo, mas segund mi onestad. La virtud y piedad y compasión que pensaste que te ayudarían para comigo, aunque son aceptas a mi condición, para en tu caso son enemigas de mi fama, y por esto las hallaste contrarias. Cuando estava presa salvaste mi vida y agora que estó libre qui[e]res condenalla. Pues tanto me quieres, antes devrías querer tu pena con mi onra que tu remedio con mi culpa. No creas que tan sanamente biven las gentes, que, sabido que te hablé, juzgasen nuestras limpias intenciones, porque tenemos tiempo tan malo[106] que antes se afea la bondad que se alaba la virtud; assí que es escusada tu demanda, porque ninguna esperança hallarás en ella, aunque la muerte que dizes te viese recebir, aviendo por mejor la crueldad onesta que la piedad culpada.

Dirás, oyendo tal desesperança, que so movible, porque te comencé a hazer merced en escrevirte y agora determino de no remediarte. Bien sabes tú cuán sanamente lo hize, y puesto que en ello uviera otra cosa, tan convenible es la mudança en las cosas dañosas como la firmeza en las onestas.

Mucho te ruego que te esfuerces como fuerte y te remedies como discreto. No pongas en peligro tu vida y en disputa mi onra, pues tanto la deseas, que se dirá, muriendo tú, que galardono los servicios quitando las vidas; lo que, si al rey venço de días[107], se dirá al revés. Ternás en el reino toda la parte que quisieres, creceré tu onra, doblaré tu renta, sobiré tu estado, ninguna cosa ordenarás que revocada te sea; assí que biviendo causarás que me juzguen agradecida y muriendo que me tengan por mal acondicionada. Aunque por otra cosa no te esforçases sino por el cuidado que tu pena me da, lo devrías hazer.

No quiero más dezirte porque no digas que me pides esperança y te do consejo. Pluguiera a Dios que fuera tu demanda justa, porque vieras que como te aconsejo en lo uno te satisfiziera en lo otro; y assí acabo para siempre de más responderte ni oírte[108].

✳ [42] El auctor

Cuando Laureola uvo escrito, díxome con propósito determinado que aquella fuese la postrimera vez que parecie-

---

[106] En la última respuesta de Arnalte a Belisa, su hermana, en el *Tractado,* calificará la situación propia como vivida en «tiempos de caimiento» (pág. 235).

[107] Y, por tanto, se convierte en Reina y dueña de su libertad.

[108] *Vid.* las palabras de Laureola al Autor al final de su «Respuesta» en pág. 84 de esta edición.

se en su presencia, porque ya de mis pláticas andava mucha sospecha y porque en mis idas avía más peligro para ella que esperança para mi despacho. Pues vista su determinada voluntad, pareciéndome que de mi trabajo sacava pena para mí y no remedio para Leriano, despedíme della con más lágrimas que palabras, y después de besalle las manos salíme de palacio con un nudo en la garganta, que pensé ahogarme por encobrir la pasión que sacava. Y salido de la cibdad, como me vi solo, tan fuertemente comencé a llorar que de dar bozes no me podía contener. Por cierto yo tuviera por mejor quedar muerto en Macedonia que venir bivo a Castilla, lo que deseava con razón, pues la mala ventura se acaba con la muerte y se acrecienta con la vida. Nunca por todo el camino sospiros y gemidos me fallecieron, y cuando llegué a Leriano dile la carta, y como acabó de leella díxele que ni se esforçase, ni se alegrase ni recibiese consuelo, pues tanta razón avía para que deviese morir; el cual me respondió que más que hasta allí me tenía por suyo, porque le aconsejava lo propio; y con boz y color mortal començó a condolerse.

Ni culpava su flaqueza ni avergonçava su desfallecimiento: todo lo que podíe acabar su vida alabava, mostrábase amigo de los dolores, recreava con los tormentos, amava las tristezas; aquéllos llamava sus bienes por ser mensajeros de Laureola; y por que fuesen tratados segund de cuya parte venían, aposentólos en el coraçón, festejólos con el sentimiento, combidólos con la memoria, rogávales que acabasen presto lo que venían a hazer, por que Laureola fuese servida. Y desconfiado ya de ningún bien ni esperança, aquexado de mortales males, no podiendo sustenerse ni sofrirse, uvo de venir a la cama, donde ni quiso comer ni bever ni ayudarse de cosa de las que sustentan la vida, llamándose siempre bienaventurado porque era venido a sazón de hazer servicio a Laureola quitándola de enojos.

Pues como por la corte y todo el reino se publicase que Leriano se dexava morir, ívanle a ver todos sus amigos y parientes, y para desvialle su propósito dezíanle todas las cosas en que pensavan provecho; y como aquella enfermedad se avía de curar con sabias razones, cada uno aguzava

Ilustración para *Cárcel de amor*. Xilografía de Rosenbach.
Grabado de la traducción catalana, Barcelona, 1493.

el seso lo mejor que podía. Y como un cavallero llamado Tefeo[109] fuese amigo de Leriano, viendo que su mal era de enamorada pasión, puesto que quién la causava él ni nadie lo sabía, díxole infinitos males de las mugeres, y para favorecer su habla truxo todas las razones que en disfamia dellas pudo pensar, creyendo por allí restituille la vida. Lo cual oyendo Leriano, acordándose que era muger Laureola, afeó mucho a Tefeo porque en tal cosa hablava. Y puesto que su disposición no le consintiese mucho hablar, esforçando la lengua con la pasión de la saña, començó a contradezille en esta manera:

[43] Leriano contra Tefeo y todos los que dizen mal de mugeres[110]

Tefeo, para que recibieras la pena que merece tu culpa, ombre que te tuviera menos amor te avíe de contradezir; que las razones mías más te serán en exemplo para que calles que castigo para que penes. En lo cual sigo la condición de verdadera amistad, porque pudiera ser, si yo no te mostrara por bivas causas tu cargo, que en cualquiera plaça te deslenguaras, como aquí has hecho; así que te será más provechoso emendarte por mi contradición que avergonçarte por tu perseverança.

El fin de tu habla fue segund amigo, que bien noté que la dexiste porque aborreciese la que me tiene cual vees, diziendo mal de todas mugeres; y comoquiera que tu inten-

[109] Para este personaje, *vid.* apartado 2. 7. 3. de la «Introducción».

[110] Para la fuente literaria del panegírico sobre las mujeres en San Pedro, *vid.* los trabajos de Krause [1952], Gatti [1955], Waley [1966], Chorpenning [1977] y Parrilla [1995], pág. 151, todos citados en «Bibliografía». Parece ser que la fuente literaria fue el *Tratado en defensa de virtuosas mugeres* (ant. a 1445), de Diego de Valera. Aunque Ornstein [1941] indica otras posibles fuentes, como el *Triunfo de las donas* (1443), de Juan Rodríguez del Padrón y el *Libro de las veinte cartas y questiones* (1446), de Fernando de la Torre, parece que, según se desprende del estudio de Gatti, el modelo fue el libro de Valera.

ción no fue por remediarme, por la vía que me causaste remedio tú por cierto me lo as dado, porque tanto me lastimaste con tus feas palabras, por ser muger quien me pena, que de pasión de averte oído beviré menos de lo que creía; en lo cual señalado bien recebí, que pena tan lastimada mejor es acaballa presto que sostenella más. Assí que me truxiste alivio para el padecer y dulce descanso para ell acabar, porque las postrimeras palabras mías sean en alabança de las mugeres; porque crea mi fe la que tuvo merecer para causalla y no voluntad para satisfazella.

Y dando comienço a la intención tomada, quiero mostrar quinze causas por que yerran los que en esta nación ponen lengua, y veinte razones por que les somos los ombres obligados, y diversos enxemplos de su bondad[111].

Y cuanto a lo primero, que es proceder por las causas que hazen yerro los que mal las tratan, fundo la primera por tal razón: todas las cosas hechas por la mano de Dios son buenas necesariamente, que según el obrador han de ser las obras; pues siendo las mugeres sus criaturas, no solamente a ellas ofende quien las afea, mas blasfema de las obras del mismo Dios.

La segunda causa es porque delante dél y de los ombres no ay pecado más abominable ni más grave de perdonar quel desconocimiento. ¿Pues cuál lo puede ser mayor que desconocer el bien que por Nuestra Señora nos vino y nos viene? Ella nos libró de pena y nos hizo merecer la gloria, ella nos salva, ella nos sostiene, ella nos defiende, ella nos guía, ella nos alumbra; por ella, que fue muger, merecen todas las otras corona d'alabança[112].

La tercera es porque a todo ombre es defendido, segund virtud, mostrarse fuerte contra lo flaco, que si por ventura los que con ellas se deslenguan pensasen recebir contradición de manos, podría ser que tuviesen menos libertad en la lengua.

La cuarta es porque no puede ninguno dezir mal dellas

---

[111] Son los tres próximos capítulos de la novela: éste y los dos siguientes.

[112] Recuérdese que el *Tractado* termina con las Angustias de la Virgen.

sin que a sí mismo se desonre, porque fue criado y traído en entrañas de muger y es de su misma sustancia, y después desto por el acatamiento y reverencia que a las madres deven los hijos.

La quinta es por la desobediencia de Dios, que dixo por su boca que el padre y la madre fuesen onrados y acatados[113], de cuya causa los que en las otras tocan merecen pena.

La sesta es porque todo noble es obligado a ocuparse en autos virtuosos, assí en los hechos como en las hablas, pues si las palabras torpes ensucian la limpieza, muy a peligro de infamia tienen la onra de los que en tales pláticas gastan su vida.

La sétima es porque cuando se estableció la cavallería, entre las otras cosas que era tenudo a guardar el que se armava cavallero era una que a las mugeres guardase toda reverencia y onestad, por donde se conosce que quiebra la ley de nobleza quien usa el contrario della.

La otava es por quitar de peligro la onra: los antiguos nobles tanto adelgazavan las cosas de bondad y en tanto la tenían que no avían mayor miedo de cosa que de memoria culpada; lo que no me parece que guardan los que anteponen la fealdad [a] la virtud, poniendo mácula con su lengua en su fama, que cualquiera se juzga lo que es en lo que habla.

La novena y muy principal es por la condenación del alma: todas las cosas tomadas se pueden satisfacer, y la fama robada tiene dudosa la satisfación, lo que más complidamente determina nuestra fe.

La dezena es por escusar enemistad: los que en ofensa de las mugeres despienden[114] el tiempo, házense enemigos dellas y no menos de los virtuosos, que como la virtud y la desmesura diferencian en propiedad, no pueden estar sin enemiga.

La onzena es por los daños que de tal auto malicioso se recrecía, que, como las palabras tienen licencia de llegar a

---

[113] *Éxodo*, 20, 12.
[114] «gastan» *(Tesoro)*.

los oídos rudos tan bien como a los discretos, oyendo los que poco alcançan las fealdades dichas de las mugeres, ar[r]epentidos de averse casado, danles mala vida o vanse dellas, o por ventura las matan.

La dozena es por las murmuraciones que mucho se deven temer, siendo un ombre infamado por disfamador en las plaças y en las casas y en los campos y dondequiera es retratado su vicio.

La trezena es por razón del peligro, que cuando los maldizientes que son avidos por tales tan odiosos son a todos que cualquier les es más contrario, y algunos por satisfazer a sus amigas, puesto que ellas no lo pidan ni lo querían, ponen las manos en los que en todas ponen la lengua[115].

La catorzena es por la hermosura que tienen, la cual es de tanta ecelencia que, aunque copiesen en ellas todas las cosas que los deslenguados les ponen, más ay en una que loar con verdad que no en todas que afear con malicia.

La quinzena es por las grandes cosas de que han sido causa: dellas nacieron ombres virtuosos que hizieron hazañas de dina alabança; dellas procedieron sabios que alcançaron a conocer qué cosa era Dios, en cuya fe somos salvos; dellas vinieron los inventivos que hizieron cibdades y fuerças y edeficios de perpetual ecelencia; por ellas uvo tan sotiles varones que buscaron todas las cosas necesarias para sustentación del linage umanal.

[44] Da Leriano veinte razones por que los ombres son obligados a las mugeres:

Tefeo, pues as oído las causas por que sois culpados tú y todos los que opinión tan errada seguís, dexada toda prolixidad, oye veinte razones por donde me proferí a provar que los ombres a las mugeres somos obligados. De las cuales la primera

---

[115] La *dozena y trezena razones*, obviamente, tienen un fiel ejemplo en la historia de Laureola y Leriano.

es porque a los simples y rudos disponen para alcançar la virtud de la prudencia, y no solamente a los torpes hazen discretos, mas a los mismos discretos más sotiles, porque si de la enamorada pasión se cativan, tanto estudian su libertad, que abivando con el dolor el saber, dizen razones tan dulces y tan concertadas que alguna vez de compasión que las an se libran della; y los simples, de su natural inocentes, cuando en amar se ponen entran con rudeza y hallan el estudio del sentimiento tan agudo que diversas vezes salen sabios, de manera que suplen las mugeres lo que naturaleza en ellos faltó.

La segunda razón es porque de la virtud de la justicia tan bien nos hazen suf[r]ientes que los penados de amor, aunque desigual tormento reciben, hanlo por descanso, justificándose porque justamente padecen. Y no por sola esta causa nos hazen gozar desta virtud, mas por otra tan natural: los firmes enamorados, para abonarse con las que sirven, buscan todas las formas que pueden, de cuyo deseo biven justificadamente sin eceder en cosa de toda igualdad por no infamarse de buenas costumbres.

La tercera, porque de la templança nos hazen dignos, que por no selles aborrecibles, para venir a ser desamados, somos templados en el comer y en el bever y en todas las otras cosas que andan con esta virtud. Somos templados en la habla, somos templados en la mesura, somos templados en las obras, sin que un punto salgamos de la onestad.

La cuarta es porque al que fallece fortaleza ge la dan, y al que la tiene ge la acrecientan: háazennos fuertes para sofrir, causan osadía para cometer, ponen corazón para esperar. Cuando a los amantes se les ofrece peligro se les apareja la glor[i]a, tienen las afrentas por vicio, estiman más ell alabança del amiga quel precio del largo bevir. Por ellas se comiençan y acaban hechos muy hazañosos; ponen la fortaleza en el estado que merece. Si les somos obligados, aquí se puede juzgar.

La quinta razón es porque no menos nos dotan de las virtudes teologales que de las cardinales dichas[116]. Y tratando

---

[116] Esto es: Prudencia, Justicia, Templanza y Fortaleza.

136

de la primera, ques la fe, aunque algunos en ella dudasen, siendo puestos en pensamiento enamorado creerían en Dios y alabarían su poder, porque pudo hazer a aquella que de tanta ecelenciá y hermosura les parece. Junto con esto los amadores tanto acostumbran y sostienen la fe, que de usalla en el coraçón conocen y creen con más firmeza la de Dios; y porque no sea sabido de quien los pena que son malos cristianos, ques una mala señal en el ombre, son tan devotos católicos, que ningún apóstol les hizo ventaja[117].

La sesta razón es porque nos crían en el alma la virtud del esperança, que puesto que los sugetos a esta ley de amores mucho penen, siempre esperan: esperan en su fe, esperan en su firmeza, esperan en la piedad de quien los pena, esperan en la condición de quien los destruye, espera[n] en la ventura. Pues quien tiene esperança donde recibe pasión, ¿cómo no la terná en Dios, que le promete descanso? Sin duda haziéndonos mal nos aparejan el camino del bien, como por esperiencia de lo dicho parece.

La setena razón es porque nos hazen merecer la caridad, la propiedad de la cual es amor: ésta tenemos en la voluntad, ésta ponemos en el pensamiento, ésta traemos en la memoria, ésta firmamos en el coraçón; y comoquiera que los que amamos la usemos por el provecho de nuestro fin, dél nos redunda que con biva contrición la tengamos para con Dios, porque trayéndonos amor a estrecho de muerte, hazemos limosnas, mandamos dezir misas, ocupámosnos en caritativas obras porque nos libre de nuestros crueles pensamientos; y como ellas de su natural son devotas, participando con ellas es forçado que hagamos las obras que hazen.

La otava razón, porque nos hazen contemplativos, que tanto nos damos a la contemplación de la hermosura y gracias de quien amamos y tanto pensamos en nuestras pasiones, que cuando queremos contemplar la de Dios, tan tiernos y quebrantados tenemos los coraçones que sus llagas y tormentos

---

[117] Puede traerse aquí a colación el famosísimo pasaje del auto I de *La Celestina*, en el que Calisto dice: «Melibeo soy y a Melibea adoro y en Melibea creo y a Melibea amo».

parece que recebimos en nosotros mismos, por donde se conosce que también por aquí nos ayudan para alcançar la perdurable holgança.

La novena razón es porque nos hazen contritos, que como siendo penados pedimos con lágrimas y sospiros nuestro remedio acostumbrado en aquello, yendo a confesar nuestras culpas, así gemimos y lloramos que el perdón dellas merecemos.

La dezena es por el buen consejo que siempre nos dan, que a las vezes acaece hallar en su presto acordar lo que nosotros c[o]n largo estudio y diligencias buscamos. Son sus consejos pacíficos sin ningund escándalo: quitan muchas muertes, conservan las pazes, refrenan la ira y aplacan la saña. Siempre es muy sano su parecer.

La onzena es porque nos hazen onrados: con ellas se alcançan grandes casamientos con muchas haziendas y rentas[118]. Y porque alguno podría responderme que la onra está en la virtud y no en la riqueza, digo que tan bien causan lo uno como lo otro. Pónennos presunciones tan virtuosas que sacamos dellas las grandes onras y alabanças que deseamos; por ellas estimamos más la vergüenza que la vida; por ellas estudiamos todas las obras de nobleza; por ellas las ponemos en la cumbre que merecen.

La dozena razón es porque apartándonos del avaricia nos juntan con la libertad, de cuya obra ganamos las voluntades de todos; que como largamente nos hazen despender lo que tenemos, somos alabados y tenidos en mucho amor, y en cualquier necesidad que nos sobrevenga recebimos ayuda y servicio; y no sólo nos aprovechan en hazernos usar la franqueza como devemos, mas ponen lo nuestro en mucho recaudo, porque no ay lugar donde la hazienda esté más segura que en la voluntad de las gentes.

La trezena es porque acrecientan y guardan nuestros averes y rentas, las cuales alcançan los ombres por ventura y consérvanlas ellas con diligencia.

La catorzena es por la limpieza que nos procuran, así en la

---

[118] *Vid.* Ruiz Casanova [1993].

persona como en el vestir, como en el comer, como en todas las cosas que tratamos.

La quinzena es por la buena criança que nos ponen, una de las principales cosas de que los ombres tienen necesidad. Siendo bien criados usamos la cortesía y esquivamos la pesadumbre, sabemos onrar los pequeños, sabemos tratar los mayores; y no solamente nos hazen bien criados, mas bienquistos, porque como tratamos a cada uno como merece, cada uno nos da lo que merecemos.

La razón deziséis[119] es porque nos hazen ser galanes: por ellas nos desvelamos en el vestir, por ellas estudiamos en el traer, por ellas nos ataviamos de manera que ponemos por industria en nuestras personas la buena disposición que naturaleza [a] algunos negó. Por artificio se endereçan los cuerpos, poniendo las ropas con agudeza, y por el mismo se pone cabello donde fallece, y se adelgazan o engordan las piernas si conviene hazello; por las mugeres se inventan los galanes entretalles[120], las discretas bordaduras, las nuevas invenciones; de grandes bienes por cierto son causa.

La dezisiete razón es porque nos conciertan la música y nos hazen gozar de las dulcedumbres della. ¿Por quién se asueñan las dulces canciones? ¿Por quién se cantan los lindos romances? ¿Por quién se acuerdan las bozes? ¿Por quién se adelgazan y sotilizan todas las cosas que en el canto consisten?[121].

La dizeochena es porque crecen las fuerças a los braceros y la maña a los luchadores, y la ligereza a los que boltean y cor[r]en y saltan y hazen otras cosas semejantes.

La dezinueve razón es porque afinan las gracias: los que, como es dicho, tañen y cantan, por ellas se desvelan tanto que

---

[119] *Vid.* Giannini, art. cit., págs. 560-562, para su relación con el libro III de *El Cortesano* y con la obra en general.

[120] *entretallar:* «Cortar por enmedio de una tela o pieza lisa algunos retacitos de ella, haciendo diferentes agujeros, como si fuesse un enrejado o como se labran algunos encaxes o tarjetas caladas, para que sobresalga la labor y se vea el fondo» *(Auts.).*

[121] Para la coincidencia de este pasaje y *El Abencerraje, vid.* F. López Estrada, «Tres notas al *Abencerraje*», *R. H. M.,* 31 (1965); y con *El Cortesano,* Menéndez y Pelayo [1925], págs. CCCXXII-CCCXXIII, y Giannini [1919], pág. 561.

suben a lo más perfecto que en aquella gracia se alcança; los trobadores ponen por ellas tanto estudio en lo que troban que lo bien dicho hazen parecer mejor, y en tanta manera se adelgazan que propiamente lo que sienten en el coraçón ponen por nuevo y galán estilo en la canción o invención o copla que quieren hazer. *sons of mothers — .*

La veintena y postrimera razón es porque somos hijos de mugeres, de cuyo respeto les somos más obligados que por ninguna razón de las dichas ni de cuantas se puedan dezir.

Diversas razones avía para mostrar lo mucho que a esta nación somos los ombres en cargo, pero la dispusición mía no me da lugar a que todas las diga. Por ellas se ordenaron las reales justas y los pomposos torneos y las alegres fiestas; por ellas aprovechan las gracias y se acaban y comiençan todas las cosas de gentileza. No sé causa por qué de nosotros devan ser afeadas. ¡O culpa merecedora de grave castigo, que, porque algunas ayan piedad de los que por ellas penan, les dan tal galardón! ¿A qué muger deste mundo no harán compasión las lágrimas que vertemos, las lástimas que dezimos, los sospiros que damos? ¿Cuál no creerá las razones juradas? ¿Cuál no creerá la fe certificada? ¿A cuál no moverán las dádivas grandes? ¿En cuál coraçón no harán fruto las alabanças devidas? ¿En cuál voluntad no hará mudança la firmeza cierta? ¿Cuál se podrá defender del continuo seguir? Por cierto, segund las armas con que son combatidas, aunque las menos se defendiesen, no era cosa de maravillar, y antes devrían ser las que no pueden defenderse alabadas por piadosas que retraídas por culpadas.

[45] Prueva por enxemplos la bondad de las mugeres[122]

Para que las loadas virtudes desta nación fueran tratadas segund merecen avíese de poner mi deseo en otra plática, porque no turbase mi lengua ruda su bondad clara, comoquiera

---

[122] Para el tema de la mujer como ejemplo de virtud, *vid.* nota número 110. Mientras que el *Tractado* comienza con un panegírico en verso di-

que ni loor pueda crecella ni malicia apocalla, segund su propiedad. Si uviese de hazer memoria de las castas y vírgines pasadas y presentes, convenía que fuese por divina revelación, porque son y an sido tantas que no se pueden con el seso humano comprehender; pero diré de algunas que he leído, assí cristianas como gentiles y judías, por enxemplar con las pocas la virtud de las muchas. En las autorizadas por santas por tres razones no quiero hablar. La primera, porque lo que a todos es manifiesto parece simpleza repetillo. La segunda, porque la Iglesia les da devida y universal alabança. La tercera, por no poner en tan malas palabras tan ecelente bondad, en especial la de Nuestra Señora, que cuantos dotores y devotos y contemplativos en ella hablaron no pudieron llegar al estado que merecía la menor de sus ecelencias; assí que me baxo a lo llano donde más libremente me puedo mover[123].

De las castas gentiles començaré en Lucrecia[124], corona de la nación romana, la cual fue muger de Colatino, y siendo forçada de Tarquino hizo llamar a su marido, y venido donde ella estava, díxole: «Sabrás, Colatino, que pisadas de ombre ageno ensuziaron tu lecho, donde, aunque el cuerpo fue forçado, quedó el coraçón inocente, porque soy libre de la culpa; mas no me asuelvo de la pena, porque ninguna dueña por enxemplo mío pueda ser vista errada.» Y acabando estas palabras

---

rigido a la reina Isabel y termina con las Angustias de la Virgen; aquí, San Pedro evita el elogio de ésta, citada sólo en la «segunda causa» de las enumeradas por Leriano, y no nombra en parte alguna a Isabel la Católica. Diego de San Pedro organiza sus *exemplos de bondad* en cuatro grupos: «castas gentiles», «judías», «algunas modernas de la castellana nación» y las «vírgenes gentiles», Tres son las virtudes que a San Pedro le interesa destacar: la castidad (Lucrecia, Porcia, Penélope, Julia, Artemisa, Argia, Hipo, Alcestis, Sarra, María Cornel e Isabel de las Casas); la defensa de su pueblo (Débora y Ester) y la virginidad (Mari Guzmán, Eritrea, Palas, Atalante, Camila, Claudia y Cloelia). Algunas de estas mujeres (Porcia, Artemisa y Palas), así como Isabel la Católica, son citadas como mujeres ejemplares en el libro III de *El Cortesano* (*vid.*, a este respecto, el artículo citado de Giannini).

[123] Eficaz y precisa justificación la que da aquí, ceñida a tres razones, San Pedro para seguir los *exemplos* de «algunas que he leído» y alejarse de lo doctrinal religioso.

[124] Lucrecia era la esposa de Lucio Tarquinio Colatino, quien junto a otros compañeros decidieron probar la castidad de sus esposas.

acabó con un cuchillo su vida. Porcia fue hija del noble Catón y muger de Bruto, varón virtuoso, la cual sabiendo la muerte dél, aquexada de grave dolor, acabó sus días comiendo brasas por hazer sacrificio de sí misma. Penélope fue muger de Ulixes, e ido él a la guerra troyana, siendo los mancebos de Itaca aquexados de su hermosura, pidiéronla muchos dellos en casamiento; y deseosa de guardar castidad a su marido, para defenderse dellos dixo que le dexassen complir una tela, como acostumbravan las señoras de aquel tiempo esperando a sus maridos, y que luego haría lo que le pedían; y como le fuese otorgado, con astucia sotil lo que texía de día deshazía de noche, en cuya labor pasaron veinte años, después de los cuales venido Ulixes, viejo, solo, destruido, así lo recibió la casta dueña como si viniera en fortuna de prosperidad. Julia[125], hija del César, primero emperador en el mundo, siendo muger de Pompeo, en tanta manera lo amava que trayendo un día sus vestiduras sangrientas, creyendo ser muerto, caída en tierra súpitamente murió. Artemisa[126], entre los mortales tan alabada, como fuese casada con Mausol, rey de Icaria, con tanta firmeza lo amó que después de muerto le dio sepultura en sus pechos, quemando sus huesos en ellos, la ceniza de los cuales poco a poco se bevió, y después de acabados los oficios que en el auto se requerían, creyendo que se iva para él matóse con sus manos. Argia fue hija del rey Adrastro y casó con Pollinices, hi[j]o de Edipo, rey de Tebas; y como Pollinices en una batalla a manos de su hermano muriese, sabido della, salió de Tebas sin temer la impiedad de sus enemigos ni la braveza de las fieras bestias ni la ley del emperador, la cual vedava que ningún cuerpo muerto se levantase del campo; fue por su marido en las tiniebras de la noche, y hallándolo ya entre otros muchos cuerpos levólo a la cibdad, y haziéndole quemar, segund su costumbre, con amargosas lágrimas hizo poner sus cenizas en una arca de oro,

---

[125] Julia era hija de Julio César y esposa de Pompeyo. Murió el 54 a. C.
[126] En realidad hizo construir para su marido una esplendorosa tumba. J. F. Gatti, *op. cit.*, pág. 15, dice: «La versión de Diego de San Pedro es absurda en un pormenor [...] En este caso, el afán de concisión y brevedad que preside la tarea refundidora de San Pedro lo traiciona, sorprendentemente, porque el texto de Valera es claro y fácil de sintetizar».

prometiendo su vida a perpetua castidad. Ipo la greciana, navegando por la mar, quiso su mala fortuna que tomasen su navío los enemigos, los cuales, queriendo tomar della más parte que les dava, conservando su castidad hízose a la una parte del navío, y dexada caer en las ondas pudieron ahogar a ella, mas no la fama de su hazaña loable. No menos dina de loor fue su muger de Admeto[127], rey de Tesalia, que sabiendo que era profetizado por el dios Apolo que su marido recebiría muerte si no uviese quien voluntariamente la tomase por él, con alegre voluntad, porque el rey biviese, dispuso de se matar.

De las judías, Sarra[128], muger del padre Abraham, como fuese presa en poder del rey Faraón, defendiendo su castidad con las armas de la oración, rogó a Nuestro Señor la librase de sus manos; el cual, como quisiese acometer con ella toda maldad, oída en el cielo su petición enfermó el rey; y conocido que por su mal pensamiento adolecía, sin ninguna manzilla la mandó librar. Débora[129], dotada de tantas virtudes, mereció aver espíritu de profecía y no solamente mostró su bondad en las artes mugeriles, mas en las feroces batallas, peleando contra los enemigos con virtuoso ánimo; y tanta fue su excelencia que juzgó cuarenta años el pueblo judaico. Ester, siendo levada a la catividad de Babilonia, por su virtuosa hermosura fue tomada para mujer de Asuero, rey que señoreava a la sazón ciento y veinte y siete provincias; la cual por sus méritos y oración libró los judíos de la catividad que tenían. Su madre de Sansón, deseando aver hijo, mereció por su virtud que el ángel le revelase su nascimiento de Sansón. Elisabel, muger de Zacarías, como fuese verdadera sierva de Dios, por su merecimiento uvo hijo santificado antes que naciese[130], el cual fue san Juan.

De las antiguas cristianas más podría traer que escrevir; pero por la brevedad alegaré algunas modernas de la castella-

---

[127] Se refiere a Alcestis.

[128] Se refiere a Sara. Este hecho aparece referido por Alfonso X en la *General estoria*.

[129] Para Débora, *vid. Jueces*, 4-5.

[130] E. Moreno Báez, en la anterior edición de *Cárcel de Amor*, pág. 132, n. 95, anotaba: «Aquí hay como un eco de las siguientes palabras de *S. Lucas*, I, 15, : «Erit enim magnus coram Dominum; et vinum et siceram non bivet, et Spiritu Sancto replebitur adhuc ex utero matris suae... »

na nación. Doña María Cornel[131], en quien se començó el linaje de los Corneles, porque su castidad fuese loada y su bondad no escurecida, quiso matarse con fuego, aviendo menos miedo a la muerte que a la culpa. Doña Isabel[132], madre que fue del maestre de Calatrava don Rodrigo Téllez Girón y de los dos condes de Hurueña, don Alonso y don Juan, siendo biuda enfermó de una grave dolencia, y como los médicos procurasen su salud, conocida su enfermedad hallaron que no podía bivir si no casase; lo cual, como de sus hijos fuese sabido, deseosos de su vida, dixéronle que en todo caso recibiese marido, a lo cual ella respondió. «Nunca plega a Dios que tal cosa yo haga, que mejor me es a mí muriendo ser dicha madre de tales hijos que biviendo muger de otro marido.» Y con esta casta consideración assí se dio al ayuno y disciplina que cuando murió fueron vistos misterios de su salvación.

Doña Mari García la Beata[133], siendo nacida en Toledo del mayor linage de toda la cibdad, no quiso en su vida casar, guardando en ochenta años que bivió la virginal virtud, en cuya muerte fueron conocidos y averiguados grandes mira-

---

[131] Sigo aquí la anotación de E. Moreno Báez, ed. cit., pág. 132, n. 96: «Estuvo casada con don Juan de la Cerda; al ser éste condenado a muerte por don Pedro el Cruel se retiró al convento de Santa Inés de Sevilla, que ella había fundado. Sobre esta señora hubo una leyenda, que el Brocense refiere del siguiente modo, en sus anotaciones al *Laberinto* de Juan de Mena: "Esta historia de doña María Coronel se cuenta de dos maneras. Unos dizen que don Alonso Fernández Coronel, criado del rey don Alonso, que ganó Algezira, casó esta hija con don Juan de la Cerda, nieto del infante don Hernando de la Cerda, y estando el marido ausente vínole tan grande tentación de la carne, que determinó de morir por guardar la lealtad matrimonial, y metióse un tizón ardiendo por su natura, de que vino a morir. Otros dizen que esta señora fue muger de don Alonso de Guzmán, en el tiempo del rey don Sancho el quarto, y que estando él cercado de los moros en Tarifa, ella estava en Sevilla y allí le vino la dicha tentación". Citado por Blecua en nota a la copla 79 del *Laberinto de Fortuna o las Trescientas*, de J. de Mena, Madrid, Clásicos Castellanos, 1960.

[132] Es doña Isabel de las Casas, madre de don Juan Téllez-Girón, a quien San Pedro prestaba servicios. Gili Gaya, ed. cit., pág. 206, n. 1, remite a F. Fernández de Bethencourt, *Historia genealógica y heráldica de la Monarquía española*, II, 1900, pág. 523.

[133] Gili Gaya, ed. cit., págs. 206-207 n. 16, anota: «En el siglo XIV, doña María García de Toledo fundó una comunidad de beatas en compañía de otras mujeres virtuosas [...] La fundadora falleció en 1404 rodeada de ad-

glos, de los cuales en Toledo ay agora y avrá para siempre perpetua recordança.

O, ¡pues de las vírgenes gentiles qué podría dezir! Eritrea[134], sevila nacida en Babilonia, por su mérito profetizó por revelación divina muchas cosas advenideras, conservando limpia virginidad hasta que murió. Palas o Minerva, vista primeramente cerca de la laguna de Tritonio[135], nueva inventora de muchos oficios de los mugeriles y aun de algunos de los ombres, virgen bivió y acabó. Atalante[136], la que primero hirió el puerco de Calidón, en la virginidad y nobleza le pareció. Camila, hija de Metabo, rey de los bolsques[137], no menos que las dichas sostuvo entera virginidad. Claudia bestal[138], Clodia romana[139], aque-

---

miración general. En 1408, la comunidad por ella fundada, que hasta entonces había vivido sin sujetarse a una Orden religiosa determinada, adoptó la regla de San Jerónimo». No obstante, en J. F. Gatti, *op. cit.*, pág. 17, leemos: «En la alabanza de la beata María García, copiada también del *Tratado*, se borra —como era lógico que sucediera— la frase "no ha diez años que murió", que Juan de Mata Carriazo estima útil para fechar la obra de Valera con mayor exactitud. La nueva relación que establecemos parece probar que la persona nombrada no debe ser la que menciona Gili Gaya (pág. 206, nota), puesto que si suponemos el *Tratado* escrito entre 1440 y 1445, en todo caso no mucho antes de 1440 —hay que recordar que Valera nació en 1412—, el plazo de diez años nos lleva hacia 1430-1435 como probable fecha de la muerte de la beata María García: Gili Gaya se refiere a una María García de Toledo, fundadora de una comunidad de beatas, que falleció en 1404».

[134] Whinnom propuso la corrección, dado que en el original se lee «Atrisilia», que no es nombre de sibila *(vid.* J. F. Gatti, *op. cit.*, pág. 17).

[135] Es el lago Tritón.

[136] E. Moreno Báez, ed. cit., pág. 134, n. 103: «Se trata de Atalanta, que efectivamente fue la primera que hirió al jabalí de Calidonia».

[137] *Ibídem.*, pág. 134, n. 104: «Se trata de Metabo, rey de los volsci o bolsques, de cuya hija Camila nos habla Virgilio, *Eneida*, VII, 803-817 y XI, *pássim*, y a la que alude Dante, *Inferno*, I, 107 y IV, 124».

[138] Whinnom, ed. cit., II, pág. 171, n. 239: «Cuenta su historia Mosén Diego de Valera, en sus *Epístolas*; cuando su padre (de cuyo nombre no se acuerda Valera) recibió un triunfo y un tribuno romano enemistado con él intentó detener el carro triunfal, la doncella vestal salió del templo y vengó la ofensa poniendo "manos airadas" en el tribuno».

[139] En realidad Cloesia, como anota Whinnom, ed. cit., II, pág. 171, n. 240. Moreno Báez, ed. cit., pág. 134, n. 106 remite a Tito Livio, II, 13, y cuenta que «entregada como rehén a Porsena, rey de los etruscos, se escapó al frente de un grupo de doncellas romanas».

lla misma ley hasta la muerte guardaron. Por cierto, si el alargar no fuese enojoso, no me fallecerían d'aquí a mill años virtuosos enxemplos que pudiese dezir.

En verdad, Tefeo, segund lo que as oído, tú y los que blasfemáis de todo linage de mugeres sois dinos de castigo justo; el cual no esperando que nadie os lo dé, vosotros mismos lo tomáis, pues usando la malicia condenáis la vergüença.

[46] Buelve el auctor a la estoria

Mucho fueron maravillados los que se hallaron presentes oyendo el concierto que Leriano tuvo en su habla, por estar tan cercano a la muerte, en cuya sazón las menos vezes se halla sentido; el cual, cuando acabó de hablar, tenía ya turbada la lengua y la vista casi perdida. Ya los suyos, no podiéndose contener, davan bozes; ya sus amigos començavan a llorar; ya sus vasallos y vasallas gritavan por las calles; ya todas las cosas alegres eran bueltas en dolor. Y como su madre, siendo absente, siempre le fuese el mal de Leriano negado, dando más crédito a lo que temía que a lo que le dezían, con ansia de amor maternal, partida de donde estava llegó a Susa en esta triste coyuntura; y entrada por la puerta todos cuantos la veían le davan nuevas de su dolor más con bozes lastimeras que con razones ordenadas; la cual, oyendo que Leriano estava en ell agonía mortal, falleciéndole la fuerça, sin ningún sentido cayó en el suelo, y tanto estuvo sin acuerdo que todos pensavan que a la madre y al hijo enterrarían a un tiempo. Pero ya que con grandes remedios le restituyeron el conoscimiento, fuese al hijo, y después que con traspasamiento[140] de muerte con muchedumbre de lágrimas le vivió[141] el rostro, començó en esta manera a dezir:

---

[140] «El traspasso sinifica, o el grand desmayo o el trance y agonía de la muerte *(Tesoro)*.

[141] Whinnom, ed. cit., II, pág. 172, n. 243, duda de esta lectura y dice que «cabría pensar en *lavó* o *bañó*».

146

[47] Llanto de su madre de Leriano[142]

¡O alegre descanso de mi vegez, o dulce hartura de mi voluntad! Oy dexas [de] dezir[te] hijo y yo de más llamarme madre, de lo cual tenía temerosa sospecha por las nuevas señales que en mí vi de pocos días a esta parte. Acaescíame muchas vezes, cuando más la fuerça del sueño me vencía, recordar con un temblor súpito que hasta la mañana me durava. Otras vezes, cuando en mi oratorio me hallava rezando por tu salud, desfallecido el coraçón, me cobría de un sudor frío, en manera que dende a gran pieça tornava en acuerdo. Hasta los animales me certificavan tu mal. Saliendo un día de mi cámara vínose un can para mí y dio tan grandes aullidos, que assí me corté el cuerpo y la habla que de aquel lugar no podía moverme. Y con estas cosas dava más crédito a mi sospecha que a tus mensajeros, y por satisfazerme acordé de venir a veerte, donde hallo cierta la fe que di a los agüeros[143].

¡O lumbre de mi vista, o ceguedad della misma, que te veo morir y no veo la razón de tu muerte; tú en edad para vevir, tú temeroso de Dios, tú amador de la virtud, tú ene-

---

[142] Para este *planctus, vid.* K. Whinnom, «Introducción» a ed. cit., II, págs. 58-61, quien, a su vez, cita los artículos de B. W. Wardropper, «Pleberio's lament for Melibea and the medieval elegiac tradition», *M. L. N.,* LXXIX (1964), págs. 140-152 y J. F. Gatti, «El "Ubi sunt" en la prosa medieval española», *Filología,* VIII (1962), págs. 105-121. *Vid.* también Vicente [1988] y Severin [1989].

[143] En el *Tesoro* se lee, bajo *agüero,* «género de adivinança por el buelo de las aves y su canto, o por el modo de picar los granos o migajas que se les echavan, para conjeturar los buenos o malos sucessos». Jacob Burckhardt, en *La cultura del Renacimiento en Italia,* Barcelona, Iberia, 1979, sexta parte, cap. IV, pág. 90, nos dice: «El propio Joviano Pontano enumera en *Charón,* con el aire de compadecerlas, todas las imaginables supersticiones napolitanas: las lamentaciones de las mujeres cuando dan la pepita a la gallina o el ganso, la honda preocupación del caballero distinguido cuando después de la caza le falta un halcón o cuando su caballo se disloca una pata [...]. Los animales, sobre todo, tenían el mismo ominoso privilegio que en la Antigüedad [...].»

migo del vicio, tú amigo de amigos, tú amado de los tuyos!

Por cierto oy quita la fuerça de tu fortuna los derechos a la razón, pues mueres sin tiempo y sin dolencia. Bienaventurados los baxos de condición y rudos de engenio, que no pueden sentir las cosas sino en el grado que las entienden, y malaventurados los que con sotil juizio las trascenden, los cuales con el entendimiento agudo tienen el sentimiento delgado. Pluguiera a Dios que fueras tú de los torpes en el sentir, que mejor me estuviera ser llamada con tu vida madre del rudo que no a ti por tu fin hijo que fue de la sola.

¡O muerte, cruel enemiga, que ni perdonas los culpados ni asuelves los inocentes! Tan traidora eres que nadie para contigo tiene defensa. Amenazas para la vejez y lievas en la mocedad. A unos matas por malicia y a otros por embidia. Aunque tardas, nunca olvidas. Sin ley y sin orden te riges. Más razón avía para que conservases los veinte años del hijo moço que para que dexases los sesenta de la vieja madre[144]. ¿Por qué bolviste el derecho al revés? Yo estava harta de ser biva y él en edad de bevir. Perdóname porque assí te trato, que no eres mala del todo, porque si con tus obras causas los dolores, con ellas mismas los consuelas levando a quien dexas con quien levas; lo que si comigo hazes, mucho te seré obligada. En la muerte de Leriano no ay esperança, y mi tormento con la mía recebirá consuelo.

¡O hijo mío! ¿Qué será de mi vejez, contemplando en el fin de tu joventud? Si yo bivo mucho, será porque podrán más mis pecados que la razón que tengo para no bivir. ¿Con qué puedo recebir pena más cruel que con larga vida? Tan poderoso fue tu mal que no tuviste para con él ningund remedio, ni te valió la fuerça del cuerpo, ni la virtud del coraçón, ni el esfuerço del ánimo. Todas las cosas de que te podías valer te fallecieron. Si por precio de amor tu vida se pudiera comprar, más poder tuviera mi deseo que fuerça la muerte. Mas para librarte della, ni tu fortuna quiso, ni yo, triste, pude. Con dolor será mi bevir y mi comer

---

[144] En *La Celestina*, auto XXI, Pleberio dirá: «Más dignos eran mis sesenta años de la sepultura que tus veinte».

y mi pensar y mi dormir, hasta que su fuerça y mi deseo me lieven a tu sepoltura.

[48] El auctor

El lloro que hazía su madre de Leriano crecía la pena a todos los que en ella participavan; y como él siempre se acordase de Laureola, de lo que allí pasava tenía poca memoria. Y viendo que le quedava poco espacio para gozar de ver las dos cartas[145] que della tenía, no sabía qué forma se diese con ellas. Cuando pensava rasgallas, parecíale que ofendería a Laureola en dexar perder razones de tanto precio; cuando pensava ponerlas en poder de algún suyo, temía que serían vistas, de donde para quien las embió se esperava peligro. Pues tomando de sus dudas lo más seguro, hizo traer una copa de agua, y hechas las cartas pedaços echólas en ella; y acabado esto, mandó que le sentasen en la cama, y sentado, bevióselas en el agua y assí quedó contenta su voluntad[146]. Y llegada ya la ora de su fin, puestos en mí los ojos, dixo: «Acabados son mis males.» Y assí quedó su muerte en testimonio de su fe.

Lo que yo sentí y hize ligero está de juzgar. Los lloros que por él se hizieron son de tanta lástima que me parece crueldad escrivillos. Sus onras fueron conformes a su merecimiento, las cuales acabadas, acordé de partirme. Por cierto con mejor voluntad caminara para la otra vida que para esta tierra: con sospiros caminé, con lágrimas partí, con gemidos hablé, y con tales pasatiempos llegué aquí a Peñafiel, donde quedo besando las manos de vuestra merced.

---

[145] Son tres las cartas que Laureola dirige a Leriano. Probablemente San Pedro olvidó que la segunda carta, retenida por el Autor, es finalmente entregada por éste a Leriano. (*vid.* nota núm. 92). Para las cartas, *vid.* notas núms. 38 y 42.

[146] Para esta suerte de «comunión», *vid.* Chorpenning [1980] y Gerli [1981], citados en «Bibliografía».

Acabóse esta obra, intitulada *Cárcel de amor*, en
la muy noble e muy leal cibdad de Sevilla, a tres
días de março, año de 1492, por cuatro compañeros alemanes.

Tractado de amores
de Arnalte y Lucenda

TRACTADO DE AMORES DE ARNALTE [Y][1] LUCENDA.
SANT PEDRO, [CRIADO DEL CONDE DE URUEÑA[2]],
A LAS DAMAS DE LA REINA [NUESTRA SEÑORA].

Virtuosas señoras[3]:

Si tanta seguridad de mi saber como temor de vuestro burlar tuviese, más sin recelo en la obra començada entraría; pero, con la virtud de vuestras mercedes, despidiendo los miedos, quise de vieja falta[4] nueba vergüença recebir, comoquiera que con la causa de mi yerro puedo bien desculparme porque, como adelante mostraré, más nesccsidad de ageno mando que premia de voluntad mía en el seguiente tratado me hizo entender. Pero vosotros, rescevid mi servicio no lo que con rudeza con el dezir publico, mas lo que con falta en el callar encubro; de manera que si los motes la obra sufriere, la voluntad las gracias resciba, agradesciendo

---

[1] Sigo la edición de 1522 (B, a partir de aquí). En la de 1491 (A) se lee «a».

[2] K. Whinnom, en su edición del *Tractado*, Madrid, Castalia, 1973, página 22, fijó que se trata de Urueña y no de Ureña, como se lee en B. Sigo su corrección. El conde de Urueña era Juan-Téllez Girón (Whinnom, ed. cit., págs. 21-25).

[3] La novela, dirigida «a las damas de la Reina», se presenta con este prefacio a modo de advertencia del autor, en el que junto a los *topoi* de la retórica de la época se establece un cierto tono moral, ya que el texto no sólo es un retrato de costumbres y usos amorosos cortesanos sino que contiene además un discurso revisionista de dichos usos y costumbres.

[4] Todos los editores coinciden en señalar que San Pedro se refiere a su *Pasión trovada* (hay edición moderna a cargo de K. Whinnom y D. S. Severin, en *Poesías*, vol. III de Diego de San Pedro, *Obras completas*, Madrid, Castalia, 1979).

no lo que dixere, mas lo que dezir quise[5]. Y [si] en todo caso el burlar de mí escusar no se puede, sea más por mis razones fazer al palacio que por offensa mía; pero con todo eso, a vuestras mercedes suplico que la burla sea secreta y el fabor público, pues en esto la condición de la virtud consiste. Y si por deseo que de vuestro servicio, señoras, tengo, alguna merced vos meresco, ésta sea, porque supla [a] la falta mía la virtud vuestra, [y] porque della terná la obra que se sigue nescesidad estrecha; porque las cosas en todo y todas buenas, por mucho que con gentil estilo y discreta orden ordenadas sean, no pueden a todos contentar, antes de mucho[s] son por no tales juzgadas: de unos porque no las alcanzan, de otros porque en ellas no están atentos, de otros no por las faltas que ha[lla]n mas porque sepan que saben. Pues si las tales cosas el fabor de discreto juizio han menester, bien el de vuestra merced me hará, el cual, si [yo] tengo, ¿cuál reprehensión podrá tocarme? Pues la verdad, señoras, os diziendo, más en confiança dél que en esfuerço mío osaré el tema de mi comienço con el cabo juntar. Bien pensé por otro estilo mis razones seguir; pero, aunque fuera más sotil, fuera menos agradable, y desta causa la obra del pensamiento dexé. Y [si] por éste que sigo en afruenta quise ponerme, no por eso dexé de pensar que más de corrido avía de dolerme que de vanaglorioso preciarme; pero como de mayor precio sean los motes discretos que los simples loores, quise la carrera acordada no rehusar. Lo que, señoras, vos suplico, es que a desvarío no se me cuente, si cuando vuestras mercedes nuevas de mis nuevas se hiziere[n], mi nombre no se declare, que si la publicación dél quiero callar es porque más quiero ver reír de mi obra encubriéndome, que no della y de mí publicándome[6]. Y porque la prolixidad nescesidad de enojo no traiga, vengo, señoras, a

---

    [5] Bajo la *captatio benevolentiae* se detecta una voluntad, por parte del autor, de proporcionar instrucción y materia de reflexión con su novela, y no sólo entretenimiento.
    [6] Según Gili Gaya, ed. cit., pág. 3, n. 12: «De estas palabras se deduce que la obra circuló manuscrita y sin el nombre de su autor durante más o menos tiempo».

darvos la cuenta que me fue mandado que vos diese, la cual en esta manera comiença:

[1] Comiença la obra

Este verano pasado —más por ajena necesidad que por voluntad mía— huve, señoras, de hazer un camino, en el cual de aquesta nuestra Castilla me convino alongar; y cuando el largo caminar entre ella y mí mucha tierra entrepuso, halléme en un grand desierto, el cual de estraña soledad y temeroso espanto era poblado; [y como yo de aquellas tierras tan poco supiesse, cuando pensé quel cierto camino llevaba, falléme perdido] y en parte que cuando quise cobrarme, no pude por el grand desatino mío y por la falta de gentes, que [no] hallava a quién preguntar[7]. Y como allí soledad sobrase, pasión no faltava, y de verme en necessidad tan estrecha, no sabía qué remedio me diese; y como mi vista en ver si gentes vería se ocupase siempre, pudieron tanto los ojos que dieron al penado coraçón algund descanso, cuando en un monte, parte de mí bien apartado, las nieblas de un humo que dél salía me mostraron: el cual aver allí abitación de gente me declaró. Y con el mejor tino que en mi desatino hallé, guié a aquella parte donde el humo se mostrava; y como [por] la espresa montaña a entrar començase, hallé tan fragoso el camino y tan espantosa la manera dél que me hallé tan arrepentido de la entrada como deseoso de la salida. Pero como la determinación mía veniese a mi propósito, puesto espuelas, no quise la carrera comen-

---

[7] Gili Gaya, ed. cit., pág. 4, n. 8, observa la coincidencia del extravío inicial del Autor aquí y en *Cárcel de Amor*, según él, «a imitación de la *Divina Comedia*». Lo cierto es que la imagen del «perdido en el desierto», como metáfora del ser humano, sirve a San Pedro para acomodar en el relato elementos simbólicos y/o alegóricos, a la par que predispone al lector, o lectora, en el modo narrativo de la primera persona. A propósito del tema del desierto, y aplicable al inicio de las novelas de San Pedro, J. Huizinga, en *El otoño de la Edad Media*, Madrid, Alianza 1979, pág. 315, dirá: «La imagen del desierto, o sea la representación horizontal del espacio, alterna con la del abismo, su representación vertical».

çada torcer; e después de todo el día aver trabajado, cuando ya el sol de todo en todo los llanos dexava, pude llegar a uno no muy alto recuesto, de donde, a la clara, pude ver la parte de donde las humosas nieblas salían. Y de allí puesto, una casa no menos de aposentamiento conplida que gentil de fechura noté; y vi que dende los cimientos hasta la cobertura della estava de negro cubierta. E como de aquel triste matiz pintada la viese, no poca confusión me puso[8]. E con la memoria de aquello, el trabajo pasado e la pena presente olvidava; e por darme priesa para llegar a ella, el espacioso y litigado pensamiento que sobre [s]u color tenía dexé, y cuando ya junto el[l]a [ventura] me puso, un robledal que frontero de la puerta [estava] vi, por el cual, en semblante cortesano, ciertos hombres se paseavan, los rostros cubiertos de dolor y los cuerpos de luto muy trabajoso, delante los cuales andava un cavallero que en su apariencia bien ser el señor dellos parescía; el cual con penados sospiros su [pasatiempo] exercitava, el cual no mostrava menos presuroso el dolor que espacioso el pasear; y aunque grand flaqueza y descolor cobrada toviese, no la gentil disposición perdida tenía. E aunque en su aparato señalava pesar, en su continencia mostrava linaje; y como sus ojos a mí le mostrasen, vi que de verme alguna alteración sintió. Pero como hombre que la criança y saber de su mano tenía, la turbación sobrevenida disimuló, y sin mudança de alterado fazer, haziéndome descabalgar, conosciendo mi trabajo proveyó mi reposo; y con la devida cortesía, tomándome por la mano, a la entristecida casa donde estava me guió. Y yo, que de tales novedades embaraçado estava, no en más de mirar que obedescer entendía, y aunque de las preguntas suyas y del espanto mío aquexado fuese, no por eso de ocuparme dexava en [todas] estrañezas a mí reveladas notar. Y cuando ya a la puerta de la casa llegamos, vi encima della tres rótulos blancos, [y vi] en ellos unas letras negras que dizían ansí:

---

[8] El simbolismo cromático es esencial en la construcción alegórica de San Pedro. *Vid.*, a este respecto, mi nota núm. 27 a *Cárcel de Amor*.

Ésta es la triste morada
del que muere
porque muerte no le quiere

Pues las letras por mí notadas, entrados ya dentro de la casa, vi que todas las cosas della grave dolor representavan[9] ; y como su fundamiento y principio y cabo sobre tristura fundado viese, en grand manera estava maravillado; pero como más en obedescer que en preguntar me trabajase, de guardar en el callar mis preguntas acordé, fasta que el tiempo lo que deviese fazer me dixiese[10]. Después que ya en una sala entramos, sin mucho tarda[r]se el cenar fue venido; y noté que su mesa fue con muy ordenada orden servida. E vi la galana manera del servicio, con mucha sobra de todo lo necesario, guarnecida sin ninguna cosa que allí nescesidad pusiese; y después que la cena tovo cabo, el cavallero [triste], que no menos discreto que bien proveído era, sin mucho en preguntarme entremeterse, conociendo mi cansa[n]cio, aviendo gana de mi descanso, fizo tiempo al dormir, comoquiera que no lo fuese; y poniéndome en una cámara donde la colación fue sin tardança venida, dexándome en aquel logar que a todas las gentes pone en seguro sosiego, se va[11] con semblante tan triste que dezir no se puede. Y como los grandes pensamientos el sueño forçasen, siendo la gana del dormir por su causa enflaquecida, cuando ya los gallos de la medianoche davan señal, todas las gentes de aquella casa con aquexados lloros e gemidos mortales oí que una lastimera música entonavan, y como muy espantado de lo tal me fiziese, cuanto más su lloro crescía, tanto más mi sueño menguava; la causa de lo cual no se pudo tanto encubrir que no la supiese. E era que, todas las

---

[9] Fuerte es la tentación que nos llevaría a imaginar a Garcilaso de la Vega como atento lector de la novela sentimental.

[10] F. Castro Guisasola, *op. cit.,* pág. 185, advierte que también Sempronio, en el tercer auto de la obra de Rojas, manifiesta: «el tiempo me dirá qué haga».

[11] La utilización del presente subraya aún más el carácter de *relación* en primera persona de la historia.

noches [a] aquella hora, el caballero triste con sus manos crueles tormentos se dava, sintiendo de su dolor sentida pasión; y como los suyos en tal ravia atormentado le viesen, obligávales la criança de tomar de su pena, ayudando a su lloro con mucha parte. ¿Quién dubda, que cuando tales cosas yo viese, que más vencido de turbación que sojuzgado de sueño estuviese?

Pues ya después que, de la noche mucha parte, a ellos dolor y a mí confusión no faltó, su llanto cesaron, y puesto silencio en él sosegados estovieron, y tanto su trabajoso exercicio duró que fasta el día ovo poco espacio; y como el sol con su lumbre nos convidase, la misa con su llamamiento nos requirió. Y puesto ya en pie, como el cavallero —que era ya lebantado— lo supiese, a mi cámara se vino, y representando en la cortesía su criança, a una iglesia que dentro de la casa estava me guió, en medio de la cual un monumento vi del triste color del dueño de la casa y los edeficios dél cubiertos; y él era el final aposentamiento que para sí el cavallero sin dicha tenía; en el cerco del cual una letras negras estavan que desta manera dezían:

Vedes aquí la memoria
del triste que se querella
porque no están él y ella

Puesto que la misa se celebrase, no por eso de notar dexé el bien que las letras dezían y la tristeza que señalavan, comoquiera que las cosas que allí veía en grand estrecho el seso ponían[12], por cuya causa juzgarlas como quisiera no podía. Pues como la misa acabada fuese, el manjar fue venido; y como ya de comer acabá[se]mos, y la mesa alçada fuese, vio el cavallero que [h]abría con el [trabajo] suyo perdido el [descanso] mío; y como discreto, mi recreación por su hospedar juzgó. Y como para bien responder aparejado

---

[12] *estrecho:* «Aprieto, peligro, necesidad, riesgo, contingencia» *(Auts.).*
poner a uno en estrecho: «Precisarle, obligarle con la fuerza, o con la eficacia del empeño a que haga lo que no quisiera, o lo que de grado no quiere ejecutar» *(Auts.).*

me viese, con demasiada tristeza començó a preguntarme, y principalmente —entre muchas cosas que de mí saber quiso—, después de dezirme cómo al Rey nuestro señor conoscía, e después de sus excelencias contarme, por la Reina nuestra señora me preguntó, deseando saber si hombre de manificencia tan grande, igual compañía que le perteneciese tenía. Y como el cavallero sin ventura tal pregunta me fiziese, enmudecí, porque se pueden dezir mal las cosas que contemplar no se pueden; veyendo las realezas de Su Alteza, e conociendo la insuficiencia mía, verdaderamente con el callar responder le quisiera; pero porque escusarme, si no con falta de saber, no pudiera, lo que de Su Alteza conosco començé en esta manera a dezille[13]:

> La más alta maravilla
> de cuantas pensar pod[á]is,
> después de la sin manzilla[14],
> es la Reina de Castilla,
> de quien, señor, preguntáis;
> mas no quisiera entender
> en tan grande manificencia,

---

[13] Comienza aquí el *Panegírico a la reina Isabel*. Aunque calificado como «digresión inconexa» por Whinnom (ed. cit., pág. 63), el poema contribuye a la *recepción* de la obra por parte de las mujeres, que son a quienes va dirigida la novela. Es más, al preguntar Arnalte por la Reina, San Pedro se permite incluir a ésta como personaje de su relato. Según Whinnom, en *Poesías*, ed. cit., págs. 41-49, el poema se corresponde con la *laus* y *vituperatio*, aunque la estructura tripartita preceptiva (ascendencia, virtudes espirituales y físicas y juicio sobre el personaje) no se respeta. Cabría distinguir en el poema, a mi modo de ver, las siguientes partes:1) vv. 1-20: Introducción. *Captatio.*; 2) vv. 21-30: El origen del hombre y el de la Reina; 3) vv. 31-70: Virtudes de la Reina (etopeya); 4) vv. 71-80: Estrofa de transición; 5) vv. 81-110: Virtudes de la Reina (etopeya); 6) vv. 111-150: La belleza de la Reina (prosopografía); 7) vv. 151-160: Estrofa de transición; 8) vv. 161-190: El papel activo de la Reina (social, político, religioso); 9) vv. 191-200: La muerte futura; 10) vv. 201-210: Estrofa de cierre.
El poema, escrito en quintillas dobles, como las *Angustias*, incluidas al final de la novela, permite descubrir, de no ser considerados ambos como digresiones, una estructura formal para la novela apoyada en los dos pilares de la ejemplaridad de nuestro autor: la Reina y la Virgen.
[14] Esto es, la Virgen.

porque temo escurecer
con falta de mi saber
la lumbre de su excelencia.

Y de ver tan ensalçada
su bondad y tan crecida,
en la obra començada
he rehusado la entrada
recelando la salida;
y cuando vi demandada
vuestra pregunta y pedida,
vi mi vergüenza sobrada,
vi nueba pena causada,
vi vieja falta sabida.

Porque [yo] con tal mal modo
de hablar, ¿qué diré della?
pues quien nos hizo del lodo
tubo con su poder todo
[muy] bien que hazer en ella;
pero mostrando de[nu]edo,
aunque por orden grosera,
con cuantas fuerças yo puedo,
despidiéndome del miedo,
comienço desta manera:

Es nuestra Reina real
en su España así te[n]ida
que del bueno y comunal,
de todos en general,
es amada y es temida;
es plaziente a los agenos,
es atajo de entrevalos[15],
es amparo de los menos,
es gozo para los buenos,
es pena para los malos.

---

[15] *entrevalos:* «El impedimento o espacio que ay de un lugar a otro, o de un tiempo a otro» *(Tesoro).* Gili Gaya, ed. cit., pág. 10, n. 23, anota como «dilaciones, estorbos».

Es reina que nunca yerra,
es freno del desigual,
es gloria para la tierra,
es paz de nuestra guerra,
es bien de nuestro mal,
es igual a todas suertes
de gentes para sus quiebras,
es yugo para los fuertes,
es vida de nuestras muertes,
es luz de nuestras tinieblas.

Es tal que aunque sojuzgase
todo cuanto Dios ha fecho,
si el mundo [no] se ensanchase
o su valer se estrechase,
no ternía su derecho;
es tal que no avía de ser
humanidad puesta en ella,
mas quísolo Dios fazer
por darnos a conoscer
quién es Él, pues fizo a ella.

Es tal que si su conciencia
no diese arriba consuelo,
de enbidia de su excelencia
[h]abría grand diferencia
entre la tierra y el cielo;
es tal que, por causa della,
[h]abría, aunque oviese batalla,
siempre zizaña y centella,
en la tierra por tenella
y en el cielo por llevalla.

Pero claramente muestro
con verdad de quien no huyo,
que es gozo allá siniestro,
porque tenemos por nuestro
lo que deviera ser suyo;
pero su muerte llegada,

por edad vieja venida,
será su pena quitada,
será su gloria cobrada,
será la nuestra perdida.

Es de los vicios agena,
es de virtudes escala,
con grand cordura condena,
nunca yerra cosa buena,
nunca hace cosa mala;
teme a Dios y a su sentencia,
aborresce la malicia,
abráçase con prudencia,
perdona con la clemencia,
castiga con la justicia.

Con cuerdas de fe y firmeza
tiene atada la esperança,
anima con la flaqueza,
sojuzga con fortaleza,
aplaze con la templança;
guarnesce con caridad
las obras de devoción,
gana con la voluntad,
conserva con la verdad,
govierna con la razón.

Allega los virtuosos,
quita daños de entre nos,
estraña los maliciosos,
reprehende los viciosos,
ama a los que aman a Dios;
quiere bien los verdaderos,
no la engañan los que engañan,
aborresce los groseros,
desama a los lisonjeros,
no escucha los que cizañan.

Pues ¿quién osará tocar
en su grande hermosura?

pues quien más piensa hablar
en ella [h]abrá de quedar
ofendido de locura;
es publicar mi defecto
en ponerme en [la] tal cosa,
pues no puede aver efecto,
si no fuese más discreto
o ella menos hermosa.

Mas aunque lo diga mal,
digo que son las hermosas
ante su cara real
cual es el pobre metal
con ricas piedras preciosas;
son con su grand perfección
cual la noche con el día,
cual con descanso prisión,
cual el viernes de Pasión
con la Pascua de alegría.

E ésta que tal pudo ser
ha siempre representad[o]
en las obras el valer,
y en la razón el saber,
y en la presencia el estado,
y en la grand bondad de Aquél;
que tal gracia puso en ella,
la midió por su nibel,
por que demos gloria a Él
cuando miramos a ella.

La devida presunción,
la mesura más preciada,
las obras del galardón,
en su real condición
tienen tomada posada;
es y ha sido siempre una
en dar por el vicio pena,
supo vencer la Fortuna,

no tiene falta ninguna,
no tiene cosa no buena.

Pues, ¿quién podrá recontar,
por más que sepa dezir,
la gracia de su mirar,
el primor de su hablar,
la gala de su vestir?
Su valer es en manera,
y en tal forma y de tal suerte,
que aunque la gala muriera,
en sus dechados oviera
la vida para su muerte.

Con[16] reposo y mansedad
aforra su realeza,
borda con la honestidad,
entretalla con bondad,
verduga con la proeza;
pues no irá con disconortes
cuando el fin final se aplaze,
cuando Dios hiziere cortes,
quien corta con tales cortes
todas cuantas obras haze.

Si no viniera pujante
a meternos en conpás,
¡cuánto daño estava estante,
cuánto mal iba adelante,
cuánto bien quedava atrás;
cuánta voluntad dañada
en Castilla era venida,
cuánta injusticia mostra[d]a,
cuánta zizaña senbrada,
cuánta discordia nascida!

---

[16] Esta décima y las dos siguientes faltan en B.

Nunca haze desconcierto,
en todo y por todo acierta,
sigue a Dios, que es lo más cierto,
y desconcierta el concierto
que lo contrario concierta;
nunca jamás sale fuera
de aquello con que Él requiere,
y como su gloria espera,
porque quiere que la quiera
siempre quiere lo que Él quiere.

¡O cuántas vezes contemplo
con qué dulces melodías
ha de ir al eterno templo!
segund nos dize su enxiemplo
ya después de largos días;
y después que así la elijo,
pienso con alma elevada
en el gozo sin letijo
que habrán la Madre y el Fijo
con la huéspeda llegada.

ACABA Y DA FIN

Y en esto más alargar
es cosa demasiada,
pues es cierto sin dubdar
que nadi[e] podrá llegar
al cabo desta jornada;
pues poniendo ya silencio,
acordé, pues mal alabo,
con razón de quien me venço,
de quedar en el comienço,
pues no puedo ver el cabo.

BUELVE LA HABLA A LAS DAMAS

Pues después, señoras, que lo menos mal que yo pude al
cavallero triste quién la Reina nuestra señora era le dixe, co-

165

moquiera quél más dispuesto para el dolor que aparejado para el placer estuviese, vi que cuando [yo] de satisfazer a su pregunta acabé, que se sonrió, conosciendo la excelencia de Su Alteza, y viendo el poco saber mío. Pero como discreto, más a lo que quise dezir que [a] lo que dixe, miró; e como tan curial fuese la cuenta que le di, mis faltas disimulando, mucho me agradesció; e porque la causa de su demanda supiese, me dixo que muy a la larga comigo hablar quería, y antes que su fabla començase, haziéndome premias[17] con mi fee, me dixo que todo lo que comigo fablase en poder de mugeres no menos sentidas que discretas lo pusiese[18], por que mugeres supiesen lo que muger le hizo; e por que su condición más que [la] de los hombres piadosa sea, culpando a ella dél se doliesen. Pues como de su mando apremiado me viese, de cumplirlo acordé; y como yo, señoras, de cunplir con él e con mi fee determinado toviese, hallé, segund las condiciones por él señaladas, que a vuestras mercedes la obra siguiente de derecho venía, y porque fue su habla tal [a la] larga estendida, de enbiarla por escripto pensé; porque segund en mi lengua las faltas no faltan, por mal que mis razones escriva, mijor en el papel que en mi boca paresçerán.

Pues [como] ya el cavallero la seguridad que quiso de mí toviese, començó su habla diziéndome desta manera:

[2] El cavallero al autor

Grand sinrazón, señor, te haría si la encubierta de mi pregunta no te declarase, la cual por que sepas, has de saber que no desde agora a la Reina de Castilla yo conosçía; ni creas que nuevo de sus nuevas tú me hazes, porque la estendida fama suya su bondad por diversas partes tiene estoria-

---

[17] Por «apremiar».
[18] La novela resulta así encargo del personaje, y en dicha convención, y otras como la primera persona narrativa, fundamenta San Pedro la verosimilitud de su historia.

da, pero quise por saber lo que sabes oírte, y por que en ella
señalases, en plática tan fuerte quise ponerte; y esto porque
de mis pasiones qui[e]ro notorio hazerte; y quise primero
saber qué sabes [y] si el recevimiento que merescen les harías; y hallo que es bien hazerlo por el testimonio que dan
tus palabras de ti, creyendo, segund lo que sentí que sientes,
que mi dezir y tu escuchar aposentarán en tu memoria mi
mal, para que donde te tengo pedido dél des cuenta; y para
que dél te certifiques comiença a notar[19].

Tú sabrás que la tierra y naturaleza mía es Thebas, la que
Cad[m]o, fijo del rey Agenor, en los tiempos pasados po-
bló; del rey de la cual larga criança he recevido; mi padre,
que de vivir se despidió [h]a grandes días[20], dezíanle Arnalte; dezirte quién era no quiero, porque en mi boca mal su
alabança asentara, el nombre del cual por herencia me quedó. Pues como Thebas mi naturaleza fuese, y como el rey lo
más del tienpo en ella gastase, no saliendo yo jamás de la
corte, un día cuando mi livertad más libre de las enamoradas penas se fallava, murió un principal cavallero de aquella cibdad nuestra; y como hombre de mucha autoridad y
honra fuese, todas las gentes de aquella cibdad e de la corte
a su enterramiento vini[eron]. E como en medio del templo su cuerpo se pusiese, en tanto que los acostumbrados
cantos se celebravan, las bozes de sus cercanas parientas
eran grandes; entre las cuales una fija suya vi, la más principal en el lloro y la más honesta en la manera [dél], la cual
por nombre Lucenda tenía; y como en el tal auto entre las
manos y los cabellos guerra cruel se pregona, todos por los
honbros estendidos y derramados tenía; y [a] todos los que
a la sazón la miravan, no menos con los que le quedavan espantava que con los que sacava entristecía; y como la rubiu-
ra dellos tan grande fuese, e las muchas lágrimas el rostro

---

[19] No deben pasarse por alto dos asuntos de esta justificación inicial del
«cavallero», más tarde Arnalte: primero, la necesidad que éste expresa al
Autor de que su historia llegue a la Reina; y segundo, el rasgo de verosimilitud con el que se cierra el párrafo, al solicitar Arnalte del Autor registro
de su *habla*.

[20] La preceptiva orfandad del protagonista. Para este tema y su relación
con el del matrimonio, *vid.* J. F. Ruiz Casanova, art. cit.

más le encendiesen y aclarasen, tenía su grande hermosura con estraño color matizada; y como el llanto presente de su publicación fuese causa de verla tal a todos espantados tenía; pero yo triste, espantado y temeroso, [espantado] de su hermoso parescer y del daño de su causa [temeroso].

Y como ya en el final aposentamiento su padre fuese puesto, e ella, dexándolo en él, al suyo se fuese, enmudescido, sin más detenerme, fui la soledad a buscar, para que ella e mis pensamientos compaña me fiziesen; y como en aquélla acogid[o] de los tristes más me fallase, con cuantas fuerças pude de muchas industrias me acompañé, pensando mi remedio en alguna fallar; pero en todas el enbés de la haz que quisiera [h]allava; y como tan solo de esperança como de gente me viese, de allí salido, muchos días pasaron que en el propósito tomado no entendí, creyendo fallar el fin fragoso, según el comienço áspero fallé. Pero cuanto más el tiempo andava, tanto más mi mal firme [estava], no sabía qué medio para mi remedio buscar; y, como el dolor creciese y la salud se apocase, estava de estrecha nescesidad apartado. Mas como los guerreros deseos hazen el coraçón endurescido y industrioso, pensé que si un paje mío[21] en su casa conversación toviese, que de aquél por una carta mía podría de mí certificarse; y como un hermano de Lucenda[22] con él grand amistad toviese, que todos sus pasatiempos fuesen con él, le mandé, por que más el amistad estrechase y por que más confiança dél se fiziese, [que mucho con él se conformase]; y como el paje buen saber y mijor manera toviese, en cunplir mi mandado no fue perezoso; y como

---

[21] Aquí Arnalte hace uso de la mediación o tercería a través del paje, en primera instancia, y de Belisa, hermana del caballero, después. El Autor es sólo el escribano de una historia ya ocurrida, a diferencia de la *Cárcel*, donde es personaje actuante y mediador en los amores entre Leriano y Laureola.

[22] El misterioso «hermano de Lucenda» sólo es citado aquí. No desarrolla ninguna función en la novela más que la de abrir las puertas a la mediación del paje, ni tampoco vuelve a aparecer en la novela. Más tarde, el personaje masculino más cercano a Lucenda será Elierso, vecino de ésta y amigo del protagonista. Covarrubias recoge, bajo «ermano», otra acepción aparte de la consanguínea: «Suelen llamarse los que están aliados y confederados, que por otro vocablo llamamos cofrades, *quasi* confrates».

su hermano e mi paje en la conformidad que yo deseava estoviesen, en la casa de Lucenda tan continuo era su estar que, ya dél no se guardando, muchas vezes verla podía; y como la confiança del aviso desaviso pusiese, y [como] allí la voluntad ganada estoviese, ya la sospecha estava perdida e en él no miravan; y como la disposición del tiempo aparejada fallase, el paje mío tomé, y poniéndole delante [para el secreto] muchos castigos, dile una carta mía que le diese, las razones de la cual eran éstas:

[3] Carta primera de Arnalte
a Lucenda[23]

Lucenda: antes quisiera que conoscieras mi fee que vieras mi carta, lo cual ansí [h]oviera sido si visto me [h]ovieras, porque en mis señales la conocieras; e pudiera ser que con mi vista ganara lo que con mi carta espero perder; porque en mi carta leerás mi mala razón y en mis lágrimas mi mala vida vieras, y con el mucho dolor templara el poco saber, e esperara de lo que agora estás dubdosa cierta hazerte; y aunque los males, como se saben sentir, querellar no se pueden, mi pasión y tu conoscimiento te dieran dellos fee. Pero como mijor puedo, digo que te hago saber que desde el día que a tu padre enterraste, mi afición y tu hermosura mi señora te hizieron; y cuando a tu posada aquel día [te] fuiste y el llanto por su muerte acabaste, yéndome yo a la mía a llorar la que tú me diste comencé; e que esto quieras creer suplícotelo, porque no tube menos flaqueza para vencer[me] que tú fuerça para forçarme; y hágote cierta que más poco poder que mucha voluntad tuyo me fizo, porque antes, si yo pudiera, te huyera que te buscara; pero tuviste

[23] Anota Ivy A. Corfis, en su edición del *Tractado* (Londres, Támesis Books, 1985), pág. 180, n. 471 la influencia de ésta y otras cartas y líneas de la novela de San Pedro en el *Marco Aurelio* de Antonio de Guevara. Para este tema. *vid.* A. Redondo, «Antonio de Guevara y Diego de San Pedro: Las *Cartas de amores* del *Marco Aurelio*», *B. H.*, 78 (1976), págs. 226-239.

tú tanto poder en mi coraçón y yo tan poco en mi libertad, que cuando quise no quererte, ni yo pude, ni tú me dexaste, porque ya en el triste coraçón mío mi firmeza atadas tus gracias tenía, por do certeficar te puedes que, si pudiera, quisiera antes huirte que esperarte.

Pero como ya ventura ordenado lo toviese, de ser suyo no pude escusarme. E pues esto no puede ser que no sea[24], no tus mercedes me niegues, que aunque tú dello savidora no seas, mucho merescidas te las tengo, porque el mal tan presuros[o] ha sido, que aunque el espacio del padescerlo pequeño te paresca, ha fecho grande el daño. E mira en cuanto cargo me eres que por mayor bien [h]abré por ti perderme que por nadie ganarme; y por que más obligada me seas, has de saber que del mal mío por tú causarlo no me pesa, de cuya causa mi perdición vitoria sería, aunque no quiero esperar deste comienço; de mi fee te declaro, aunque galardón no declare, que mayor confiança en mi afección y en tu conoscimiento tengo, porque donde sobra conoscer no mengua razón, e donde hay ést[a] no puede ser que donde se meresce galardón no se dé.

E pues si entre tu agr[a]descer y mi servicio esta ley es guardada, no quiero de tu esperanza desesperar; e porque más de mi pena sentir que de pedir mi remedio sienpre supe, quedo suplicándote que verme quieras, por que mis sospiros de mis males testigos te sean.

[4] Buelve Arnalte al autor

Pues como la carta [assí] se acabase, antes que el paje la resciviese[25], de todo lo que deviesse fazer de mí fue [muy] avisado; en especial le dixe que mucho la sazón y el tiempo

---

[24] Es frase de un popular motete (*vid.* F. Quevedo, *Poesía original completa* [ed. de J. M. Blecua], Barcelona, Planeta, 1981, págs. 454 y ss. o Conde de Villamediana, *Poesía inédita completa* [ed. de J. F. Ruiz Casanova], Madrid, Cátedra, 1994, pág. 197).

[25] En B el inicio de esta frase es como sigue: «Pues si entre tu esperança nunca desesperare».

mirase, y si por caso Lucenda rescevir no la quisiese, que en su poder, con su grado o sin él, la dexase; y como el mando mío y el obedescer del paje conformes estuviesen, más deligencia que descuido en lo que mandava puso. Y como ya a la casa de Lucenda ido fuese, ofrecióle el tiempo el aparejo quél quería y yo deseava; e cuando la vido donde soledad sola conpaña le fiziesse, suplicóle mi carta quisiesse recevir, la cual, lo tal oyendo, no pudo tanto su enojo encubrir que su mudada color no lo mostrase. E como el paje avisado fuesse, llevava acuerdo de inportuno y no temeroso ser; y como ella de suplicar aquexada se viese, pensando [de] su inportunidad poderse librar, con enojo grande le dexó; pero cuando el paje se iba viese, echándole la carta delante, con la diligencia acorrió, para que por necesidad la tomase, forçándola de rescevir, de [lo] cual ofenderse no pudo, [pero la] acogida desque la carta en su poder falló fue tal que fecha pedaços salió de sus manos[26]. Y como el paje [de su negociación] tales nuevas me tr[u]xiese, enmudecí, y fue la pasión tan mucha —veyendo la esperança tan poca— que de sola la muerte quisiera consuelo recevir; y como tan enemigo de mí y tan amigo de penas me viese, a mis tristes pensamientos me acogí; y como con ellos muchos días mis [passatiempos] exercitase, estando una mañana en mis males y en las gracias de Lucenda contemplando, el paje mío, que de mis cuidados descuido no tenía, vino a mí diziéndome cómo [Lucenda] la noche siguiente a maitines salía; y acordándome como aquella noche de Navidad fuese, a sus palabras di crédito; y a la hora ropas de muger de vestirme ensayé[27]; y mi espía poniendo con ella, de ir al templo lle-

---

[26] He aquí otro curioso asunto referente a la verosimilitud del relato: los lectores conocen la carta que Lucenda no llega a leer y destruye. Arnalte, es de suponer, reproduce literalmente la epístola destruida, ante el Autor, tiempo después.

[27] También Lozana aconseja a Coridón, en el mamotreto LV de *La Lozana andaluza*, que se disfrace de mujer para poder acercarse a Polidora . Según R. Schevill, *Ovid and the Renascence in Spain*, Berkeley, 1913, página 117: «He approaches her at matins disguised as a woman, a motif which has occurred in fiction since time inmemorial. Ovid had used it in connection with Achilles who deceived Deidamia» [*Ars amatoria*, I, vv. 695-698]. *Vid.* también, aquí, nota núm. 91.

gada la hora pensé; y puesta ella en la parte dél más se-cret[a], porque de nadi conoscida fuese, con ábito confor-me al suyo a ella me llegué; y como de mi engaño sin sos-pecha estuviese, con mi llegada no se alteró; y como la so-ledad del lugar me diese, comencé a dezirle ansí:

[5] Arnalte a Lucenda[28]

Lucenda, si yo tanto saber tuviesse para de ti quexarme como tú poder para quexoso hazerme, no menos discreto que tú hermosa [yo] sería; pero no a los desconciertos de mis razones, mas a la fee de mis lágrimas mira, las cuales por testigos de mis males te do. No sé qué ganancia de mi pérdida esperas, ni sé que bien de mi mal te puede venir; es-crivíte faziéndote savidora que soy mucho tuyo, y con eno-jo grande pedaços mi carta feziste. Bastárate que con tu grand hermosura otro tanto en la vida de su fazedor av[í]as fecho; dexárasle su embaxada dezir, y vieras en ella cuántas pasiones después que te vi me he visto.

¡O, en tan mal propósito no perseveres!, que dañas la condición tuya y destruyes la salud mía. ¿Qué escusa pue-des poner que de mal acondicionada te disculpe? Pues que oy[e]s las ansias con que mi lengua el remedio te pide. Bien sabes tú cuánto la virtud y el desagradescimiento [en] la condición diversan[29], pues no puedes tú virtuosa dezirte sin agradescida llamarte; pues mis servicios con ligera merced satisfazerlos podrías, que en sola tu habla está mi consuelo; ya no querría [yo] mayor bien que poder con tu voluntad señora llamarte, que en la vanagloria de ser tuyo se consu-mería el daño que de ti resceviese. Espantado me tienes cómo para merced tan pequeña razonamiento tan largo consientes. Cata que ya mis sospiros te muestran cuánto el manso defender mío e el rezio herir tuyo son edeficios más

---

[28] Para la influencia de este texto en Antonio de Guevara, *vid.* nota nú-mero 23.

[29] Por «diverger». Whinnom, ed. cit., pág. 106, n. 54, fue el primero que lo registró, al anotar que «los diccionarios no registran el verbo *diversar*».

para derribar que para enfortalecer el vivir. Si dizes que para ti es grand graveza fablarme, te[m]iendo tu honra, no te engañes, que mayor invirtud será matarme que remediarme te será fealdad[30]. No quieras nombre de matadora cobrar, ni quieras por precio tan poco servicios de fee tan grande perder. No sé, para hazer a mí deudor y a ti pagadora, qué pueda dezirte; ni sé qué diga en que acierte, porque yo no para acertar mas para ser cierto nascí, y siempre de mí doler[me] más que remediarme supe. Y porque mi pa[d]escer[31] y tu hermosura medida no tienen, no quiero en mucho alargar desmedirme, pero basta que de vista vees, si el esperança has de alargar, cuánto corto será mi vivir.

[6] Respuesta de Lucenda a Arnalte[32]

Bien p[i]ensas tú, Arnalte, que la fuerça de mi voluntad has con razones de enflaquecer; lo cual, si así piensas, engaño recibes, porque has de saber que no tengo yo en mis defendimientos menos confiança que tú en tus porfías esfuerço; de cuya causa que de tal demanda te dexes te [a]consejo, porque ya tu vees que es acuerdo desacordado lo contrario fazer; y porque desto cierto seas, puedes creer que no hay fuerça deste mundo que [de quicios] la fuerça de mi propósito saque, porque tú puedes bien ver que tan erradas labores del dechado de [t]u demanda sacaría; y si agora responderte quise, más fue porque mi confiança de todo beneficio te desespere, la cual con su condición alegrar suele, que no por mercedes hazerte; porque ya tú sabes que el desconfiar consuela y el entretener enlaza. E si en mis palabras el enojo que deviera no muestro, es por a tu fee alguna paga hazer, la cual conosco que negar no te quiero; pues ¿qué

---

[30] En torno a esta disyuntiva (fablar/callar) se construye parte de la argumentación amorosa: tanto del silencio, y la muerte del amante, como la *fabla*, y la subsiguiente y posible merma de la honra, la dama no ha de salir indemne.

[31] Sigo la corrección de Whinnom, ya que A y B editan «parescer».

[32] Para la influencia en Guevara, *vid.* nota núm. 23.

más paga quieres que quiera creer que me quieres? Mas porque de tus trabajos mal galardón sacarás, que será tan espaciosa mi esperança como presuroso tu pedir te declaro; y porque podrá ser que pensaras, que pues son mis palabras blandas, que mis obras ásperas no serán, te desengaño y te digo, que si del rebés tus deseos no buelves, y [que] si la orden que ellos te dan no desordenas, que yo tus quexas porné en boca de quien aquexar tu persona sepa, de cuya causa es mi voto que debes deste ruido[33] presto salirte; porque ya tú vees cuánto es mijor tempran[o] con pena guarescer que tarde con muerte salir. Y digo esto porque más peligro que remedio en él hay; por eso, de aconsejado te prescia, que de remediado tarde podrás; y por que no digas que con las palabras te engañé y con las obras te vendí, te aviso diziéndote que será tu daño mucho y mi sufrimiento poco; así que de hoy más en sosiego tus deseos y en paz tu vevir deves poner, lo cual así creo que hazer querrás, porque, segund tus lágrimas tu afición señalan, más darme plazer que enojarme te plazerá; pues si ál hazes, la fee que por cierta publicas por infinituosa[34] la terné, y a ti falta y a mí pesar causarás. E porque tus razones tan discreto como tus suspiros enamorado te fazen, no quiero más el camino que debes tomar para darme plazer dezirte.

[7] Arnalte al autor

Pues como en el responder de Lucenda tan concertado mi padescer e tan desconcertado mi remedio hallase, cuanto menguó la esperança tanto creció mi cuidado; y como la gracia de su hablar con tal saber esmaltada viese, ninguna parte de mí comigo quedó; y como mi memoria atenta estubiese por ver si en alguna razón algund bien [se desco-

---

[33] *ruido:* «Metafóricamente se toma por apariencia grande, en las cosas que en la realidad del hecho no tienen sustancia» *(Auts.).*

[34] *infinituosa:* «Fingido, disimulado. Es voz anticuada» *(Auts.).*

bría], todo cuanto me dixo noté[35]; y como con amenazas el cabo de su habla acabase, mi galardón dexado detrás y mi peligro poniendo delante, que la cosa de mí menos temida era el morir quise que supiesse. Y por que dello sabidora fuese, la canción seguiente hize; la cual, una noche, donde desde su cama oírla pudiese, hize cantar.

SÍGUESE LA CANCIÓN

Si mi mal no ha de morir
y mi daño ha de crecer,
no sé qué pueda perder
que pierda más que e[n] vivir.

Pues si mi dicha es perdida
y mi dolor es tan fuerte,
¿para qué es temer la muerte
pues que en ella está la vida?

Si me tiene[n][36] de seguir
vuestro olvido y mi querer,
no sé qué pueda perder
que pierda más que e[n] vivir.

Pues como la canción se cantase, las bozes della su dormir de Lucenda recordar[37] pudieron; pero los gritos de mis angustias nunca su galardón vieron; y como ya [de] su merced así despedido me viese, cuanto más mi dolor se enfortalecía, tanto más mi persona aflacava; y como la esperança tan ciega [fuese], era fuerça que los ojos deseándola cegasen, de manera que en grand manera desfigurándome iba; y como viese que yo mismo de mi mal era causa, estando en

---

[35] Vuelve aquí San Pedro a justificar, por medio del protagonista, el porqué de la reproducción exacta de las palabras de Lucenda, dichas —como es sabido por el lector— tiempo atrás.
[36] Sigo la corrección de Whinnom. En A y B: «tiene».
[37] *recordar*: «Despertar el que duerme o volver en acuerdo» *(Tesoro)*.

aquellos solos lugares donde siempre para mis fatigas abrigo fallé, contra mí desta manera a dezir comencé:

[8] Arnalte contra sí[38]

¡O morada de desdichas, o edeficio de trabajos! ¿Qué es de ti? ¿Adónde estás? ¿Qué esperas, pues claramente las señales presentes la perdición por venir te manifiestan y guarescer del mal que tienes no podrás? ¿Por qué tus ojos las estrellas de la fee en tan alto muro posieron, que antes tu caimiento que tu sobida dél esperas?[39] El que más mal terná tú serás, y el que menos bien espera tú eres.

¡O cativo de ti, que cansado de vevir y nunca de desear estás! ¡O qué grande desdicha en nascido ser fue la tuya! Veo que poco a poco te apocas, y veo que tu deseo al cabo te ha [de] acabar; para desear la muerte grand razón hay, pero si por la salud del coraçón la deseas, por la pérdida del alma la rehúsas. No sé qué escojas, ni sé qué quieras, ni sé qué pidas. ¡O alma triste, fiel compañera mía! ¿Para qué morada tan entristecida te escogiste? ¡O ojos, del coraçón enemigos que él vos meresció! ¿Por qué la pena de vuestra culpa haya de sufrir? ¡O catibo! ¿Quién te engañó? ¿Por qué a la esperança de las enamoradas leys te somet[iste]? ¿Tú no sabías que allí las mercedes son más vanas donde

---

[38] Comienza aquí un monólogo de Arnalte. De las dos novelas de San Pedro es en el *Tractado* en la que más se alude, explícita o implícitamente, a la soledad reflexiva de los personajes. Quizá nos encontremos ante uno de los mayores logros técnico-narrativos de la novela de San Pedro. En este soliloquio se advierten siete exclamaciones y diez interrogaciones, que ocupan la primera parte. El hecho de que sea «contra sí» supone el desdoblamiento del personaje en un Yo-Arnalte, que exclama, y un Tú-Arnalte, amador que sufre el desdén. Se dan en el soliloquio varias características que subrayan su singularidad: el léxico *(desdichas, trabajos, caimiento, triste, sufrir, tormentos)*, propio del amante desdeñado; la anticipación narrativa («tu deseo al cabo te [ha] de acabar); la alusión a las «enamoradas leys» o la «impresión» o primera visión de Lucenda, origen aquélla del enamoramiento.

[39] El contenido de esta última interrogación pasó al *Marco Aurelio* de Guevara *(vid.* nota núm. 23).

176

[más] los servicios son macizos? Bien sabías tú que en la orden de bien amar, si la vida no cae, que están los tormentos siempre en pie. Tú, pues tu poco poder conoscías, ¿para qué [a]l suyo grand obedescer quesiste? Podrásme dezir que tan poco el principio desobedescerle podiste como agora olvidarlo puedes; ya yo veo que en esa respuesta está todo el daño. ¡O desdichado de ti, que cuanto es menor tu poder, tanto tu plaga es mayor!

Agora que con tus fechos enriquecer tu memoria pensavas, agora para ello menos lugar ternás, y de poderlo fazer, más vergüenza rescibirás. La honra ofendida e la vida en peligro agora tienes. Pues, segund este galardón, más de sus obras debes dolerte que de sus mercedes alabarte, pues si la muerte no te socorre, ya sabes que otro remedio remediar no te puede. E pues [que] así es, [a] los [gajes] de tus guerras tu sufrimiento llama, y en él los golpes que esperas rescibe, que segund los por venir [ásperos te serán], los presentes livianos te son. E si el sufrimiento de padescer se ca[n]sare, llama el seso; y si él no te valiese, a la razón requiere; e si todos te dexaren, tu soledad llora; el al morir las puertas abiertas ten; que cuando no pensares en él remedio que el seso y la razón te negaron [hallarás].

[9] Buelve Arnalte al autor

Otras cosas muchas comigo mesmo fablé, las cuales, por enojoso no ser, en el callar dexo. Y después que ya de mí despedido fui, con mis pensamientos el navío de mis passiones a remar comencé; pero como la tormenta de las ansias grande fuese, nunca puerto de descanso fallé[40]; y como en el grave cuidado los devidos [passatiempos] olvidase, muy poco el palacio seguía, ni al rey de ver curava; y como él a mis amigos muchas vezes por mí preguntase, de ir una noche a palacio acordé. Y como el rey me viese, después de

---

[40] No queda fuera de la composición narrativa de San Pedro el uso de la metáfora, como bien se aprecia en este comienzo.

mi vida preguntarme, que quisiese justar me mandó, porque él y muchos cavalleros de su corte justar entendían[41]; y aunque mis exercicios más dispuestos para soledad que para fiestas apar[e]jados estuviesen, por su mandado cumplir mi voluntad esforcé, deziéndole que pues Su Alteza lo mandava, que yo lo quería. Pues [como][42] el cómo y el cuándo de la justa [que][43] ordenada fuese [supiesse], y el día aplazado en que los ensayos con obras executarse tenían fuese venido, al rey supliqué que así al justar del día como al momear[44] de la noche a todas las damas de la cibdad ficiese venir; lo cual el rey con mucho plazer aceptó. E como yo supiese que Lucenda a la fiesta venir tenía, grandes alteraciones al triste coraçón mío sobrevenieron, y las [graves] ansias mías con grandes sobresaltos fueron mezcladas; y en aquel [ins]tante no menos alegre que penado me hallé. Y pues, ya la tela puesta, començando los justadores a salir, entre ellos lo me-

---

[41] *entender:* «Como querer» *(Tesoro).*

[42] Sigo la adición de Whinnom, que no está en A ni en B.

[43] Sigo la adición de Whinnom, que no está en A ni en B.

[44] *momo:* «Gesto, figurada o mofa. Ejecútase regularmente para divertir en juegos, mojigangas y danzas» *(Auts.).* Eran mascaradas que, según A. D. Deyermond, *Historia de la literatura española. Edad Media,* Barcelona, Ariel, 1980 (séptima edición), pág. 367, «constaban de algún aparato sorprendente, un disfraz, la recitación de un poema y la ofrenda de un presente. Las referencias a tales momos se hacen frecuentes a partir de mediados del siglo xv». Humberto López Morales, en *Tradición y creación en los orígenes del teatro castellano,* Madrid, Alcalá, 1968, pág. 71, cita testimonios como la *Crónica de D. Juan II,* en la que se dice que ya en 1435, y en honor de la reina, se hicieron en Soria «danzas y momos»; y más tarde, en 1440, en honor de la infanta doña Blanca, esposa del príncipe don Enrique, «momos, toros y torneos». López Morales define el *momo* como un *«bal masqué»* cortesano, donde a lo sumo algún galán recitaba coplas a su dama». Según anota López Morales, Adolfo Bonilla y San Martín, en *Las Bacantes, o el origen del teatro,* Madrid, 1921, págs. 81-82, recoge «las interpretaciones que Nebrija hace del término (Momo contrahacedor=Mimus; Momo principal=Archimimus y Pantominus) y apoyado en la *Relación* del favorito de Enrique IV concluye que los *momos* solían llevar *falsos visajes* o caretas y su principal función era danzar y bailar». Whinnom, ed. cit., pág. 112, n. 64, ofrece la siguiente entrada bibliográfica: Eugenio Asensio; «De los momos cortesanos a los autos caballerescos de Gil Vicente», *Anais do Primer Congresso Brasileiro de Lingua Falada no Teatro,* Río de Janeiro, 1958, sep., págs. 1-12 (también en *Estudios portugueses,* París, Fundaçao Calouste Gulbenkian, 1974, págs. 25-36).

nos mal invicionado[45] que pude salí; y llegando ya donde la reina estava, aperciviendo el caballo para mijor la mesura fazer, por la vista de mi yelmo la luz del rostro de Lucenda entró; y como en el cadahalso de la reina la viese, aunque el coraçón para el auto presente se esforçase, temiendo lo por venir, su plazer enflaqueció. Era la cimera[46] mía un peso: la una valança verde[47] y la otra negra[48]; la verde muy alta y la negra muy baxa, y dezía la letra así:

En lo poco que esperança
pesa, se puede juzgar
cuánto pesa mi pesar.

Pues como ya la noche la priesa de los justadores en sosiego pusiese, cada uno por su parte se va a descansar, y la reina con las damas se fue a su posada. E como la hora del momear[49] llegada fuese, y salidos los momos a la sala, cada un[o] con la dama que servía començó a dançar. Allí de mi dicha me quexé, y de mi soledad más me dolí, en verme de sus riquezas tan pobre; pero más con temor de su no que con esperança de su sí, no con menos dolor que acatamiento, a [aqu]ella [señora mía me] llegué, y con desigualados sospiros y con turbación conoscida que quisiese comigo dançar le supliqué; la cual, después de mucho rehúsallo, más por no errar a la cortesía que por mi suplicación enriquecer, le plugo. ¡O quién en lo que sentí dezir podiese, cuando mi mano par[a] el dançar la suya tomase! ¿Quién dubda que más de doblar mi dolor que de dar por orden los dobles ni senzillos no pudiese, cuando tan cerca mi bien e tan lexos mi remedio viese? Pero con el pinzel de la vitoria [en] que estava matizava la pena por venir, y ansí [unas

---

[45] Esto es, con pocas «invenciones». Según Gili Gaya, ed. cit., pág. 31, n. 11: «Vestido y ataviado con las "invenciones", es decir, colores, dibujos, figuras y motes que a continuación describe».

[46] *cimera*: «La divisa que el caballero trae sobre el almete, o celada» *(Tesoro)*.

[47] El verde simboliza la esperanza.

[48] El negro es símbolo del pesar.

[49] *Vid.* nota núm. 44.

marcas][50] de alegría en el manto bordadas saqué; dezía la letra así:

> Este triste más que hombre,
> que muere porque no muere,
> bivirá cuan[t]o biviere
> sin su nombre.

Cuando los momos ya acabados fuesen, dónde Lucenda estava [assentada] miré; y mostréme e[l] lugar aparejado para en su poder una carta poner, porque más para ello que para fablarla dispuesto estava; y entretanto que las mesas para el cenar se ponían, en una cámara apartada con la mano las letras e con el alma los sospiros en el papel puse; l[o] cual no pudo encubrir que no sintiese; pero disimulando el sentimiento por el alteración que sintió no mostrar, callar le convino. Y las razones de la carta dizen así:

[10] Carta de Arnalte a Lucenda

¡O Lucenda! Si tanto saber para valerme como tú valer para destruirme toviese, más de alegre que de triste me presciara. Pero el poder y el saber, seyendo tuyos, de ser míos dexaron, y porque con quien remediarme no hallase, en grand soledad me pusieron. ¡O Lucenda! Ya tantas cosas te he dicho y escrito[51] que no sé qué dezir te pueda. Pero si más tu esperança detienes, faltarán mis razones para que te diga, pero no mal para que me quexe; el cual quexar más en los lloros que en la lengua lo verás, que cuando las ansias

---

[50] Corrijo por B. En A: «matas». Gili Gaya editó, sin prueba textual alguna, «motes» (ed. cit., pág. 32, n. 25), y esta misma corrección es incluida por César Hernández Alonso en *Novela sentimental española*, Barcelona, Plaza & Janés, 1987, pág. 150. Probablemente esta lectura esté más cerca de la lógica, pero no hay testimonios que la acrediten.

[51] Ha de suponerse que se refiere a la «Canción» que manda entonar bajo la ventana de Lucenda, puesto que, como se recordará, la primera carta de Arnalte fue destruida por la dama sin leerla.

son grandes las lágrimas declaran e las razones enmudescen. ¿Pues quién como yo esto hazer podría, que cuanto más mi fee se aviva tanto más tu galardón se adormece? Si esto que te suplico, porque temes con la paz de mi vida dar a tu honra guerra, de hazer dexas, no lo fagas, que no quiero, pues no quieres, que me hables; pero que sólo me mires, y con sólo este bien el mal que me has hecho te perdono.

No quieras, por un solo Dios, tan enemiga serme, que si tú has ganas de matarme, yo poc[a] he de vivir, que con pequeña fuerça podremos tú y yo de mí acabar. Cata que si por tu causa mi vida se [pierde] pudiese [que tarde] la infamia de tu mala fama perderse podrá, y tan mala memoria dexarás, que en ella para siempre tu crueldad y mi muerte estarán estoriadas[52]. Pues si por tu razón seguirte quieres, en ella cuánto es mal dar pena do no hay culpa te dirá. Si tú piensas que la hay porque te sirvo, y tú de mis servicios servida no eres, claro está que por desculparte con ella inventas la culpa, por la cual más mercedes que pena meresco. Y pues segund man[i]fiestas creer que te quiero, le[e] lo que te escribo, y leyéndolo de lo que siento te acuerda; y si delante ti mis trabajos representas, yo sé bien que más de arrepentida que de contenta te arrearás. Yo no me espanto porque más enojada que servida ser quieres. Haz ferias[53] de los enojos rescevidos con los servicios que rescevir podrás, y verás cómo de la ganancia ternás causa de alabarte. Que ésta sea la final embaxada de entre ti y mí te suplico, por que quiten las vistas de trabajo a los papeles; lo cual si de fazer dexas, grand arrepentimiento de mi vida e muerte se te podrá causar.

[11] Arnalte al autor

Pues como yo la recontada carta en poder de Lucenda pusiese, deseando saber cómo la tratava, della jamás los ojos partí. E como allí mudança ninguna hazer le viese,

---

[52] *Vid.* nota núm. 30.
[53] Por «cambia» o «trueca».

algo descansava; pero la sospecha que dello tenía al descanso [h]avido no dava reposo. A quien a la sazón me hablava, más con desconcertada ronquedad que con atenta razón le respondía; quien allí la mano en los pechos quisiera ponerme, los enamorados sobresaltos del coraçón conosciera.

Pues como la hora del dormir la fiesta presente en tregua puso, cada uno a su posada a reposar se reparte; e como yo más para trabajo que para reposo apercevido estoviese, cuando Lucenda de la reina fue despedida, con disimuladas razones, por ver la sentencia de mi carta, tras ella guié, y no solamente fasta su posada la acompañé, mas fasta su cámara la seguí; pero en todo este tiempo ningund papel en la mano tomó, y así, sin más certenidad aquella noche estube. Pero como la pena de amor nunca se aparta, el cuidado de la noche más vivo a la mañana le fallé; e dél seyendo apremiado al paje mío que a su casa de Lucenda fuese le mandé, deziéndole que así en toda la casa como en las partes donde los reposteros acostumbran echar aquello que las casas limpias dexan mirase, porque podría ser que cuando aquéllos limpiasen la casa, los pedaços de la carta por el suelo levasen. Y el paje, que todo muy bien lo miró, en ninguna parte partes della pudo hallar; pero no pudo aquello tanto alegrarme que quitase de entristecerme; y cuanto más yo andava, tanto [más] el remedio quedava atrás; y no podía tanto mi mal encubrir que en los humos de mis sospiros las brasas de mis entrañas no lo descubriesen. E como el daño cresciese y la fuerça menguase, mucho mi mal descubría, y mucho de la muerte estava quexoso, porque tan mortales enemigos como en la vida tenía, en sí no hospedava; y como ya de vergüença [de] mostrarme, por encobrirme trabajava, pocas veces de mi posada salía. Y como una hermana mía, que Belisa se llamava, estraño amor me toviese[54], de mi dolor mucho se doliendo, para mí un día se vino, después de otros muchos, la causa de mi mal [me] haver preguntado, declarándome en sus lágrimas lo que por la fuerça

---

[54] Puesto que, como se verá más adelante, la honra de ésta reside en su hermano, ya que son huérfanos. *Vid.* J. F. Ruiz Casanova, art. cit.

dellas en la razón encubría. E como estremo amor muy conformes nuestras voluntades toviese, al son de sus lágrimas mis ojos dançaban[55]; y después quel lloro dio a sus palabras lugar, desta manera començó a dezirme:

[12] Belisa a Arnalte[56]

¡O hermano mío!, por un solo Dios te pido que la causa de tu mal encubrir no me quieras; nunca las vezes que te lo he preguntado respuestas cautelosas te ha[n] fallescido. Cata, si la verdad negarme quisieres, que con muchas quexas el amor que te tengo podré mesclar. Dizes que mi deudor no eres, y si mucho te quiero que bien me lo pagas; e publicas con las palabras lo que con las obras niegas. Bien sabes tú que las no ciertas encubiertas deben ser para mí escusadas. Haz a mi coraçón de tus angustias secretario. ¿A quién si no a mí tus fechos dezir debes? Pues que sabes muy bien que si tú quieres [la muerte, bien te es a ti conocido que no querré la vida] e que si tú quieres pesar, yo no quiero plazer; e si tú quieres trabajos, que mi enemigo será el descanso. Tus males y los míos un coraçón atormientan; a mí como a ti así debes descubrirte. Si descansar quieres, ¿con quién mejor podrás que con quien [de dessear] tu bien nunca cansa? Si quieres de tu pena descargar, tú e yo lo suframos; si quieres que lloremos, nunca otra cosa hagamos; si quieres morir, sea de por medio la muerte; si quieres que tú y yo tus males consolemos, así se haga; si quieres que [se encubra], tú e yo mejor que tú solo encubrirlo podemos[57]; si quieres que [tu] remedio se busque, tú por tu cabo y yo por el mío de fuerça lo hallaremos.

No muestres desamor a quien tanto tiene para ti. No pienses que tu engaño a mi conoscimiento puede vencer,

---

[55] Esta frase está en el *Marco Aurelio* de Guevara *(vid.* nota núm. 23).

[56] Para la influencia de este capítulo en Guevara, *vid.* nota núm. 23.

[57] Sigo B, aunque tomo de A partes. En A: «tú e yo lo encubramos mejor que tú sólo encubrirlo podemos». En B: «tú y yo mejor que solo encubrirlo podemos».

que tus ansias rebelan lo que tus disimulaciones encubren; que no debe ser menos el amor que el deudo acordarte debes. Cata que con grand voluntad estoy a la muerte ofrecida, si por ella alegre vida darte puedo. Cata que te veo en disposición de mucho penar y poco vevir. Cata que la Fortuna es de los prósperos enemiga, e de los más miserables mayor esperança; pues si su condición e[s] incostante, ni los alegres de su fabor faborescer se deben, ni tú de su bienandanza desesperar debes; porque en los coraçones de las gentes siempre pone casos nuevos, porque las nescesidades nuestras su poder conoscer nos haga.

No guardes para contigo solo la compaña pesada de tus cuidados. Bien sabes tú que el descanso de los tristes es cuando su pena es comunicada, porque la recreación de la habla el dolor del sentimiento afloxa[58]. Pues si las llabes deste consejo las puertas de algund remedio puede[n] abrir, ¿por qué lo rehúsas? Que si tú así lo quieres, las noches e los días en fablar tus pasiones se gasten. Bien veo en ti que el mal que callas es más fuerte que el que publicas. ¿Pero de qué suerte puede ser que no sea mayor daño encubrillo que peligro publicarlo?, en especial a mí, que el amor que te tengo cuanto es menos en la boca es mayor en el alma; y por más enojosa no serte, en más suplicártelo no quiero enojarte.

[13] Responde Arnalte a Belisa

Tiénesme, señora y hermana mía, tan aquexado con tu quexar, que es forçado que me fuerce, [para] lo que mis señales señalan claramente declararte. Y esto más a tu porfía que a la voluntad mía lo agradece, porque si tu lloro tan cierto no viera, infintuosa[59] respuesta siempre la vieras; pero antes que nada de mí sepas, te suplico que cuando mi lengua mi mal te revele, de saber mi penar te contentes, sin por el

---

[58] Estas palabras de Belisa pudieran servir, también, como justificación del relato que Arnalte está haciendo al Autor.

[59] *Vid.* nota núm. 34.

cómo es y el quién lo faze de saber trabajarte, porque antes la vida [perescer] podrá que lo tal peresca.

Tú, hermana mía, sabrás que más por agena fuerça que por voluntad mía las leys enamoradas hube de subjecto ser; en las cuales mi dicha el mayor en la obediencia y el menor en el descanso me hizo, y el más en el padescer y el menos en el remedio, de cuya causa todos los males en mi triste ánima asiento hicieron, y en tal manera cercado me tienen que, aunque el bien a mi mal combatiese, ni por minas minando ni por escalas subiendo a él llegar no podría; porque el amor defiende con priesa e ventura combate de espacio. Pues con estremos tales, si el bien con la muerte no viene, tarde hallarme podrá. Pero tú, hermana mía, de mis congoxas no te congoxes; antes te ufana y alegra, viendo que tienes hermano que en la fuerça de su esfuerço tanto mal puede sufrir. E si merced hazer me quieres, no vea yo tan tristes lágrimas en [t]u hermosura, que si por lloros cobrarme pudiese, sin ayuda de los tuyos los míos a mí restituirme podrían; pero pues ellos la pasión acrecientan y el mal no guaresce, mejor es refrenarlos que en ellos perseverar; de cuya causa es mi consejo cerrarles la puerta y no abrirles la voluntad, que tú para alegre vevir y yo para triste ser nascimos. Los plazeres que para mí, si no amara, elegidos estavan, yo te los renuncio porque a ti de derecho te vienen, que las sillas perdidas por ellos, ansias mortales ocupadas las tienen; y los trabajos y enojos que tú havías de haver, yo tomo la posesión dellos; porque yo como hombre los [podré] mijor sufrir, pues en tu posada tan estrecho aposentamiento para las adversidades hay. E por que tú toda alegre e yo todo triste vivamos, te suplico que así lo concedas; y si ál quieres, antes menos que más creeré que me quieres; así que pues ver tu tormento con doble pasión el mío atormenta, grand merced rescibiría que de mi cuidado te descuides, si en quién me trabaja [saber] más trabajarte.

[14] Arnalte al autor

Como la hermana mía vido que el dexo de mi responder de hazer su ruego dexava, si vi[n]o con voluntad sana, con quebrantado coraçón fue los muchos males de mi coraçón

185

conosciendo; y como en las obras de amor la destruición de los hombres esté, juzgando lo por venir, presente angustia llevó, la cual a las tristezas mías acompañó. Pues como ella se fuese e yo me quedase, como siempre hazía a dolerme de mí comencé. No hay nadi[e] que mis dolores contemplar pudiese, sino aquél que la [esperiencia] dellos maestro fizo. ¡Cuántas angustias, cuántas ansias, [cuántas congoxas] en mí sus fuerças mostraban!

Pues con todo mi poder trabaja[n]do, cansa[n]do mi variable memoria, a las asonadas de mis pensamientos un acuerdo llamé, del cual valer y aprovechar me pensé. Y fue tal: un cavallero, que siempre nuestras vidas por la estrecha amistad tuvo juntas y conformes, junto con la casa de Lucenda posava; en el cual encerrar mis secretos muchas vezes pensé; e cuanto por mi remedio [lo] deseava, tanto por el daño de descubrirlo rehuía, porque cuando las tales cosas no se guardan, la negociación se borra, y el que negocia se daña, porque el secreto es del amador corona[60]. Pero como la vida se fuese, la determinación llamé; y como ella mi descubrirme aconsejase, a Elierso mi amigo enbié a suplicar verme quisiese, el cual en su venida ninguna tardança puso; el cual no menos alegre por yo llamarle que triste por no creerlo vino, porque muchas vezes me estrañava por qué con el seso podiendo ser vencedor a vencido de la voluntad me sometía, no porque sus quexas olvidase, [sino][61] porque en darle mis secretos estraño lo hazía. Pues como él venido fuese, en el solo retraimiento mío le puse; e después que la compaña libres nos dexó, en esta manera [le] dixe:

[15] Arnalte a su amigo Elierso

Elierso, si agora en el descubrir pongo lo que hasta aquí en el callar he guardado, es con confiança de la virtud tuya;

---

[60] *Vid.* nota núm. 22. Según A. Krause [1952], pág. 263: «El momento culminante en ambas obras se centra en la falsedad del supuesto amigo». Por otra parte, en el *Sermón*, dirá San Pedro que «quien a otro su secreto descubre, házele señor de sí» (pág. 245). *Vid.* nota núm. 13 del *Sermón*.

[61] Sigo la enmienda de Whinnom, que no figura en A ni en B.

y si fasta agora lo he dexado, ha seído por que tú sepas cuánto en las leys enamoradas el encubrir es loado y cuánto lo contrario defendido; de cuya causa grand confusión guerra me ha fecho. Pero tu grand bondad en mis letigios ha puesto silencio, y junto con esto el poder del dolor ha enflaquecido el secreto. Pues, ¿dónde yo mijor ponerlo pudiera que en las manos de la virtud?, porque ella y la amistad que me tienes estarán para guardarlo conformes.

Tú, Elierso, sabrás que con la muerte e mi vida ha grandes días que muy ronpida batalla tengo: con la muerte, porque no me quiere; y con la vida, porque no la quiero. Y esta guerra cruel mía, cuando su padre de Lucenda murió, fue senbrada, e cuando aquel día yo la vi fue nascida; y ha sido tan rota que treguas entre mí y ella jamás han podido ponerse. E como a sus mandamientos el amor tan sometido me oviese, con todas sus enponçoñosas plagas ofendido me tiene; y como sus combates son tan recios y tan pequeña mi fuerça, hanme en estrecho mortal puesto; y como sus ofensas son tan muchas e mis defendimientos tan pocos, aquellas gentes de quien valerme solía, haziéndome traición, cada cual por su parte se yendo, hanme en grand soledad dexado. Negóme el esperança; huyóme el remedio; dexóme la razón; el seso no quiso valerme[62], en tal manera que de nescesaria fuerça en las manos de presto morir me converná darme; e de verdad puedo dezirte que de la privación de mi juizio no me pesara, por que tales daños no conosciera, e por que no conosciéndolos no me dolieran. Y así, del seso seyendo privado, [ni] bien esp[e]ra[ra] [ni] mal sintiera[63], de manera que, nada esperando, de nada desesperara, como agora de la vida y del bien lo hago.

Pues como yo, Elierso, como agora vees que me veo me vea, no supe de quién socorrerme sino de la fortaleza de tu

---

[62] Pueden apreciarse aquí algunos de los signos que de manera alegórica desarrollará al comienzo de la *Cárcel de Amor*.

[63] En A: «mi bien es para mi mal sintiera». En B: «ni bien esperara ni bien consintiera». Sigo el criterio de Gili Gaya, Whinnom y Corfis en sus respectivas ediciones.

amistad y de las armas del consejo tuyo, y pensé que pues tanto cercanas la posada tuya y la de Lucenda son, que desde la tuya, pues de sus mercedes no puedo, de su vista gozar podré; y para la cuenta de mi vida darte, e para tu parescer pedir[te], e para esto suplicarte, te pedí por merced que verme quisieses; pues si el amistad en la necesidad se conosce y en las obras se confirma[64], agora tienes tiempo de en el remedio de tu parescer tu virtud mostrar. E porque creo que tú mijor gana para el fazer que yo saber para el pedir ternás, no quiero más de lo dicho dizirte.

[16] Responde Elierso a Arnalte

Arnalte, con todas mis fuerças de tu bondad y desconfiança me querello; par[a] lo cual terné yo mayor r[a]zón que tú para de mí encubrirte has tenido, aunque en las leys de bien amar otra ordenança halles; porque cuanto las encubiertas como los dubdos[o]s gana[n], tanto con los ciertos pierden. Pero más durara la pena de tu sofrir en penarme que la razón de mi quexa en quexarte; porque tanto lo que te duele me duele, que en ál la mem[o]ria no puedo tener, y si de por medio tu dolor sufrirse pudiese, no con pequeña gana mi parte tomaría; pero a la voluntad remito lo que con la obra executar no se puede. Dízesme que la hermosura de Lucenda tu vida destruye; tu cuidado y el mío una causa los causa; y si ella tu bien adolesce, mi salud atormenta. Mas porque diversidad en tu voluntad y en la mía no se conosca, desde hoy de tal cuidado me descuido, dándote seguridad, por servicio hazerte, de poner en paz mis guerras, aunque dello pena resciba, por que [tú] de lo contrario sentir no te puedas; comoquiera que esto no tengas en mucho, que tanto por libre hazerme como por servicio hazerte lo hago; porque

---

[64] En *La Celestina*, auto VII, leemos: «El cierto amigo en la cosa incierta se conoce, en las adversidades se prueba».

cuanto mi servir asegura, tanto su bondad desconfía; y desta causa, de mi salida tú servido y yo libertado seremos[65].

Dizes que tu mal quieres quexarme y mi consejo pedirme; si mi consejo tanto aprovecharte pudiese como tu daño pued[e] dolerme, de mí aconsejado sin pena quedarías. Pero como mijor puedo, digo que me espanto cómo consentir puedes que la fuerça de tu esfuerço de tan grand flaqueza esté sojuzgad[a]. Tú, que de las cosas más peligrosas eres vencedor, ¿cómo puedes de una muger ser vencido? Acuérdate cuánto es vergonçosa la memoria que de tal infamia se infama. Con tu seso suelta tu fee; con la razón desata tu daño; con tu saber a ti te liberta. Ten desamor a los engaños de amar; por tal ley no te rigas, ni que del todo desobediente le seas no te aconsejo; pero que la ames y la quieras y la temas y la rehúses, que no es menos daño mucho usarla que mucho obedescerla. Así que con el olvido debes contemplar el amor y con las apariencias engañarlo, pues que con sus obras es engañador, que en la ley suya quien menos ama más bien tiene. Así que no te aconsejo que del todo lo dexcs, porque aunque así tengas[66], no estés en tan grand manera desesperado, ni así del todo desconfíes. Cata que la condición de la esperança en las cosas más deseadas muestra menos camino. E desta causa, pues su condición conoces y sabes, de sus bienes no debes desesperar. Cata que la Fortuna da en las cosas variables fines; y así como ella de enojo y de dolor te ha sido causa, si en su esperança tu vida sostienes, [tu vida] semejantemente te podrá ser alegre; e si de mi consejo aconsejar te quisieres, verás cómo ganarás con él lo que con tu acuerdo pierdes.

En lo que mandas de a mi posada irte, en no hazerlo sin

---

[65] De las palabras de Elierso cabe colegir algo más que la fe y la identificación en el otro propias de la amistad, existe también la renuncia; de ahí el contrapunto entre este parlamento y la respuesta que aquél da, más tarde, al cartel de Arnalte.

[66] Tanto Whinnom como Corfis corrigen y editan «a ti detengas», que no se lee en A ni en B.

mandarlo grand vergüença rescibo; pues que sabes que la obediencia del dueño todo lo suyo te haze franco; y porque querría más que con mi consejo alegre hazerte que con mis palabras enojo darte, pongo en mi habla silencio y doy priesa en tu mando; por eso, de hoy más, vamos cuando quisieres.

[17] Arnalte al autor

Cuando así Elierso su fabla acabó, no puedo negar que, al tiempo que de Lucenda se quexó, recelo de celos no me tocase. Pero por que sospechoso de mi intención no me fallase, disimulé, comoquiera que aunque en sus palabras sentí temor[67], en su virtud fallé la seguridad; y pensándome por aquello que más amor que desconfiança pensar, desde allí adelante más que Elierso su posada continué, pensando desde allá a la fermosa Lucenda ver. Pero el fruto que de mis trabajos esperava, su encerramiento y mi dicha lo [negavan]; y así muchos días pasaron, que cuanto yo por verla más penava, menos ella parescía; e como mi mal más y en más manera creciese, todas las gentes sobre la causa dél davan sentencias.

Y como Belisa, la hermana mía de quien tengo fablado, mirando mi pena mi peligro viese, sus industrias por saber quién me penava eran grandes; y como jamás sus pesquisas cesasen, pudo saber que Lucenda de las grabes ansias mías era causa; y como de su sospecha cierta información toviesse, sin nada dezirme, por de morir librarme, su honesto vivir y hávito en otra costumbre quiso mudar. Y como Lucenda y ella estrecha amistad toviesen, con la conversación [más la] confirmavan; y como muchas vezes juntas estoviesen, una siesta que a dormir se retruxeron, mi hermana desta manera una fabla le fizo.

---

[67] *Vid.* nota núm. 65.

[18] Belisa a Lucenda

Lucenda, pues tanto discreta eres, por lo que dezirte quiero, fasta que mi propósito sepas no me juzgues; el cual sabido, más por la intención loada que por las palabras reprehendida espero ser, porque más ageno dolor que gana mía pone en mi condición nuevas leys; y sabida por ti la verdad verás como mucha razón [a] la culpa de mi [des]vergüença desculpa.

Tú, Lucenda, sabrás que ha grandes y muchos días que mi hermano Arnalte cresce en dolor y descrece en salud de causa de [que][68] mucho padescer y poco remedio le son enemigos; y como yo tan poca su vida y tan mucho su mal haya visto muchas vezes, con muchas lágrimas sus encubiertas pasiones le he rogado que me descubra, y siempre su negar a mi pedir ha vencido; y como yo de su sofrir con tanta razón deviese dolerme, con grandes industrias, su mal pesquisando y con deseo de quién le penava certificarme y con muchos trabajos, los indicios que he visto y la sospecha que tenía hanme informado que tú eres su matadora; y como tan al cabo su vevir viese, de dañar a mí por remediar a él determiné. Y no quieras otra esperiencia para que su mal creas, sino yo quexártelo; porque [si] su daño no sopiera, mi desvergüença no la sopieras.

Pero ya tú vees que, para su remedio buscar, cuanto mi bondad refrena tanto su dolor me aguija; porque el amor que le tengo es tan grande que de mi honra desamorada me faze. Pues si a muerte por su vida debo ponerme, tú lo conosces e sabes, que aun tanto por la soledad mía como por la salud suya debo fazerlo; porque tú sabes bien que la corruta pestilencia pasada de nuestros padres y parientes nos dexó solos[69]. Pues si tú por pequeño inconveniente el linaje quieres acabar, más reprehendida que loada serás, porque

---

[68] Sigo la enmienda de Gili Gaya y Whinnom. Corfis añade «manera que».

[69] Belisa debe su honra a su hermano, ya que, al ser huérfanos, Arnalte es su tutor a todos los efectos y hasta que ella contraiga matrimonio.

cierta puedo fazerte que si el remedio le niegas, [que sola su] muerte su vida en paz porná; porque a ti de ser enojada y a él de ser enojoso librará. Y pues mira cuánto le merece[s], que cuanto más le dañas tanto más te quiere, y por ser tú [de] su perdición la causa, él bien perdido se llama; y por lo que más le atormentas, doble paga le debes; e por que nadi[e] conosca tu cruel condición y por que tu honra por su causa no se turbe, muestra fingido plazer, que es grande grabeza para él padescer; pero cuando aquellos plazeres son enemigos de sus deseos, lo que más siente es tener necesidad de mostrar contrario rostro a su voluntad. Pues no consientas que tal fee en la fondura de tus malas obras p[er]esca, que si tu agradescer con ella no atas, puedo certificarte sin ninguna dubda que tu olvido e su firmeza cabo dél sin tardança darán. Pues con sólo que le escuches, la batalla de sus pasiones departir podrás; e si por él no quieres y por tu bondad lo niegas, por mí lo quiere, pues tu sierva allende de amiga si lo fazes me farás. Bástete que ha dos años[70] que porque no muere no vive; no des logar a tanto mal, pues de su bien puedes ser causa.

[19] Responde Lucenda a Belisa

O Belisa, no temas, como temes, por lo dicho ningund ultraje rescevir, [que] no has puesto tu bondad tan a peligro para que de [muerte o] mengua ofendida puedas ser; ni pienses que tu culpa la pena que rescela[s] meresce, que tu virtud sabida y tu intención juzgada, más cargo [por] tu sufrimiento que culpa por tu fabla se deve dar; y los testigos desto tu fama y mi consentimiento sean, porque con tu vergüença sanas lo que con tu pedir adolesces; así que más [del mal] de tu hermano que de la mengua tuya debes dolerte. Pero pésame, porque plazer mi respuesta darte no podrá.

La pena de tu hermano no la dubdo, ni tu ruego para su

---

[70] Esta referencia es la primera, y última, que se hace al tiempo que dura la pasión de Arnalte.

192

remedio no lo estraño; pero si lo que él quiere yo quiero, [sin que] de mí me du[e]la, no podrá él de dolerse dexar, porque no menos yo mi fama que tú su muerte debo temer; e pues ya tú sabes cuán[t]o la honra de las mugeres cae cuando el mal de los hombres pone en pie, no quieras para mí lo que para ti negarías[71]. Bien sabes tú cuánto a escuras [mi bondad] quedaría si a su deseo lumbre diese. Pluguiera a Dios que cosa tan grave no me pidieras, porque la esperiencia de las obras de la voluntad te fiziese cierta.

Cuando sus dolores me dezían, ¡cuántas vezes de ser f[e]rmosa me pesava! ¡Cuántas vezes, cuando sola me hallo, sus lloros lloro!, en especial cuando pienso qué cosa tan imposible piensa. Más deseo yo remediarlo que tú guarecello; e si por otro precio, que honra no fuese, se pudiese fazerlo, tanto libre en el dar como en el rescevir [yo] sería. Pero pues su ganancia sin que yo pierda ser no puede, de su sufrimiento y mi voluntad debe valerse; y tú, señora [mía, le di] cuánto de su pesar a mí me pesa, la seguridad de lo cual mucha firmeza debe darle; y si tú en mi responder lo que quieres no fallas, a mi bondad y no a mí da la culpa; y si, sin ésta ofender, yo remediarlo pudiese, el dolor que del suyo tengo verías; y tú por esto enemistad no me guardes, que más gracias por la voluntad que pena por lo que fago meresco. Y porque mucho alargar y poco fazer en la persona rogada está mal, quiero antes de corta razón que de larga porfía preciarme, dexándome de más dezir[te].

[20] Arnalte al autor

Como yo de la negociación que mi hermana traía sin sospecha estoviese, cuando a mí vino y todo lo que fecho ha-

---

[71] Tanto P. Waley [1966], pág. 260, como D. Cvitanovic [1973], página 137, creen que la honra es un «obstáculo» y un «factor de contención» para los amores de la pareja. En el *Sermón*, pág. 242, dirá San Pedro: «Todo amador deve antes perder la vida que escurecer la fama de la que sirviere». Razones semejantes a las esgrimidas por Lucenda ante Belisa pondrá por escrito, un poco más adelante, aquélla en su primera carta a Arnalte.

vía recontó[72], quisiera de[l] negar valerme; pero, como en su fabla palabras conoscidas conosciese, no pude con su declarar más encobrirme, y com[o] todo lo que pasó con Lucenda supiese, vi que más por entremeterme que por remediar poderme de mis males pesar mostra[va]; no pudo la hermana mía tanto dezirme que pudiese alegrarme, porque cuando falta[n] las obras las palabras deben por dubdosas tenerse. Y como en esta desordenada orden de amor suele por la mayor parte la razón ser vencida, pensé, pues della valerme no podía, de la manera de aprovecharme, porque muchas vezes suele el fingido olvidar lo que el cierto servicio niega[73]. Y como Lucenda [ál mostrase], y yo supiese que de mi mal más burlava que se dolía, acordé de olvidarme; e supliqué a la hermana mía que de mi olvido cierta la fiziese, la cual, no con menos dolor que gana, le plogo así fazerlo. Y antes que a Lucenda fuese para lo que deviese fazer, fue de mi aviso informada, deziéndole que todas las señales, cuando la enbaxada fiziese, mirase, porque de aquéllas mijor que de sus palabras certifica[r]se podría; en especial le dixe que mucho su rostro mirase, por que en las atalayas de las celadas el coraçón descubrir pudiese; y que mirase le dixe, cuando ella su razón acabase, si Lucenda enmudecida o descuidada quedava, o si con ronquedad alguna sus palabras mesclava, y no menos, si alguno a la sazón le fablase, si [con] atenta o desatinada [razón] respondía, porque pueden estas cosas, cuando pasión las govierna, mal encubrirse.

Y la amada hermana mía, que mis palabras en el alma escrivía, en la memoria a buen recabdo las puso; las cuales oídas, para Lucenda se fue. E después que su fabla le fizo, como de mí de lo que deviese fazer avisada fuese, cuan[t]o mi enbaxada me despidía, tanto sus aquexados ruegos me concertavan, los cuales desta manera le fizo:

[72] Ésta es la forma que tiene San Pedro de justificar la verosimilitud de su narrador-protagonista, ya que Arnalte no asistió al encuentro entre Belisa y Lucenda.

[73] Whinnom, ed. cit., pág. 128, n. 96, y con él, Corfis, ed. cit., pág. 188, registra la fuente de esta última afirmación en Ovidio, *Ars amatoria*, libro II, v. 351 y ss.

[21] Belisa a Lucenda

Lucenda, si tú has de mí rogar tanto enojo como yo he vergüença, yo me espanto cómo verme puedes. Pero los males de aquel cativo tuyo y hermano mío [a mí] enojosa e a ti enojada es por fuerça que fagan; mas esforçándome en el amor que te tengo, y confiando en la virtud que tienes, con mis ruegos os[o] delante de ti par[e]scer; lo cual te suplico sufrir quieras, pues yo sin fazerlo soportar no me puedo.

Lucenda, si el hermano mío de [tu servicio][74] se despide[75], no entiendas que de lo tal su fee consentidor[a fuesse], que no tan lebes clavos tu fermosura en el coraçón puso, que sola muerte tal poder tener pueda. Pero dízelo, porque quiere para nunca bolver partirse, faziendo su absencia entre [t]u matar y su morir medianera, pensando lo que la presencia le niega en ella fa[l]lar. Pues[76] si tú tal consientes, de su destierro y mi muerte ser[ás] causa. ¡[O] qué edeficios tan malos obran tus obras!; [pues] sin tardança con su vida y la mía en el suelo darás, que ni él partiendo vevir podrá, ni yo quedando la vida querr[é]. ¡Cuánto amor te he tenido! ¡Cuánto desagradescimiento tienes! ¡A tanto bien cuánto mal fazes! ¡Cuánto trat[a]s mal a fee tan firme! Nunca nadi tanto como mi hermano te quiso; nunca vi por tan pequeña merced encarecimiento tan grande. Y no quieras por

---

[74] En A: «ti siervo»; en B: «su servir». Sigo las correcciones de Whinnom y Corfis.

[75] Gili Gaya, ed. cit., pág. 52, n. 3 anota: «Obsérvese que el "servicio de amor" adoptaba los usos del vasallaje feudal. Por esto le llama nuestro escritor la *orden de amor* o la *orden de bien amar*. Del mismo modo que el vasallo podía despedirse de su señor, así el siervo de amor podía dejar el servicio de la dama y despedirse de ella». A este respecto, J. L. Varela [1970], pág. 24, dirá: «Si la belleza implica amor, éste requiere vasallaje, maneras, disciplina, servicio en la "desordenada orden de amor"».

[76] De aquí en adelante, Belisa presiona a Lucenda con sus argumentos, esto es, ha convertido la historia amorosa de su hermano en asunto de tres. *Vid.* nota núm. 69.

tener entera tu voluntad su vida pedaços fazer. En tu propósito por causa mía establece nuevas leys, y no por ellas las
de tu bondad quiero que quiebres. Podráste, si lo fazes, alabarte, que con una [merced] salvaste dos vidas. Estiende tu
galardón, pues no encoxas por él tu virtud; en cuál [él] irá
piensa, y en cuál yo quedaré contempla; su perdición mira;
mi soledad no olvides; de su dolor faz memoria; de mi angustia te acuerda; tu opinión destierra; tu porfía fuye; faz a
él alegre y a mí consolada y a ti servida; y no dañes a ti ni
destruyas a él ni atormentes a mí. El acuerdo de tu voluntad desacuerda; cata que todas las cosas por ella regidas más
arrepentimiento que ganancia tienen; y no quieras de mis
importunidades más aquexada ser. Quiérele escrivir, por
que en lo mijor de su vida no peresca. Cata que en dar
pena, do no hay culpa, es delante las gentes cosa muy vergonçosa.

[22] Responde Lucenda a Belisa
su hermana de Arnalte

Belisa, por un solo Dios te ruego que tus lágrimas refre-
nes y tus pasiones amanses; alégrate ya, que lo que quieres
quiero. E pluguiera a Dios que agora lengua yo no toviera
por que con ella la tal palabra no fablara. Pero aunque por
lo dicho el daño sea pasado, el consejo para engañarme no
fue ligero, pues podré [yo] llamar[me] de tu fuerça forçada
y no de mi voluntad vencida; e pues tú de mi yerro toviste
la culpa, [tú me desculpa]; puedes de fuerte alabarte, pues
en tus lágrimas toviste armas con que vencer la fuerça de mi
propósito podiste. Pero yo he por bien mi peligro por ver tu
descanso; y tanto amor te tengo que quiero, por que ganes
tú, perder yo[77]; mas mucho te encomiendo que menos agradescida que porfiada no seas; e ruégote que el prescio de mi
sí nunca desprecies, porque es regla por natural tenida que

---

[77] El efecto de lo comentado en la nota anterior se explicita aquí en las
palabras de Lucenda y su cambio de actitud.

todas las cosas, cuando haver no se pueden, son estima-das[78], y después de havidas suelen en menosprecio venir. Mira cómo de hoy más quedas mi debdora, cuya paga en tu agradescer nunca se olvide; mira cómo por ti de la bondad hoy quiebro el filo, que jamás en mi linage muger quebró. Pero si en lo dicho he caído, con lo que [haré] en pie me pongo, porque fin ni comienzo terná. Mas por a tu herma-no, de la fee que le tengo darle rehenes[79], le quiero escrivir, a condición que mi carta de sus guerras despartidora[80] sea. Y si más entiende pedir, a [perder] lo cobrado se apreciba. Y pluguiera a Dios que cuando esta determinación en mi voluntad conceví que la tierra para siempre me resciviera, porque no es grabe el dolor que ligeramente p[a]resce; y como la muerte el que en el coraçón ha de permanescer acaba. Pero él lo sufra, pues por piedad agena contra sí fue cruel, y [aun] porque de lo otorgado arrepentiéndome ya desdezir no me puedo. Porque en alegre costumbre tus an-sias conbiertas, quiero en obra tu manda[do] poner, lo cual fazer comienço por que de vista lo veas.

[23] Sigue la cart[a] primera de Lucenda a Arnalte

Arnalte: no te hallará menos alegre mi carta cuando la veas que a mí cuando la acabe de escrevir me dexó triste. E no de dicha[81] me quexara, si cuando la mano en ella puse, la governadora della peresciera, pues de libre, cativa quise ser, dándote prenda[82] sin nada deberte. Pero porque [te] es-

---

[78] Whinnom, ed. cit., pág. 131, n. 102 registra la fuente de esta frase en Ovidio, *Amores*, III, 4, 17.

[79] *rehenes:* «Prenda» *(Tesoro).* Covarrubias sugiere la posibilidad de que la palabra tenga su origen en el hebreo.

[80] *despartir:* «Meterse de por medio de los que riñen, para ponerlos en paz» *(Tesoro).*

[81] Whinnom y Corfis editan «E. n. d. mí d.», que no registra A ni B. En B se lee: «E. n. d. derecho».

[82] *Vid.* nota núm. 79.

crivo te ensoberbescas, ni porque más no te escriva te congoxes; así que con la esperança por venir debes la gloria presente templar. E mucho te ruego que con senblantes templados hospedes, y que con abtos mesurados sea de ti festejada, y con mucha cordura las alteraciones del gozo te ruego que encubras, y con mucho seso los misterios enamorados refrena. Cata que cuando las tales vitorias los hombres pregonan, de la honra de las mugeres fazen justicia[83]. Pues tú para lo que [te] cumple tanto sabes, par[a] lo que a mí toca no sepas menos; y pues, por tu descanso, de señora quise ser sierva, nunca tu secreto ni agradescimiento peresca; pues me quise ser enemiga por no fazerte enemigo, nunca lo olvides; y acuérdate que cuando tú gozes tu gloria, lloraré yo mi culpa, y por alegre fazerte no solamente un daño causé; antes, después de mi honra enturbiar, de los ajenos plazeres me fize enbidiosa, porque jamás entiendo alegrarme.

¡O cuánto llegar la mano [a]l papel rehusé! Pero, ¿quién de tus porfías defenderse pudiera? Agora tu pena descanse, agora tus dubdas se quiten, agora tienes de qué preciarte, agora no tienes de qué dolerte.

De tu hermana supe que irte querías; de mi carta sabrás el pesar que de lo tal rescibiera, porque quien de ningund bien puede ser causa de ningund mal debe ser ocasión, aunque, deziéndote verdad, más tu engaño sospeché que tu ida creí; pero si pensaste engañarme, así lo feziste. Mas quiero que sepas que lo supe, por que no vendas a mí por engañada y a ti por engañador; que los que las enamoradas leys seguís, cuando con cautela vencéis, grand vitoria pensáis que ganáis. Pero ni a ti por tan mañoso, ni a mí por tan poco sentida tengas que no pude entenderte; así que más por la pena sabida que por el engaño presente determiné de te escrivir. Aunque [de] tu mal dubdosa estoviese, el cierto de tu hermana para hazérmelo hazer bastaba, cuyas lágrimas en mucha manera mi coraçón entristecieron. Mas requiérote que con lo fecho, sin que más pidas, te contentes; si no, la

---

[83] *Vid.* nota núm. 71.

voluntad que tienes ganada podrás perder; y como discreto, con mi cart[a] te ufana, y por mi vista no te trabajes, porque de tu presuroso pedir y de mi esp[a]cioso fazer daño no rescibas.

[24] Arnalte al autor

Cuando la amorosa hermana mía de acabar su negocio vino, fall[ó]me en el solo retraimiento mío, del cargo de mis cuidados no descargado; y como en su rostro mi vista pusiese, conosció que por conoscer en las señales de mi enbaxada así la mirava; e porque sus palabras de sus señales me certificasen, sin mucho detenerse, me dixo que en mis trabajos silencio pusiese, pues ya la deliberación dellos traía.

En aquella sazón, su dezir e mi escuchar en acordado plazer se acordavan; y como todo lo que con Lucenda pasó de dezirme acabase, de sus fermosos pechos la enbaxada de mi remedio sacó; y como carta de Lucenda en mi poder viese, de grandes alteraciones fue el coraçón sufridor, y tanto la deseava que apenas que la tenía podía creer; e besando la carta y las manos de quien la traxo todo aquel tiempo gasté. Quien entonces mi rostro mirara, de ligera pasión le pudiera juzgar, porque el matiz de las nuebas su descolor colorava. Pues las cosas que a mi hermana dezía, ¿quién contemplarlas podiera? Y si más am[o]r hoviera del que yo le tenía, allí se doblara; y después que nuestras alegres fablas en calma estuvieron, mi carta a leer comencé; y como las razones della no menos de[s]esperança que plazer troxiesen, después de leída por mí, una pieça[84] muy grande callé; y cuando iba a alegrarme, su poca esperança no me dexava, y cuando [iba a] entristecerme su mucha [voluntad] no lo sufría; así que para lo que deviese fazer consejo faltava. Y estando del temor del mal más estrechado que de la merced rescevida muy satisfecho, a su carta en esta manera presente a responder acordé:

---

[84] *pieça:* «Espacio o intervalo de tiempo» *(Auts.).*

[25] Responde Arnalte a Lucenda

Lucenda: resceví tu carta, y la gloria que en ella sentí es imposible dezirte; pero si viéndola me alegré, leyéndola me entristecí, porque cerrada mostrava el remedio, y leyéndola confirmava el daño; y juzga[d]a por su razonar tu intención, señal[a] el mal por venir y no remedia[85] la pena presente; y a esta causa no puedo cuan[t]o quiero, pero con la vanagloria de ser tuyo enriqueces mis penados pensamientos, aunque con lo que dizes en ella los bienes de mi plazer destruyes.

Dizes, Lucenda, que de mi mal te pes[a], pero que con las palabras dizes lo que con las obras niegas; si tú de mí te dolieses, farías lo que dizes, pero no farías lo que fazes. Mas como maños[a], engañas [con] la voluntad [y] atormentas con el esperança. Pues ¿para qué, a quien es [tanto] tuyo, tanto engaño? Tú me pones el nombre, e tú te ar[r]eas de las obras. Más querría que mi mal no creyeses que, creyéndolo, no [lo] remediases.

Dízesme más, que templadamente de tus favores goze, porque las alteraciones dellos los requebrados misterios ordenan[86]. Si así como puedo sofrirme podiese valerme, ni tú me penarías ni yo penaría, porque siempre andovieron mis obras al son del secreto, sin de su compás un punto salir. Pues tus favores no vienen tan dulces que, quitada la corteza del apariencia, amargos no queden, ni menos tan senzillos que sus aforros no quiten lo que ellos ponen; así que tú en remediar mi cuidado entiende, y del tuyo descuida, pues no menos del encubrir que tú del dañar me prescio.

Suplícote que [de] tu fabla tan rotamente no me desespere[s], y no del todo quieras aterrarme. Bástete que la mijor parte de mi vida tienes robada. Cata que mis lágri-

---

[85] Lo corrijo. En A: «remedias». En B: «remediar».
[86] Whinnom edita, corrigiendo, «p. l. a. d. l. r. m. [encubrirlas] o.», que no se lee en A ni en B.

mas piden remedio; y si le tardas, fallarán la muerte, la cual yo dado me habría, si no porque más de mi fama que de mí me duelo[87]; y segund la dureza de mi sofrir, yo entiendo que el primero y el postrimero soy en el padescer; pero helo por bien, porque mis dolores siguen la hermosura tuya, más por razón que por voluntad [son] sofridos. Mas mi desdicha e tu desagradescimiento viendo, ni puedo alegrarme, ni a nadi querría ver alegre; antes [a todos] tratados del amor, como yo soy, ver que[r]ría; y viendo mi fee tan mucha y tu agradescer tan poco, no dubdes que de ir adonde volver no espero acordado no tenga, porque la muerte [o] necesaria olvidança suele los desseos aplacar; y ahora más mi ida confirmo, pues de tu vista del todo me desesperas, lo cual [yo] no fiziera si alguna esperança me dieras, porque aquélla a sufrir el dolor me ayudara.

Pues por que de daño tan grande ocasión no seas, suplícote verme quieras; y por que no pienses que cosa que te dañase pedirte podría, no te pido que en lugar que en soledad guarde el secreto me fables, mas en parte que la remediadora y hermana mía medianera sea. E esto por más servida fazerte que por remediarme te lo suplico, por que en mi mal veas tu poder y por que en mi descolor y flaqueza las obras de tu fermosura conoscas; y si allí consentidora fueres que mis ojos con tu mando y licencia te miren, podrás el [cativo] coraçón mío de sus pasiones libertar; y con esta merced, no quedando pobre de honra, enriquecerme podrás, contemplando, si así lo mandases, cómo te adoraría. No sé qué digo. Figúrome yo a mí puesto a tus pies, las rodillas en el suelo y los ojos en ti[88]; e poniéndome así, contemplo cómo tú en tu altivo merescimiento te gloriarías, y cómo yo con qué acatamiento te miraría. Y pues yo de ser tuyo y en esto pensar cansar no me espero, cánsame tú con tus desesperanças ofendiéndome.

---

[87] En B: «s. n. que más que de mí propio de tu fama m. d.».
[88] Estas palabras de Arnalte son toda una descripción de algunos de los ritos del «vasallaje de amor».

[26] Arnalte al autor

Pues como mi carta así acabase, aunque [la] amada hermana mía, segund su honesto vevir, de entender en tan afrontada negociación pena se le fiziese, supliquéle, no con menos vergüença que dolor, a Lucenda dárgela quisiese; y como de amor grande que me [tenía] estoviese vencida, forçando su voluntad por satisfazer a la mía, de así fazerlo le plugo. E porque la costumbre de la dilación es alargar el dolor, encontinente[89] para su casa de Lucenda se fue, la cual, no l[a] rehusando, mi carta resçivió; pero no porque en responderme me quisiese venir; y como de ver cresçer su porfía mi salud menguase, la hermana mía, no menos amorosa que solícita, de mi remedio buscar jamás no cesa[va]; y como las señales mías mi poco vevir declarasen, ella en consolar y el dolor en no sofrir el consuelo, pasávamos el tiempo. Y como ya de fecho mis pasos contados a la muerte me fuese, un día Lucenda e mi hermana mucho espacio en la fabla y mucha priesa en [el] fablar tovieron; y fue tanto el porfiar de la una que el defender de la otra fuerça no tubo; y como en su fabla que yo viese a Lucenda se concertase, la hermana mía con mucho gozo a pedirme por sus alegres nuebas albricias vino; y como las vistas concertadas truxiese, lo que el coraçón allí sintió, pues contemplar no se puede, dezir no lo debo; pero cuál yo estaría, al conoscimiento de los penados de amores lo remito. Allí las angustias estavan alegres; allí los pensamientos estavan ufanos, viendo por sus industrias tan grand vitoria ganada; allí el alma y el coraçón la nueva de la enbaxada festejavan; allí presunción no faltava; allí nada tenía[90] ni más deseava.

Pues como ya la hora del concierto llegada fuese, mi hermana y yo a ponerlo en obra fuimos, y en un monesterio,

---

[89] *encontinente:* «Luego al presente y al instante» *(Tesoro).*
[90] Whinnom edita, corrigiendo, «temía», que no se lee en A ni en B.

adonde las vistas aplazadas estavan, a Lucenda fallamos; [y bien] antes que el sol lumbre nos diese, y en un confesionario[91], adonde el concierto estava, me puse; y como allí con ella me hallase, comencé en esta manera a dezirle:

[27] Arnalte a Lucenda

Lucenda, es tan grand merced ésta que hazerme quisiste que, si yo de más valer o ella de menos sustancia no fuese, servicio ninguno satisfazerla podría, si pena en cuenta de servir rescevida no fuese; la cual si rescevir no quisieres, si merescida te la tengo en mí lo puedes bien ver, porque en mi desfiguridad a ella y a tus obras pintadas verás; y no solamente mis lágrimas a acrecentar mis dolores me han bastado, mas viendo mi parescer, a muchos enamorados de amar he fecho temerosos[92]; y pues que así es, suplícote que arrepentida de lo pasado lo por venir emiendes.

No seas en [el] dañar siempre una; pon con tus obras mil guerras en paz; no sé por qué pudiendo has dexado de servida ser. Todas lo quieren e tú lo rehúyes; bien paresce que yo he mayor necesidad de tus mercedes que tú voluntad de mis servicios tenías. ¡O qué combates de mi mucha fee y de tu poca esperança he rescivido!, los cuales, como vees, la fuerça de mi salud han enflaquecido. Cuanto tú menos de mi dolor te dolías, más mi dolor me dolía. Si pudiese en la boca poner lo que en el alma he sentido, cuánta culpa por mi pena te darías. Nunca nadi más mal sufrió; nunca de tanta memoria tanto olvido se tubo; mi afección y tu menosprecio destruyen mi salud.

Todo esto, Lucenda, te digo por que más y en más mi

---

[91] La singularidad de los encuentros entre Arnalte y Lucenda (la primera vez, disfrazado el caballero de mujer; esta segunda, escondido en un confesionario) son algunas de las razones por las que R. Langbehn-Rohland [1970] mantiene que Arnalte es un personaje cómico. Para este asunto, *vid.* la «Introducción» de K. Whinnom a su edición, págs. 57-63. *Vid.* también, aquí, nota núm. 27.

[92] Se subraya aquí el carácter *ejemplar* de la historia de Arnalte.

querer tengas, y por que en mi sufrimiento mi firmeza conoscas; que ni por todo mi mal jamás en mudança pensé, ni de sufrir cansado me vi; antes ganado porque tú perdías siempre me fallé, pero no por pequeña causa, que no tenía yo menos razón para penar que tú hermosura para penarme. Pues saviendo tú cómo he savido quererte, grand sinjusticia a tu virtud y a mi fee harías si en tu condición nueba costumbre no pusieses, restituyendo con tus galardones los bienes que con tus desesperanças destruiste; y porque obras de arrepentida [a] hazer comienças, consiente que por la merced fecha tus manos bese, y aquí mi más pedir y mi más enojar quede; y si vieres que el contrario fago, con mi sufrir y tu olvidar me da la paga.

[28] Responde Lucenda

Arnalte, si como tú quexarte responderte supiese, no menos alegre de lo que dixiese que triste de lo que fago me fallaría; pero la presencia tuya y la vergüença mía en tal estrecho me tienen, que no sé qué diga ni saberlo quiero; [que] pues ya con lo que fago mi honra adolecí, mal con lo que dixere guarescerla podré, cuanto más que para de la culpa que me das desculparme, mi bondad sin [mi] razón basta, a la cual, por no ofender a ti, en peligro he puesto.

Dizes que como arrepentida de los males pasados en bienes presentes tu pena combierta; con mayor razón de la mengua mía que del mal tuyo debo arrepentirme, porque tus males eran con honra sufridos y los míos son con deshonra buscados, y tú como hombre sufrieras y yo como muger no podré. ¡Qué mayor desconcierto que concertar de hablarte pudo ser! Sin el daño que adelante en la infamia espero, el presente en la fama me condena, porque temo que tu vitoria no podrás en el callar detener, porque la alteración suele el seso vencer; lo cual si es, a mi costa será[93].

---

[93] En relación con estas palabras, *vid.* nota núm. 71.

¡O cuánto más tu porfiar que mi defender ha podido! ¡Quién el querer que te tenía creerme fiziera[94]! ¡O en el seguir de los hombres cuánto lo que quieren fallan! ¡O las mugeres me crean y de los comienços se guarden! Y porque yo de mí mesma engañada me veo, así las consejo[95]. ¡O! ¿quién pensar pudiera que así las fuerças de mi propósito enflaquecer tenían? Lucenda es agora la vencida, y tú, Arnalte, el vencedor. Pero guarda, que las glorias de tu vencimiento sepas guardar, y acuérdate que sana el secreto cuanto el descubrir adolesce.

Ruégasme que consienta que mis manos beses; si a presunción no lo cuentas, so contenta, a condición que a mí de importunada y a ti de importuno esta merced quite, y tal contrabto entre mí y ti quede, y que así se guarde te pido. E a la hermana y aquexadora mía y consoladora tuya hago testigo para todo lo que adelante pasare, si quebrarlo quisieres.

[29] Arnalte al autor

Como Lucenda así su fabla acabase, y que besase sus manos por bien toviese, fuimos del tiempo requeridos; el cual porque ya[96] el templo de gente se finchía, con mucha priesa nos despartió; y así, sin más detenernos, Lucenda y las suyas por su parte, y la hermana mía y yo por la nuestra, a nuestras posadas guiamos.

Si señorear el universo mundo, o tener el bien que tenía, a escoger me dieran, los que mucho aman lo pueden juzgar. Pues como la amada mi hermana mi grand caimiento viese, con todas sus fuerças, por a mí en mí bol-

---

[94] Whinnom edita: «¡Q. e. q. que [*me*] tenía[*s no*] c. m. f.!,» que no se lee en A ni en B. Corfis, por su parte: «¡Q. e. [que creerte] tenía [no] c. m. hiciera!»

[95] *Vid.* nota núm. 92.

[96] En A: «e. c. p. quexa que ya». Lo corrijo, es error.

verme trabajava; e con el deseo de cómo solía verme buel-
to, acordó de rogarme que a un lugar suyo, que junto con
la cibdad de Tebas estava, a folgar con ella irme quisiese,
porque la recreación del plazer en pie pudiese ponerme;
lo cual, yo con alegre voluntad, de hazer me plugo, y en
la hora nuestro acuerdo en obra esecutamos; y como el
lugar de mucha caça abastado fuese, fize mis aves allá llevar, por que con la merced de Lucenda y con los pasatiempos míos en mí tornar pudiese. Y después que allá
nuestro aposentamiento fue fecho y nosotros allá llegados, de las fiestas de la hermana mía muy requerido y fes-
tejado era; y con los muchos vicios[97] iba las fuerças perdidas cobrando.

Y un nubloso día que a caça[r] salí, vi muchas señales y
agüeros[98] que del mal venidero me certificaron, y fueron tales que como yo aquel aziago día de mañana me lebantase,
un sabueso mío en mi cámara entró, y junto con mis pies
tres aullidos temerosos dio; y como yo en agüeros poco mirase, no curando de tal misterio, tomando un açor en la
mano, el camino pensado seguí; y entretanto que la caça se
buscava, entre muchas cosas pensadas, a la memoria traxe
cómo aquel cavallero Elierso, de cuya conformidad de
amor entre él y mí y[a] conté, havía mucho tiempo que la
conversación suya y mía estava en calma, porque ni verme
quería ni por mí preguntava; y como las condiciones de los
más hombres en las amistades mucha firmeça no guarden,
por ello pasé, su apartamiento a la mijor parte juzgando, creyendo que de mucho amor por mis males no ver, de mí se
escusava. Y cuando el tal pensamiento de mí despedí, el
açor que en la m[a]no traía súpitamente muerto cayó. E que
en aquello no mirase negar no lo quiero, que sin dubda de
grandes sobresaltos fue enbestido el coraçón; y de ver las tales cosas, dexada la caça, puesto en un alto recuesto, faza la

---

[97] *vicio:* Whinnom anota «deleites». En el «Glosario» que Teresa Labar-
ta de Chaves incluye en su edición de Gonzalo de Berceo, *Vida de Santo
Domingo de Silos*, Madrid, Castalia, 1972, pág. 241, da «bienestar, regalo».
[98] *Vid.* nota núm. 143 de *Cárcel de Amor.*

cibdad mira[va][99], por ver si la casa de Lucenda entre las otras señalar podría. Y estando así puesto, el estruendo de muchos atabales y tronpetas llegó a mis oídos; y como [tan sin] tiempo el tal exercicio priesa se diese, mucho sobre lo alto puesto, sobre lo que podría ser pensé, mucho de la sospecha de mi daño seguro estando; y en aquel alto recuesto puesto, porque dél la casa de Lucenda veía, y fasta que ya el sol los llanos del todo los dexava estobe. E como ya, por la noche que venía, de allí partirme conbino, guié faza el lugar donde mi estancia era; y como a la puerta de la posada llegase, vi que mi hermana no como era su costumbre a rescevirme salí[a], de lo cual en mucha manera me maravillé. Y como ya donde ella estava entrase, su lengua enmudecida y su cara llorosa vi, y tan entristecida toda ella que dezir no se puede. Y de verla yo tal, tal me paré; que ni ella fablarme quería [ni yo preguntarle osava], temiendo de sus palabras mala nueba oír; pero seyendo el largo silencio por mí quebrado, por la causa de su tristeza le pregunté, la cual por las muchas lágrimas responder no me pudo; pero ya después que el mucho llorar su fabla libertada dexó, con sobrada cordura y con devidos consuelos, cómo Lucenda desposada con aquel amigo era me dixo, e que en la sazón de fazerse acabava.

Allí mis señales[100] fueron absueltas, allí el estruendo que en la cibdad oí me fue revelado, allí sin palabra le responder, fallescida la fuerça e crecido el dolor, comigo en el suelo di; y fue el golpe tan grande que ya mi hermana e los míos por muerto me juzgavan; y como la salud mía restituida fue, las carnes de Arnalte feridas a fazer con mis manos comencé[101], y de mis muchos cabellos el suelo [henchí]. E aunque los semejantes abtos mugeriles sean, las ordenanças de la pena de amor los hombres a ellas sometid[o]s tienen. E después que los consuelos de la hermana mía y los míos mi atormentar en calma pusiesen, mucho e muy dolo-

---

99 Sigo la corrección de Whinnom. En A y B: «mirando».
100 Los agüeros antes mencionados.
101 En B: «las cartas de Lucenda recebidas fazer con mis manos pedaços comencé».

roso luto fize traer, de lo cual a mis criados e a mí vestir fize.
E como una muger de Lucenda, de quien ella grand confiança tenía, de su parte a mí veniese, a que por el casamiento [hecho sus] desculpas me diese, mostrando que más fuerça de parientes que voluntad suya gelo fizo fazer[102], y después de haverl[a] bien escuchado y mijor satisfecho, con
doblada culpa que traxo se falló. E como allí la vi, antes que
a Lucenda con mi enbaxada bolviese, fize una capa fazer de
lutosa librea que el coraçón y la persona cubría, en la cual
unas letras de negra seda fize bordar, las cuales en esta manera dezían:

> Dezilde, pues quiso ser
> catiba de su cativo,
> que esto vive porque vivo.

E como la enbaxadora discreta fuese, de mi dolor mucho
se doliendo, la letra de la capa en la memoria tomó; y así se
va y me dexa con tanta pena de su casar de Lucenda cuanto enojo del caso por la traición dél recibida. Y como ella se
fuese, acordé que Elierso su maldad y quién yo era supiese;
y, sin más tardança, le enbié un cartel, las razones del cual
dezían así:

[30] Cartel[103] de Arnalte a Elierso

Elierso: por que tus secretas faltas en mis palabras públi-
cas se vean, callar no las quiero; y porque a otros tu castigo
enxienplo sea, las quiero a plaça sacar; y también por que
tu culpa la pena que meresce resciba, quiero con las manos

---

[102] Para el tema del matrimonio, *vid.* mi artículo, ya citado.
[103] Para los carteles de desafío, Corfis, en su edición de *Cárcel de Amor*,
Londres, Támesis Books, 1987, pág. 217, remite a E. Buceta, «Cartel de desafío enviado por D. Diego López de Haro al Adelantado de Murcia, Pedro Fajardo, 1480», *R. H.*, 81 (1933), págs. 456-474; Martín de Riquer [ed.],
Lletres de batalla, 3 vols. Barcelona, Barcino, 1963-1968 y *Tratado de los riep-
tos é desafíos*, en J. Antonio de Balenchana [ed.], *Epistolas de Mosén Diego de*

vencerte y con las palabras afearte; y esto en esfuerço de la maldad tuya y en confiança de la razón mía, y por que tu yerro te avergüence y ninguna desculpa te salve.

Acuérdate cuánta amistad tanto tiempo en estrecho amor nos ha tenido, y trae a la memoria con cuánta seguridad que de ti tenía de todos mis secretos te di parte, sin nada negarte y sin nada encubrirte; e que la causa dellos Lucenda era no te lo negué; antes que tú y yo mi remedio buscásemos te rogué, lo cual con muchas firmezas para valerme, y con muchas razones para engañarme, que te plazía me dexiste, dándome fee, aunque tú la servías[104], de dexar de ser suyo por que ella mi señora fuese; en cuyos prometimientos mucha esperança tube, pensando que más de cierto que de engañoso te preciabas. Y agora, de mí te encubriendo, por muger la receviste, faziéndote del galardón de mis trabajos poseedor; y sin más mirar, por ganar a ella tu honra perdiste. Y por el bien que me quitaste de ti no me quexo, porque en sus obras jamás lo fallé; antes, cuanto más mi vida menguaba tanto más su voluntad crescía. Pero quéxome porque tan enemigo de tu voluntad y de mí ser quesiste, en especial saviendo tú cuánto las obras del amistad a la verdad son conformes; antes, esto no mirando, de tu clara fealdad tu memoria escureçer quesiste; y más a ti que a otro lo que fecho has te toca, porque así como en lo blanco más lo negro se conosce, así en tu limpio linaje más tu yerro se paresce.

Varela enbiadas en diversos tiempos é á diversas personas, Sociedad de Bibliófilos Españoles, 16 (Madrid, 1878), págs. 243-303; Whinnom, en la suya, pág. 56, n. 86, a «Documentos relativos al desafío de D. Alonso de Aguilar y D. Diego Fernández de Córdoba», en *Relación de algunos sucesos de los últimos tiempos del Reino de Granada,* Sociedad de Bibliófilos Españoles, Madrid, 1868, págs. 71-143; y, por último, Carmen Parrilla, en su reciente edición de *Cárcel de Amor,* Barcelona, Crítica, 1995, pág. 144, n. 31. 24, anota que «el desafío por carteles estaba prohibido por los Reyes Católicos desde las Ordenanzas de Toledo de 1480, que venían a contradecir un antiguo derecho de los hidalgos presente ya en las *Partidas*». E. Auerbach, en *Mimesis,* México, F. C. E., 1979 (segunda reimp.), pág. 137, nos dice que «ya en el "roman courtois" el amor es, con mucha frecuencia, el acicate inmediato para los hechos heroicos».

[104] *Vid.* nota núm. 65.

Y por que de vieja falta nueba vergüença rescibas[105], te rebto y fago saber que con las armas que devisar quisieres te mataré o echaré del campo o faré conoscer que la mayor fealdad que pensar se puede feziste; y con ayuda de Dios, mis manos e tu maldad me darán de ti entera vengança. Por eso las armas que dadas te son a escojer escoje, que darte el campo y señalarte el día, en viendo tu respuesta, lo haré.

[31] Responde Elierso a Arnalte

Arnalte: rescebí un cartel tuyo y, segund lo que vi en él, puedo dezirte que si tienes tan esforçados los fechos como desmedidas las palabras, en este debate que comienças más por vencedor que por vencido te juzgo. Pero al rebés lo piensa, porque no hallarás menos furia en mis manos que yo descortesía en tu lengua; e segund lo que tus razones dizen, tú para el dezir y yo para el fazer nascimos. Y has causado con tu sobervioso fablar que los ajenos por lo que tú dizes se rían, y los tuyos por lo que yo fiziere te lloren, que grand injusticia sería si con la muerte castigo no rescibieses, segund con cuánta razón merescida la tienes.

Dizes que, para que mi yerro claro se paresca, que de la amistad con que tus secretos me descubriste me acuerde; si tal te negase, mucho contra virtud iría. Pero yo supe mejor guardar el amistad que tú conservarla, y si en la plaça no me afrontaras, de mi desculpa en secreto satisfecho fueras, la cual saviendo, más por cierto que por engañoso me juzgaras, porque más por remedio tuyo que por provecho mío a Lucenda por muger rescebí, creyendo que su casamiento para tus males atajo sería. Y como yo en disposición de mucha pena y poco vevir te viese, de hazer lo que fize pensé, por que la desesperança tu salud restituirte pudiese; comoquiera que los que por el apariencia juzgaren, más por dub-

---

[105] Esta frase está al comienzo del *Tractado*, cuando San Pedro se dirige a las «virtuosas señoras» (pág. 153).

dosa que por cierta habrán mi desculpa. Pero como la intención salva o condena, a ella me refiero; y como la verdad desto más que en las palabras se ha de mostrar, para el día del fecho la sentencia se quede, y allí verás cuánto en callar ganaras e cuánto en hablar has perdido, porque allí de mi derecho y de tu sobervia serás juzgado.

Y porque en los abtos semejantes es devida cosa acortar en razón y alargar en la obra, digo que, para lo que he dicho verdad fazer, y para el contrario de lo que dizes defenderte, que yo escojo las armas en esta manera: a la brida[106], armados los cuerpos e cabeças como es costumbre, y los braços derechos sin armas ningunas; las lanças iguales con cada sendas espadas; los caballos con cubiertas y cuello y testera. Por eso, cuando [q]uisieres, escoje el campo y señala el día, que con ayuda del que entre tu injusticia y mi derecho ha de ser jues, te entiendo matar o echar del campo o vencerte con las armas dichas.

[32] Arnalte al autor

Pues como las armas por Elierso señaladas fuesen, fuime al rey y fízele de todo lo pasado información cierta; y como la falsedad de Elierso en manera estraña le paresciese, por que la verdad de aquello su vencimiento o el mío averiguase[107], guardando las leys sobre los reutos establecidas, de darnos el campo fue contento. E como ya su seguridad para en aquello toviese, venido el día del trance por mí señalado, Elierso y yo delante del rey al campo venimos; y después de haver nosotros visto que con las armas en igualdad estaban puestas, las palabras pasadas puestas en olvido, en las obras presentes tovimos memoria; y como yo para él y él para mí movidos fuésemos, en la fuerça de los encuentros el odio de las voluntades mostramos; y como Elierso no menos

---

[106] *a la brida: Vid.* nota núm 57 de *Cárcel.*
[107] Se plantea el «Juicio de Dios», al igual que en *Cárcel de Amor (vid.* notas núms. 56 y 62).

buen cabalgador que puntero[108] fuese, en el braço desarmado me firió, lo cual mi golpe a él no fizo, porque puesto que en la vista le di, no [pude] tanto en lleno alcançarle que daño le fiziese. Y así nuestras lanças rompidas con mucha presteza, echando mano a las espadas, no con poco denuedo a combatirnos començamos; y tanto el espacio de la priesa nuestra duró, que los que miraban de mirar y nosotros del trabajo estábamos en nueva manera cansados; y como los corajes creciesen, no cuanto devieran las fuerças menguaban. Y porque la prolixidad en las tales cosas más enojosa que agradable sea, no quiero nuestro trance por estenso dezir, más de cuanto Elierso fue al cabo vencido, en el cual vencimiento su fealdad y mi verdad se conosció; [e] como Elierso en más la honra que la vida toviese, guardando las leys que de su limpieza heredó, no queriendo desdezirse, quiso antes morir con honra que sin ella vivir.

Pues como Lucenda biuda[109] e yo vencedor fuésemos, llebado él a la final casa de la tierra y puesto yo en mi posada haziendo de mis llagas curar, sabiendo los lloros que Lucenda por Elierso fazía, de escrevirle acordé, ofreciéndome por su marido, [si] a ella así le pluguiese, pensando que comigo el dolor por su perdido esposo olvidaría. Las razones de mi carta fu[e]ron tales:

[33] Carta de Arnalte a Lucenda

Lucenda: no me tengas a loca osadía porque en tiempo de tanta guerra paz te pido; lo cual si fago, es por ser mayor tu virtud que mi yerro; y si de la muerte del robador de mis bienes e marido tuyo me peso, sólo Dios es el jues. Pero si me pesó por su causa, por la tuya me plogo, porque si yo no te errara, nunca la virtud de tu perdonar mostrarse pudiera, la cual sobre todas es muy tenida; y porque a mí per-

---

[108] *puntero:* «La persona que hace bien la puntería con alguna arma» (*Auts.*).

[109] Para este asunto, *vid.* págs. 39-40 de mi artículo, ya citado.

donando loada tú seas, el pesar con plazer matizé, porque todas tus virtudes eran conoscidas y ésta encubierta; el cual perdón si no fazes, mucho de reprehender serás, y con sola esta merced podrás a ti y a mí satisfazer. Pues pedirte las que demandarte solía será escusado; [pues] que con servicios alcançar no las pude, ¿con enojos cómo podré? Y [desta] causa nada que te [e]noje te osaré suplicar, que si la pena lo pide, el temor lo refrena. Aunque tú, si por ley de razón guiarte quisieres, más enemiga de ti que de mí ser debes, porque si yo el marido tuyo maté, fue una muerte la suya; pero tú con muchas mataste a su matador, de lo cual jamás arrepentida te vi. Pues si [tú] la orden que para ti quisieres comigo no quiebras, por perdonado me quiero tener. Las llagas que de tu marido resceví, aunque los que las curan peligrosas las fallan, ni su peligro temo, ni su dolor me duele, porque las graves que tú me feziste con mayor tormento me atormentan, que agora de nuebo se renueban; y aquí, donde curando de las del cuerpo y no guaresciendo las del alma estó, pienso mill cosas, pensando en alguna descanso para esta cansada vida tuya fallar; y todas con enemiga mortal la cara me buelven, y sola una en que abrigo fallé quiero dezirte, porque de mi poco engaño y de mi mucha fee seguridad rescibas; y es ésta: que las cosas que con la muerte se pierden bien sabes tú [que] no queda en la vida con qué se puedan cobrar; y tan sin remedio la tal pérdida es, que ni oraciones ni lloros ni votos cobrar no la pueden. E pues [esta regla] es tan igual para todos [y][110] es tan notori[a], no entiendo que el poder de tus fuerças ni la muchedumbre de tus lágrimas a tu marido darte podrán; y comoquiera que la fee que con él toviste para mí [te] faltó, si tú por mal no lo has, yo te quiero dar a mí, pues a él te quité; y si la ceguedad de amor pensar te fiziere que yo como él no te meresco, infórmate de agenos sesos, porque los engaños de amor el tuyo vencido terná[n], e verás cómo los otros e el tuyo serán en consejo enemigos. E si desto esperiencia cierta quieres, mira que quien le pudo vencer podrá merescerte; que en linaje e en tener fablar no te quiero, pues tú más conos-

---

[110] Lo añado. No se lee en A ni en B.

ces que yo dizirte podré. Pues si por penar debo cobrarte, tú lo sabes, y sabes cuánto tus amores de la vida desamorado me han fecho; y si en este acuerdo acordares, [que] me [lo] fagas saber te suplico.

[34] Arnalte al autor

Cuando así mi carta acabada fue, fize a la hermana mía llamar, la cual no meno[s] triste por las feridas mías que alegre por mi vencimiento estaba, comoquiera que la muerte del vencido mucho a pesar la vencía; y después de mi acuerdo haverle fecho relación, su parescer le pedí; la cual no con menos amor que cordura me respondió, no haviendo por mal el casamiento de Lucenda; y aunque por un cabo lo rehusava, por mi dolor lo quería.

Y después que su acuerdo y el mío de un acuerdo estovieron, rescevida la carta, se fue para Lucenda, y bien descuidada de su cuidado a su casa llegó; e como Lucenda la viese, a las bodas que yo le havía dado que quisiese ir le rogó; y la amada mi hermana, que la información de aquella fabla saber quisiera, sobre la absolución della la inportunó; y Lucenda, que más con las obras que con las palabras responderle quiso, a la hora ella e toda su parentela que junta para celebrar la triste fiesta estavan, salen[111] de su posada y a ponerla en una casa de religión muy estrecha que ella había escogido se van; y como las ceremonias acostumbradas para el tal auto se acabasen, la hermana mía quiso su enbaxada dezirle, porque el tiempo fasta los autos fechos lugar no le dio. Y no queriéndola oír, con acelerado enojo y sobrada pasión la dexó, deziendo al abadesa que no su casa havía ella escogido para que la hermana de su enemigo en ella estar consintiese; y como la hermana mía de mi pasión y su corrimiento aquexada se viesse, salida del monesterio, a mí se vino; la cual con cautela las tristes nuebas quiso encubrir-

---

[111] Nótese aquí el uso del presente como forma narrativa que actualiza y da agilidad al relato.

me; pero como de mi sospecha su engaño fuese vencido, hovo de nescesidad la verdad dezirme. Pues quienquiera que amare que tal nueba supiere, de la muerte le ruego que se socorra[112]; lo cual yo así fiziera si premia de los míos no me lo estorbaran; e hoviéralo por bien, porque la muerte más que mi dicha pudiera.

Pues como ya todos los remedios me hoviesen faltado e todos me desesperasen[113], teniendo de todas las esperanças el esperança perdida, de socorrerme del divino socorro acordé[114]. E como yo [a][115] Nuestra Señora muy devoto fuese, fazerle de sus angustias memoria —por que de mi dolor se doliese y por que por las suyas de las mías me liberase— acordé, poniendo en obra los metros siguientes, aunque temeroso de con mi rudeza y más que menguado saber en la divina excelencia suya tocar, a las cuales en esta manera di comienço:

Invocación a Nuestra Señora[116]

Virg[en] digna de alabança,
en quien todo el mundo adora,
en esfuerço y confiança
de tu preciosa esperança
haré comienço, Señora;

---

[112] De nuevo el consejo a través del *ejemplo* del protagonista.

[113] En B: «P. c. y. t. l. r. m. fuyessen, todos los bienes del bien me desampararon».

[114] A partir de aquí, B, que suprime las *Angustias,* edita el siguiente texto: «con la mayor devoción que pude a Dios de mí se doliesse suplicar, el cual, por el desmerescer mío, a mis ruegos responder no quiso».

[115] Añado, siguiendo a Whinnom.

[116] El poema, compuesto en cuarenta y nueve quintillas dobles, sólo se imprime en A. K. Whinnom, ed. cit., pág. 74, da noticia de varias ediciones antiguas y de un manuscrito, el *Cancionero de Pero Guillén de Segovia,* signatura Ms. 4114 de la Biblioteca Nacional de Madrid, ff. 559r.-573r. En cuanto a las ediciones antiguas, hay una editada por Paulo Hurus, en Zaragoza, 1492, perdida, que aparece descrita por Francisco Méndez, en *Typografía española,* Madrid, 1796, Año 1492, n°12, págs. 134-137. De esta edición existe reimpresión de 1495 y se conserva ejemplar en la Biblioteca

tú que sueles alegrar
las personas tristes, mustias,
te plega de me ayudar
para que pueda trobar
sin angustia tus angustias.

Porque hieren tan sin miedo
las que mi alma debaten,
que faré harto si puedo
sofrir el recio denuedo
con que ofenden y conbaten.
Mas tú, Reina, que nos guías,
de remediarte no huyas,
por que pueda yo en mis días

Alessandrina de Roma, signatura Inc. 382. También, aunque posteriores y sin fecha, se hallan localizadas dos ediciones más: una, en el British Museum, sign. C. 63. f. 10 y en la Biblioteca Nacional de París, sign. Rés. Yg. 86; la otra, también en París, sig. Rés Yg. 110. K. Whinnom, en Diego de San Pedro, *Obras completas, III. Poesías*, Castalia, Madrid, 1979, páginas 37-41 comenta brevemente el poema.

La figura de la Virgen es elemento fundamental en el *Tractado* y en *Cárcel*: aquí, glosadas sus angustias; allá, presentada como «mujer ejemplar». Las *Angustias* no son una parte accesoria o complementaria, tampoco una digresión como quería Whinnom, sino una fervorosa declaración religiosa de San Pedro, que utiliza a la Virgen como paradigma del dolor sentido por el enamorado. El autor anunciaba en su prólogo «osaré el tema de mi comienço con el cabo juntar», y de sus palabras cabría deducir que este largo poema guarda relación con el Panegírico a la Reina del inicio de la novela, y que ambos deben ser estudiados como pilares estructurales del relato. La composición a la Virgen se divide en siete partes: 1) La profecía de la Pasión; 2) La pérdida del Niño; 3) La noticia de la Crucifixión; 4) La Crucifixión; 5) El Descendimiento; 6) La sepultura; y 7) La vuelta de la Virgen a la soledad. En cuanto al origen y desarrollo del culto mariano, G. Giménez Resano, en *El mester poético de Gonzalo de Berceo,* Logroño, Instituto de Estudios Riojanos, 1976, pág. 24, asegura que «el desarrollo del culto a María es característico de la religiosidad medieval, especialmente desde San Bernardo (1091-1153)»; mientras que C. García Gual, en *Primeras novelas europeas*, Madrid, Istmo, 1974, pág. 80, por su parte: «El culto y la lírica mariana, que alcanza su mayor incremento en los siglos XII y XIII, referirá a la persona de María epítetos y fórmulas de ensalzamiento que tienen paralelo en estas invocaciones profanas a una amada imposible.»

olvidar tristezas mías
y acordarme de la tuyas[117].

COMIENÇA LA PRIMERA ANGUSTIA
TRISTE Y DOLOROSA

La primera angustia triste
en que agora yo contemplo
que tú, Señora, sufriste,
fue cuando el Niño ofreciste
al viejo honrado en el templo;
el cual viejo Simeón
que en virtud de Dios fablava,
te denunció la Pasión
que por nuestra salvación
el fijo tuyo esperava.

El cual te dixo: «Combierte
en lloro tu gozo cierto,
pues que con tormento fuerte,
por dar vida a nuestra muerte,
ha de ser tu fijo muerto;
y sus injurias tamañas
te darán mortal pasión,
y sus llagas tan estrañas
traspasarán tus entrañas
y abrirán tu coraçón.»

CONTEMPLA

Cuando tú tal nueva oíste,
Virgen, llená de enbaraços,

---

[117] K. Whinnom estudia las deudas y relación entre la *Pasión trovada* y
este poema, en ed. cit., III, págs. 37-41. Estos dos últimos versos se relacionan, según Whinnom y Severin, ed. cit., pág. 125, n. 51, con los vv. 6-7 de
la estrofa 41 de la *Pasión trovada*.

con el dolor que sentiste,
con senblante muerto y triste,
tomaste el niño en tus braços;
y començaste a dezir,
quexando del primer padre:
«Muger que tal pudo oír,
y tal espera sufrir,
nunca deviera ser madre».

    «¡O, imagen glorïosa!
¡O fijo! ¿Para vivir
cuál razón sufre tal cosa
que viva yo dolorosa
teniendo vos de morir?
¡O angustia en que me fundo!
¡O cuerpo lleno de luz!
Más érades bien profundo
para vivir en el mundo
que para estar en la cruz.»

    «¡O viejo, a quien prometiera
el Niño gloria cumplida,
qué merced que rescibiera
si dexaras que pudiera
darle mi muerte la vida!
Pero pues que por mi suerte
la pena en él la combiertes,
la deshonra grave y fuerte
de la pasión de su muerte
me dará infinitas muertes.»

            LA SEGUNDA ANGUSTIA

    La segunda angustia tuya,
madre virg[en] y donzella,
por que de rudeza [h]uya[118]

_____
[118] Sigo la corrección de Whinnom y Corfis. En A: «suya».

218

dame gracia que concluya
lo que tú pasaste en ella;
la cual fue cuando perdiste
al Niño que el mundo es suyo,
y tres días andoviste
a buscarle, amarga y triste,
con el viejo esposo tuyo.

¡Quién viera, Virgen sagrada,
para mijor recontarlo,
la honestidad alterada,
la turbación sosegada,
con que andabas a buscarlo!
¡Quién te viera cuál andabas
mirando por ver tu espejo!
¡Quién viera cuando[119] cansabas
tú de la priesa que dabas
y el viejo de mucho viejo!

GLOSA

¡Quién mirara la color
que el cansancio te traía!
¡Quién viera la descolor
que el angustia y el dolor
te ponia[n][120], Señora mía!
¡Quién te viera, pues me duele,
llorando dezir así:
«Ya no sé quién me consuele,
mi vida cedo se asuele,
pues tal pérdida perdí!»

---

[119] Tanto Whinnom como Corfis lo sustituyen por «cómo», sin aportar testimonios de dicha lectura.

[120] Lo corrijo. Esta lectura la da el Ms. 22021 de la B. N. M. (Corfis, ed. cit., pág. 146). Debe leerse con sinéresis.

OTRA

¡Quién te oyera, pues me guías,
estas palabras que enxiemplo
que al santo Niño dezías
cuando después de tres días
lo fallaste ya en el templo!:
«Fijo mío, bien sin cuento,
¿qué es de ti? ¿dó te perdimos?
que en buscarte grand tormento
y angustia y quebrantamiento
tu padre y yo padescimos.»

LA ANGUSTIA TERCERA

El angustia y aflición
tercera te fue tan fuerte
que con la grave pasión
traspasó [t]u[121] corazón
con cuchillo de la muerte.
Ésta fue, Señora, cuando
Sant Juan y la Madalena
vinieron a ti llorando,
pidiéndo[te][122] y demandando
las albricias de tu pena.

Sacando[123] con rabia esquiba
sus cabellos a manojos,
diziendo: «Madre catiba,
anda acá si quieres ver viva
a la lumbre de tus ojos;

---

[121] Corrijo según Whinnom. En A: «su».
[122] Añado siguiendo a Whinnom.
[123] Esta primera quintilla está en la *Pasión trovada*, ed. cit., estrofa 182, pág. 189.

y débeste[124] prisa dar,
la mayor que tú podrás,
que si [va]mos[125] de vagar,
segund lo vimos tratar,
nunca vivo lo verás.»

«Ha[z] tus pies apresurados,
corre, pues tanto lo ama[va]s[126],
por que no halles quebrados
aquellos ojos sagrados
en que tú te remiravas;
y en llegando, aunque te aflijo,
que te fable le dirás,
por que en la voz sin lentijo
conoscas cómo es tu fijo,
que en la cara no podrás.»

EL AUTOR

Como tú tal cosa oíste,
Virgen sagrada, preciosa,
fuera de seso saliste,
y contigo en tierra diste
con ansia crüel rabiosa;
y después que [ya][127] bolviste,
Señora, de amortecida,
y después que ya supiste
cómo eras la más triste
que en el mundo fue nascida[128].

---

124 Esta quintilla y la siguiente tienen su reflejo en la *Pasión trovada*, ed. cit., estrofa 183, pág. 190.

125 Sigo la corrección de Whinnom y Corfis. En A: «ynos».

126 Sigo la corrección de Whinnom y Corfis.

127 Sigo la adición de Whinnom y Corfis.

128 Estos dos últimos versos se relacionan con los vv. 9-10 de la estrofa 84 de la *Pasión*, ed. cit., pág. 145.

Fuiste[129] con dolor cubierta
por el rostro que fallavas;
fuiste viva casi muerta,
de frío sudor cubierta
del cansancio que llebabas;
y con ansias que pasabas
de tus cabellos asías,
y a menudo desmayabas,
y a las dueñas que topabas
desta manera dezías:

«Amargas[130] las que paristes,
ved mi cuita desigual,
las que maridos perdistes,
las que amastes y quesistes,
llorad comigo mi mal;
mirad qué mal es tan fuerte,
mirad qué dicha es la mía,
mirad qué cativa suerte,
que le están dando la muerte
a un fijo que yo tenía,

el cual[131] mi consuelo era,
el cual era mi salud,
el cual sin dolor pariera,
el cual, amigas, pudiera
dar virtud a la virtud;
en él tenía marido,
fijo [y][132] hermano y esposo;
de todos era querido;
nunca hombre fue nascido
ni fallado tan hermoso.»

---

[129] La primera quintilla guarda relación con la estrofa 186 de la *Pasión*, ed. cit., pág. 191, y la segunda, con la estrofa 188.
[130] Whinnom y Corfis editan «Amigas», según el *Cancionero* y la *Pasión*, estrofa 189, ed. cit., pág. 192.
[131] En la *Pasión*, estrofa 190, ed. cit., págs. 192-193.
[132] Sigo la adición de Whinnom y Corfis.

La cuarta angustia que yo
fallo, que con cruda espada
el alma te penetró
y a la muerte te llegó
fue, Virgen atribulada,
cuando a tu fijo sagrado
lleno de grandes pasiones
fallaste crucificado,
herido, descoyuntado,
en medio de dos ladrones;

al cual, con ansia y dolor,
de verle tal le dexiste:
«Fijo mío y mi Señor,
¿quién pintó vuestra color
con matiz sangriento y triste?
Fijo eternal infinito,
¿para qué quise[133] criarvos?
Fijo precioso bendito,
¿cuál culpa ni cuál delito
tanta pena pudo darvos?

[Vos nunca a nadie enojastes,
fijo, coluna del templo,
siempre los buenos amastes,
siempre, hijo, predicastes
dotrinas de grand exemplo;
siempre, hijo, fue hallada
en vuestra boca verdad;
pues, ¿por qué es así tratada
vuestra carne delicada
con tan grande crüeldad?][134]

---

[133] Sigo la corrección de Whinnom y Corfis. En A: «quesistes».
[134] Esta estrofa no se editó en A. Está en el Ms. 22021 (sigo la ed. de Corfis). En la *Pasión*, estrofa 204, ed. cit., pág. 198

¡O imagen a quien soli[é]n[135]
los ángeles adorar!
¡O mi muerte, agora ven!
¡O mi salud y mi bien!
¿Quién vos pudo tal parar?
¡O qué tan bien yo veniera,
o qué tan bien yo librara,
que antes que tal vos viera
deste mundo yo saliera
por que nunca así os mirara!

    Con esta muerte presente,
fijo, por mando del Padre,
dais salud enteramente
a toda la humana gente
y matáis a vuestra madre.
Vida muerta viviré,
con ansias muy desiguales.
Fijo mío, ¿qué haré?,
¿con quién me consolaré?,
¿a quién quexaré mis males?[136]

    ¡O muerte, que siempre tienes
descanso cuando destruyes!
¡O enemiga de los bienes!,
a quien te fuye le vienes,
a quien te quiere le fuyes.
¡O crüel, que siempre fuiste
muy te[m]ida[137] sin lentijo!,
pues ofenderme quesiste,
mataras la madre triste,
dexaras vivir el fijo.»

---

[135] Sigo la corrección de Whinnom y Corfis. En A: «solían». Para esta estrofa, *vid. Pasión*, estrofa 200, ed. cit., pág. 197.
[136] Los tres últimos versos tiene correspondientes en los vv. 1-5 de la estrofa 212 de la *Pasión*, ed. cit., pág. 202.
[137] Sigo la corrección de Whinnom y Corfis. En A: «tenida».

Pues desta pena llorosa
ya no sé qué más arguya,
con devoción dolorosa
vengamos, Virgen preciosa,
a la quinta angustia tuya;
la cual quien no desclavase
de dentro de su memoria,
aunque a [e]scuras cam[i]nase,
yo vos digo que nunca errase
el camino de la gloria.

Ésta fue cuando quitaron
el cuerpo fecho pedaços
de la cruz los que lo amaron,
y después que lo abaxaron
lo tomaste tú en tus braços;
el rostro del cual regabas
con lágrimas que vertías,
el cual muriendo mirabas,
al cual mill besos le davas,
al cual, Señora, dezías:

«¡O fijo, rey de verdad,
o glorïosa excelencia!
¿Cuál dañada voluntad
tobo tanta crüeldad
contra tan grand[e][138] paciencia?
¡O rostro abofeteado,
o rostro tan ofendido,
o rostro tan mesurado,
más para ser adorado
que para ser escopido!

---

[138] Corrijo siguiendo a Whinnom y Corfis. En A: «grand».

¡O sagrada hermosura
que así se pudo perder!
¡O dolorosa criatura,
o madre tan sin ventura,
que tal has podido ver!
¡O muerte que no me atierra,
pues que dell[a] tengo hambre,
o cuerpo lleno de sangre[139],
o boca llena de tierra,
o ojos llenos de sangre!

¡O cabellos consagrados,
o pies llagados, feridos,
o miembros descoyuntados,
cómo estáis desfigurados,
cómo estáis escarnecidos!
¡O hijo, que tanto es llena
de dolor esta desculpa,
pues para todos es buena,
yo rescibiré la pena,
pues Eva causó la culpa!

Mas [desatar aquel nudo
desta][140] muerte que improviso
vos dio dolor tan agudo,
ni la triste madre pudo,
ni el poder del Padre quiso.
Pero pues el mal esquivo[141]
sobre vos fizo concierto,
mi plazer será cativo,
mi dolor estará vivo,
pues mi bien está ya muerto.

---

[139] Tanto Whinnom como Corfis, respetando la estructura estrófica, editan «guerra», sin testimonios.

[140] Sigo la corrección de Whinnom y Corfis, que está en el Ms. 22021. En A: «Mas de sacar aqueste mundo/de la...».

[141] Sigo la lectura de Whinnom y Corfis. En A: «P. p. e. m. tan e.».

Estas llagas que en notarlas
renuevo mi mal en ellas,
yo padesco, sin pasarlas,
mayor dolor en mirarlas
que no vos en padescerlas;
desde hoy sin otras mañas,
hijo mío, mis amores
serán con [ansias]¹⁴² estrañas
tesoreras mis entrañas
de todos vuestros dolores.

¡O vos, gentes que pasáis
por [las calles], yo [os]¹⁴³ porfío
y ruego que me digáis,
pues que mi pena miráis,
si hay dolor igual del mío!
Dígame agora quien quiera,
de cuantos pesares vistes,
mirando bien la manera,
si llebaré la vandera
de las solas y las tristes.»

La sexta angustia

El angustia de tristura
sesta, de mal sin reposo,
fue cuando con pena dura
posiste en la sepultura
a tu fijo glorïoso.
¡Quién contempla cuál irías
a ver tu postrimera guerra,
quién piensa qué sentirías
cuando su cuerpo verías
meter debaxo la tierra!

---

¹⁴² Sigo la corrección de Whinnom y Corfis. En A: «angustias».
¹⁴³ Sigo las correcciones de Whinnom y Corfis. En A: «p. la carrera y. vos p.».

Quién te oyera bozear,
deziendo al que tú pariste:
«Dexadme con vos entrar,
por que estén en un lugar
el fijo y la madre triste;
que no habré por cosa fuerte
de entrar con vos, ni lo dubdo,
porque acabara mi suerte,
y juntarnos en la muerte
pues que en la vida no pudo.»

[O Madalena cuitada,
llena d'entrañable amor,
triste, sola desdichada,
mira qué rica morada
le dan a tu Salvador;
di, muger sin alegría,
¿qué remedio nos daremos?,
¿quién nos terná compañía?,
¿quién nos verá cada día?,
¿con quién nos consolaremos?][144]

«Yo seré, tierra, pues tales
me tomastes los rehenes,
donde hoy con ansias mortales
muy amiga de los males,
enemiga de los bienes.
¡O cuerpo tan si[n] error,
o mi fijo, eterno Dios,
o sagrado Redentor,
o mi bien y mi Señor!,
¿qué será de mí sin vos?

¡O fijo que el mundo guía!
Quiero ya dexarvos yo,

---

[144] Esta estrofa no se editó en A. Está en el Ms. 22021 (sigo la ed. de Corfis).

pues que por la dicha mía,
no queréis la conpañía
de la madre que [os][145] parió;
mi comer será gemir,
mi bever será dolor,
mi vivir será morir,
mi fabla será dezir:
nunca fue pena mayor.

Fijo mí[o], en conclusión,
beso vuestra santa faz,
y pues yo, con grand razón,
llebo guerra de pasión,
quedadvos, Señor, en paz.
¡O angustia triste, larga!
¿Cómo no [fabláis][146], mi Dios?,
pues que ya de vos se alarga
la triste madre y amarga
que se despide de vos.

¡O pena para morir,
o triste mal y rabioso!
¿Cuál razón puede sufrir
que me pueda yo partir
de vos, mi fijo precioso?
De cuya causa me quexo
de mí con justa razón,
pero pues que yo me alexo,
con vos, fijo mío, dexo
el alma y el coraçón.»

LA SÉPTIMA
Y POSTRIMERA ANGUSTIA

Digamos, pues la pasaste,
la final angustia tuya,

---

[145] Corrijo por razones métricas, al igual que Whinnom y Corfis. En A: «vos».
[146] Sigo la corrección de Whinnom y Corfis. En A: «halláis».

la cual fue cuando tornaste
a tu casa y lo dexaste
al hijo tuyo en la suya;
que fue tan fuerte pasión
la que tú pasaste en ella,
que no siento coraçón
de ninguna condición
que no tome parte della.

Pense[m]os[147] en nuestros días,
Virg[en] llena de tormento,
las lágrimas que vertías
y cuántas vezes bolvías
a mirar el monumento;
pensemos lo que sentiste,
que en pensando muero yo,
cuando, Señora, bolviste
y la cruz preciosa viste
donde tu hijo murió.

Pensemos, Virgen sagrada,
lo que tu alma sintió,
cuando la viste pintada
de la sangre consagrada
que de su cuerpo salió;
contemplen todos aquellos
que en esto no contemplaron,
lo que sentirías[148] en verlos
aquellos santos cabellos
que por el suelo quedaron.

Pensemos qué sent[irí]as[149]
cuando de allí te partieses,
pensemos [en][150] cuál irías

[147] Lo corrijo. En A: «penseinos».
[148] Sigo la corrección de Whinnom y Corfis. En A: «sentiste».
[149] Sigo la corrección de Whinnom y Corfis. En A: «sentieras».
[150] Whinnom y Corfis editan «qué tal», sin testimonios. Sigo la lectura del Ms. 22021 (en ed. de Corfis, pág. 160).

cuando, Reina, no tenías
casa cierta donde fueses;
pensemos con devoción,
estemos siempre contigo,
cómo cuantos allí son
cad[a]151 cual de compasión
te quería llebar consigo.

Pensemos, con grand fervor,
cómo con tan tristes modos
fuiste a la casa de amor,
adonde cenó el Señor
con sus discípulos todos;
lloren nuestros coraçones
pensando en lo que sufriste;
pensemos con mill pasiones
en estas tristes razones
que llegando allá dexiste.

ACABA

Dixiste, con grand gemir,
a toda la gente honrada
que contigo quiso ir:
«¿Por qué quesiste[s] venir
con muger tan desdichada?
Pues que no puedo bolvervos
las gracias por mi tristura,
el Fijo quiera valervos,
porque quesistes dolervos
de la Madre sin ventura.»

ORACIÓN

Pues, Virgen, por estas muertes
y tristes angustias tuyas,

---

151 Lo corrijo. En A: «cade».

te pido con fuerças fuertes
que mis males desconciertes
y mis dolores destruyas.
Fazme tu pena sentir,
fazme la mía olvidar,
porque el que quiso morir
fue muy manso en sofrir
y es muy justo en castigar.

   Tu dolor desigualado
planta, Reina, en mí,
porque si, por mi pecado,
del mundo tengo cuidado,
terné descuido[152] de ti;
y aquellas plagas que llagan
a los que pensarlas quieren,
faz que bien vivir me fagan,
por que mis obras desfagan
lo que mis culpas fizieren.

   Y el que te dio tal pasión
quite de mí mi malicia,
porque está en mi coraçón
pequeña la contrición,
y es muy grande su justicia;
pídele que quiera oír
mis bozes Su Magestad,
pues quiso, por nos guar[ir][153],
ser menor en el vivir
y mayor en la humildad.

FIN

   A ti, Rey, que sin dubdar
con la gloria nos requieres,
te plega de me ayudar,

---

[152] Sigo la corrección de Whinnom y Corfis. En A: «descuidado».
[153] Sigo la corrección de Whinnom y Corfis, sin testimonios, por razón de rima. En A: «guardar».

por que me pueda salbar
queriendo lo que tú quieres;
faz que me fuya delante
mi pecado y que se acorte
por que agora ni adelante,
ni mi flaqueza lo plante,
ni tu justicia lo corte.

ARNALTE AL AUTOR[154]

Pues como las angustias así acabase, por el desmerescer mío no merescí de Nuestra Señora ser oído; y como viese que en Dios ni en ella ni en las gentes remedio no fallava, de verme donde gentes ver no me pudiesen determiné[155]; y como la hermana mía de lo tal certificada fuese, en mi partida el dolor de la muerte sufriendo, para detenerme començó así a dezirme:

[35] Belisa a Arnalte

¡O hermano mío!, ¿por qué el pensamiento tan desacordado consejo en obra quieres poner, de razón te desviando y por voluntad te regiendo? Por un solo Dios te pido que tu desacordado acuerdo desacuerd[e]s, y hazer las agenas lenguas de tu juizio informadas no quieras, y que de muchas sentencias tu seso se juzgue no quieras, ni tan vergonçosa disfamia a tu fama poner. Cata que los que ir te vieren, más por temor de los parientes de Elierso que por ansias de enamorado dirán que lo fazes; mira los inconvenientes del fin antes que el comienço fagas. Cata que el arrepentimiento, cuando el remedio es ido, suele venir. No quieras que con

---

[154] Este epígrafe no figura en B.
[155] En B: «y como en Dios ni en el mundo descanso para mis males no hallase, determiné de irme donde gentes jamás verme pudiessen». *Vid.* nota núm. 114.

tu ida tu nombre peresca. Y si esto no te costriñe, que te acuerdes de mi soledad te encomiendo. Bien sabes tú que mi honra por la tuya es conserbada; bien sabes tú que, [te yendo], más por estrañ[a] que por natural seré tenida; bien sabes tú que la muerte de nuestro padres y parientes me fizo sola[156]. Pero contigo nunca de soledad me quexé, antes muy acompañada siempre me vi. Mira qué pierdes en tantos amigos perder, y la criança del rey rescevida no olvides. De la naturaleza de los tuyos te acuerda; de tu hazienda e logares haz memoria; tu errado camino dexa; mi cierto consejo toma. No fagas cosa por que de yerro reprehendido sea[s]. Cata que los montes alabar no saben; cata que las bestias fieras la bondad no conoscen; cata que las aves sentimiento no tienen. Pues tus fechos ya fechos, o los que fazer piensas, ¿quién alabarlos podrá? Que ya sabes tú cómo por el alabança más el esfuerço en los peligros se esfuerça. Pues si esta ley no guardas, tu fama y tus obras con cuita perescerán.

Pues si trabajos o males tovieres, ¿quién a sostenerlos te ayudará por los logares solitarios? Aquéllos adonde naciste no dexes. Cata que tu camino a desesperación lo podrán reputar; pues si nombre [de] desesperado por el [de][157] virtuoso quieres tomar, mucho de las tales ferias[158] serás perdidoso. Ni tú allá con quien te consueles fallarás, ni yo acá a quien me querelle terné; pues, tú ido, de los parientes de Elierso más ofendida que honrada ser espero.

Quiere agora tu dolor en sosiego poner; e con reposo de ti te aconseja, y verás cuánto bien en mi consejo y cuánto daño en tu ida fallarás. No quieras tu generoso coraçón a tanta flaqueza someter; pues la tienes en paz, en peligro tu honra poner no quieras; que tú y yo de una ferida muramos no quieras. Cata que quien apriesa dispone, de espacio se arrepiente[159].

---

[156] Para estas tres últimas razones, *vid.* nota núm. 69.
[157] Lo añado. No está en A ni en B.
[158] *ferias: Vid.* nota núm. 53.
[159] Esta última frase falta en B.

234

[36] Responde Arnalte a Belisa
su hermana

No pienses tú, hermana mía, que cuantas cosas ha[s] dicho, antes que mi camino ordenase, no las pensé. E de cada una por sí pena grave he rescivido, e de todas juntas mortal tormento; e la que el coraçón en partes me parte tú eres, que todas las otras cosas no me tocan, porque las plagas de amores de todas me salvan y desculpan. Pues quien éstas no sabe no siente, pues la condición de los no sentidos es ninguna; así que si los discretos me salvan, no me detengo en que los que no lo son me condenen. Pues la bondad conoscida ofensa ninguna rescevir puede, de manera que los juizios sobre mí dados, más por falsos que por verdaderos serán tenidos.

Dízesme, señora, que dezirse podrá que más por temor de los parientes de Elierso que pena mía fizo irme, rescelando de rescevir la paga por él rescevida. No creas tú que nadi tal diga, en especial sabiendo que las ansias de amores la virtud del esfuerço acrecienta[n]. Pues no so yo tan malquisto ni tan poco conoscido que para desfazer las falsas sentencias mi fama no vaste.

Dizes que de mis criados e lugares faga memoria. De los míos tanta faré, que todos los que seguirme quisieren llebaré comigo, más por que tenga logar de su leal [bondad] mostrar que por necesidad que dellos tenga, porque ésta en los tiempos del caimiento debe más estar en pie. La fazienda desde hoy la fago tuya; y no pienses tú en proveer tal falta para que en la soledad tan grande dexar te toviese, que ya quien te faga compañía tengo buscado, e de mano del rey habrás tal marido que satisfecha así [en][160] tu honra como en acatamiento y contentamiento te faga; así que más en dispusición de honra que en desabrigo te entiendo dexar. Lo que te ruego es que con tu seso tu flaqueça esfuerces,

---

[160] Sigo la adición de Whinnom.

por que al tiempo de mi partida la pena tuya no doble la mía; y pues la final cosa que pedirte espero ésta es, que la fagas, con todas mis fuerças te demando.

E por no enojarte, dexando de más responderte a l[o][161] que para mi camino dexase dexiste, te suplico que de tu parte y la mía a Lucenda querellarte quieras, de mi perdición y su crueldad faziendo memoria; y si en términos de arrepentimiento la vieres, aquélla tu vengança sea; pues del remedio tan sin esperança estará[162].

[37] Arnalte al autor volviendo al propósito primero

Después que el mucho fabla[r] a mi hermana y a mí nos despartió, y de mis llagas yo guarido, fuime al rey, al cual supliqué en el casamiento de mi hermana forma diese, el cual con grand voluntad lo otorgó. Pero después que el tal concierto concertado fuese, del rey sobre mi quedada muy importunado fui. Mas como tan desconcordes sus ruegos y mi voluntad fuesen, en [el] fin de la habla en desavenencia quedamos; y como ya mi determinación supiese, el dolor que por el departirme tenía no quiso quedar, mostrando con el pesar la obra de su paga. Pues sin más a dilación dar lugar, dar a la hermana mía compañía igual acordó[163]. E después de las cirimonias del tal auto con mucha honra celebradas, la obra en el camino començado puse. E cuando el día asignado de partir llegó, el rey y toda su corte a salir comigo vinieron. Las cosas que en el despedimiento pasaron, sin enojosa arenga dezir no se podrán, de cuya causa en el callar detenerlas acuerdo. Pero en fin, las lágrimas del amada mi hermana y las mías para siempre nos despartieron.

Pues como el rey y los suyos a la cibdad se volviesen, los míos y yo nuestro desconsolado camino seguimos; y co-

---

[161] Sigo la corrección de Whinnom y Corfis. En A: «la».
[162] Todo este último párrafo falta en B.
[163] Sigo la corrección de Whinnom. En A: «ir acordó».

mo la carga de los muchos pensamientos en mí descargase, entre muchas cosas [pensadas], que era buen acuerdo el tomado pensé, viendo como [mi] de[s]dichada ventura de las gentes estraño me fizo; y vi que era bien entre las bestias salvajes vivir, comoquiera que en el sentir su condición y la mía diversas fuesen.

Pues como después de muchos días haver caminado, en esta áspera y sola montaña [to]pase, vi que el asiento de tal vivienda de derecho me venía, y como en la disposición del logar aparejo fallase, esta casa entristecida en él fize, los exercicios y edeficios de la cual e el matiz della de las obras de Lucenda se sacaron. Aquí estó donde, porque no muero, muero[164], e donde ni el plazer me requiere ni yo le demando.

Pues ved aquí, señor mío, los destroços que de las batallas de amor he rescevido; y si enojoso te he sido, que me perdones te suplico; y si mi habla a tu viaje tardança ha causado, aunque paga de hombre tan sin dicha no quer[r]ía que rescibieses, comiença a mandar, que por el obedescer podrás la voluntad juzgar; así que tu partida de hoy más ordena; y mucho te encomiendo, como te tengo encargado, que de recontar mis plagas a mugeres sentidas hayas memoria.

[38] Buelve el autor la habla a las damas

Desta manera, [virtuosas] señoras, el cavallero Arnalte la cuenta de su trabajada vida me dio. E si [y]o acá he sido tan enojoso como él allá qued[a] triste, mijor en contemplar sus males que en ponerlos por escripto librara. Pero por obedescer su mandado quise mi conoscimiento desconocer. Y quise más por las premias de su ruego que por consejo de mis miedos regirme. Pero vuestras mercedes no a las

---

[164] Recuérdense los versos de la letra que hace bordar Arnalte en el manto (pág. 180).

razones mas a la intención mire[n], pues por vuestro servicio mi condenación quise, haviendo gana de algund pasatiempo darvos, y por que cuando cansadas de oír y fablar discretas razones estéis, a burlar de las mías vos retrayáis, y para que a mi costa los cavalleros mancebos de la corte vuestras mercedes festejen, a cuya virtud mis faltas remito.

Acábase este tratado llamado Sant Pedro a las damas de la Reina nuestra señora. Fue empreso en la muy noble y muy leal cibdad de Burgos, por Fadrique Alemán, en el año del nacimiento de Nuestro Salvador Ihesu Christo de mill y CCCC y noventa e un años, a XXV días de nobiembre[165].

---

[165] En B, el colofón dice: «Aquí se acaba el libro de Arnalte y Lucenda, el cual fizo Diego de Sant Pedro, criado del conde de Ur[u]eña. Enderecóle a las damas de la Reina doña Isabel, de gloriosa memoria. Fue agora postreramente impreso en la muy noble y más leal ciudad de Burgos por Alonso de Melgar».

238

Sermón

SERMÓN[1] ORDENADO POR DIEGO DE SANT PEDRO
PORQUE DIXERON UNAS SEÑORAS
QUE LE DESSEAVAN OÍR PREDICAR

Para que toda materia sea bien entendida y notada, conviene que el razonamiento sea conforme a la condición del que lo oye[2]; de cuya verdad nos queda que si hoviéramos de hablar al cavallero, sea en los actos de la cavallería; e si al devoto, en los méritos de la Pasión; e si al letrado, en la dulçura de la sciencia; e assí, por el consiguiente, en todos los otros estados. Pues siguiendo esta ordenança, para conformar mis palabras con vuestros pensamientos, por que sea mejor escuchado, parésceme que devo tratar de las enamoradas passiones; pero porque sin gracia ninguna obra se puede començar, ni mediar, ni acabar, roguemos al Amor, en cuya obediencia bivimos, que ponga en mi lengua mi dolor, por que manifieste en el sentir lo que fallesciere en el

---

[1] K. Whinnom comenta esta obra brevemente en el vol. I de las *Obras completas*, Madrid, Castalia, 1973, págs. 64-69. Se queja de que «la crítica ha tratado mal al *Sermón*», y ejemplifica su queja con los pareceres de Gallardo y de Menéndez y Pelayo. Define el *Sermón* como una «breve *ars amatoria*», «sermón festivo» y que plantea un problema: «determinar cuánto va en serio». Estudia la obra Whinnom en relación con la tradición del sermón medieval y sus partes, y concluye del modo que sigue: «El *Sermón* representa como un término medio entre *Arnalte* y la *Cárcel*: adolece todavía de algunos de los defectos de *Arnalte*, sobre todo de la comicidad voluntaria e involuntaria, y hasta llegar a la *Cárcel de Amor* no veremos la depuración completa del código amoroso».

[2] En el «Prólogo» al *Desprecio de la Fortuna* dirá lo mismo: «conviene que el razonamiento del que dize sea conforme a la condición del que oye», en K. Whinnom y D. S. Severin, ed. cit. pág. 273.

razonar. E porque esta gracia nos sea otorgada, pongamos por medianera entre Amor y nosotros la Fe que tenemos en los coraçones; e para más la obligar, offrecerle hemos sendos sospiros por que nos alcance gracia, a mí para decir, y a vosotras, señoras, para escuchar, y a todos finalmente para bien amar.

Dize el thema: *In patien[t]ia vestra sustinete dolores vestros³*.

Lastimados señores y desagradecidas señoras: las palabras que tomé por fundamento de mi intención son escriptas en el Libro de la Muerte, a los siete capítulos de Mi Deseo. Da testimonio dellas el Evangelista Afición. E traídas del latín a nuestra lengua, quieren dezir: «En vuestra paciencia sostened vuestros dolores» E para conclusión del tema, será el sermón partido en tres partes: la primera será una ordenança para mostrar cómo las amigas se deven seguir; la segunda será un consuelo en que se esfuercen los coraçones tristes; la tercera, un consejo para que las señoras que son servidas remedien a los que las sirven⁴.

[1]

E para declaración⁵ de la primera parte digo que todo edificio, para que dure, conviene ser fundado sobre cimiento firme, si quiere el edificador tener su obra segura. Pues luego conviene que lo que edificare el desseo en el coraçón cativo sea sobre cimiento secreto, si quisiese su labor sostener y acabar sin peligro de vergüença. Donde por esta comparación paresce que todo amador deve antes perder la vida que escurecer la fama de la que sirviere, haviendo por mejor recebir la muerte, callando su pena, que merescerla trayendo su cuidado a publicación. Pues para remedio des-

---

³ Lo corrijo. Se lee «paciencia». Whinnom, ed. cit., pág. 66, n. 120, remite a *Luc.*, 21-19; *Petr.*, 2-19; *Mac.*, 6-30 y *Baruc.*, 4-25.

⁴ Que corresponden, según Whinnom, ed. cit., pág. 66, con: «*thema*, *prothema*, invocación, cuerpo del sermón (subdividido, generalmente en tres partes) y *peroratio o clausio*, que incluía una oración final».

⁵ En Gili Gaya, ed. cit. pág. 100: «aclaración».

te peligro, en que los amadores tantas vezes tropieçan, deve traer en las palabras mesura y en el meneo[6] honestidad, y en los actos cordura, y en los desseos templança, y en las pláticas dissimulación, y en los movimientos mansedumbre. E lo que más deve proveer es que no lieve la persona tras el desseo, por que no yerre con priessa lo que puede acertar con espacio; que le hará passar muchas vezes por donde no cumple, y buscar mensajeros que no le convienen, y embiar cartas que le dañen, y bordar invenciones que lo publiquen[7]. E porque competencia suele sacar el seso de sus recogimientos honestos, poniendo en el coraçón sospechas, y en el mal desesperación, y en las consideraciones discordia, y en el sentimiento ravia, deve el que ama templarse y suffrirse, porque en tales casos quien buscare su remedio, hallará su perdición. E cuando al que compete le paresciere que su competidor llevó más favor de su amiga que no él, entonces deve más recogerse. E aquel mudar de la color, y aquel encarniçar de los ojos, y aquel temblar de la boz, y aquel atenazar de los dientes, y aquella sequedad de la boca, que traen los disfavores, dévelo cerrar en el juicio, cerrando la puerta con el aldaba del suffrimiento, hasta que gaste la razón los accidentes de la ira; que las armas con que se podría vengar cortarían la fama de la amiga, cosa que más que la muerte se deve temer.

Bien sé, señoras, que lo que trato en mi sermón con palabras, havéis sentido vosotras con obras; de manera que son mis razones molde de vuestro sentimiento[8]. Empero porque muchas vezes la passión ciega los ojos del entendimiento, es bien recordaros la haz y el envés destas ocasiones. Sean los passos del que ama espaciosos, y las passadas por do está su amiga, tardías; y tenga en público la tristeza

---

[6] *meneo:* «Trato y comercio» *(Auts.).*

[7] Éste es uno de los asuntos de la preceptiva amorosa cortesana que desarrolla, extensamente, en *Cárcel de Amor.*

[8] Al comienzo había dicho: «conformar mis palabras con vuestros pensamientos». Y en *Cárcel de Amor* Laureola dirá que «Las palabras sean imagen del coraçón». *Vid.* nota núm. 44 a *Cárcel de Amor.*

templada, porque ésta es un rastro por donde van las sospechas a dar en la celada de los pensamientos, cosa de que todo enamorado se deve apercebir, porque diversas vezes las apariencias del rostro son testigos de los secretos del coraçón; y no dudo que no penéis mucho en fazer esto, porque más atormentan los plazeres forçosos que las tristezas voluntariosas[9], mas de todo se deve suffrir en amor y reverencia de la fama de la amiga; y guardaos, señores, de una errónea que en la ley enamorada tienen los galanes, començando en la primera letra de los nombres de la que sirven sus invenciones o cimeras o bordaduras, porque semejante gentileza es un pregón con que se haze justicia de las infamias dellas. Ved qué cosa tan errada es manifestar en la bordadura aun lo que en el pensamiento se deve guardar; y no menos, señores, os escusad de vestiros de sus colores, porque aquello no es otra cosa sino un espejo do se muestra que la servís[10]. Y porque los ojos suelen descobrir lo que guarda la voluntad, sea vuestro mirar general, por quitar de tino los sospechosos.

Conviene a todo enamorado ser virtuoso, en tal manera que la bondad rija el esfuerço, y el esfuerço acompañe la franqueza, y la franqueza adorne la templança, y la templança afeite la conversación, y la conversación ate la buena criança, por vía que las unas virtudes de las otras se alumbren, que de semejantes passos suele hazer la[11] escalera por do suben los tristes a aquella bienaventurada esperança que todos desseamos.

Nunca vuestro juicio responda a las bozes de la pena; y cuando ella se aquexa con dolor, rija el seso la templança, atando el cuerpo con consejo, porque no se vaya tras el pensamiento faziendo assomadas y meneos, no según la ley del secreto[12] lo establece, mas según la priessa de la pena lo pide. E porque suelen recrescerse a los penados acaescimientos de tanta angustia que dessean hablarla, por-

9 Gili Gaya y Whinnom editan «voluntarias».
10 Cosas que hace, por ejemplo, Arnalte en el torneo.
11 Lo corrijo. En el texto: «el».
12 Gili Gaya y Whinnom editan «discreto».

que quien a otro su secreto descubre, fázele señor de sí[13]. Pero por que no rebiente el que se viere en tal estrechura, apártese a lugar solo[14], y sentado en medio de sus pensamientos, trate y participe con ellos sus males, porque aquéllos solos son compañía fiel. E si un pensamiento le traxere desesperaciones, otro le traerá esperança; e si uno hallare torpe, otro hallará tan agudo que le procure su remedio. E si uno le dixere que desespere según su desdicha, otro le dirá que espere según su fe. E si uno le aconsejare que acorte con la muerte la vida y los males, otro le dirá que no lo haga, porque con largo bivir todo se alcança; otro le dirá que tiene su amiga grande condición como desamorada, otro le dirá que tiene piedad natural según muger, otro le consejará que calle, que muera y suffra, y otro que sirva y hable y siga; de manera que él de sí mismo se podrá consolar y desconsolar.

Diréis vosotros, señores, que todavía querríades consolación y consejo de amigo, porque los hombres ocupados de codicia o amor o desseo no pueden determinar bien en sus cosas propias, lo cual yo no repruevo. Pero assí como en los otros casos lo conozco, assí para esto lo niego; porque en las otras negociaciones se turba la razón, y en los dolores deste mal se aguza el seso. E si sobre todo esto la ventura vos fuere[15] contraria, en vuestra paciencia sostened vuestros dolores.

---

[13] Es el caso, por ejemplo, de lo que ocurre entre Arnalte y Elierso. El tema está ya en Ovidio y en toda la tradición ovidiana. Según Francisco Rico, en «Sobre el origen de la autobiografía del *Libro de Buen Amor*», *Anuario de Estudios Medievales*, IV (1967), págs. 301-325: «La interpretación biográfica de los «erotica» ovidianos culminó en la forja de varios relatos de aventuras amorosas, en primera persona, atribuidas al mismo Ovidio. Es el caso del poema narrativo, con largos paréntesis más o menos dialogados, que los manuscritos llaman *Ovidius puellarum* y los incunables *De nunci sagaci*. El tema es simple: el mensajero suplanta a Ovidio ante la dama. En cuanto a Juan Ruiz, le da quintaesenciada malicia en el episodio de Ferrand García.» En *La Celestina*, auto II, Pármeno dirá: «a quien dices el secreto, das tu libertad».

[14] La Morada, al final del *Tractado*; la cárcel alegórica, al comienzo de *Cárcel de Amor*.

[15] Gili Gaya edita «fuese».

La segunda parte

La segunda parte de mi sermón dixe que sería un consuelo de los coraçones tristes. Para fundamento de lo cual conviene notar que todos los que cativaren sus libertades, deven primero mirar el merescer de la que causare la captividad, porque el afición justa alivia la pena. De donde se aprende: el mal que se suffre con razón se sana con ella misma; de cuya causa las passiones se consuelan y suffren. E aunque lágrimas vos cerquen, y angustias vos congoxen, y sospechas vos lastimen, nunca, señores, vos apartéis de seguir y servir y querer, que no hay compañía más amigable que el mal que vos viene de quien tanto queréis, pues ella lo quiere. E si no hallardes piedad en quien la buscáis, ni esperança de quien la queréis, esperad en vuestra fe y confiad en vuestra firmeza, que muchas vezes la piedad responde cuando firmeza llama a sus puertas. E pues sois obedientes a vuestros desseos, soffrid el mal de la pena por el bien de la causa[16].

¡O[17] señores, si bien lo miramos, cuántos bienes recebimos de quien siempre nos quexamos! La soledad causa desesperación algunas vezes, donde nuestras amigas siempre nos socorren, dándonos quien nos acompañe y ayude en nuestra tribulación; embíannos a la memoria el desseo que su hermosura nos causa, y la passión que su gracia nos pone, y el tormento que su discreción nos procura, y el trabajo que su desamor nos da[18]. E por que estas cosas mejor compañía nos fagan, cercan nuestros coraçones con ellas; en manera que, por venir de do vienen, aunque el pensamiento se adolesce[19], la voluntad se satisfaze, porque no

---

[16] En *Cárcel*, pág. 72: «Yo consiento el mal de la pena por el bien de la causa.»

[17] Gili Gaya edita: «Que».

[18] Memoria, Deseo, Pasión, Trabajo y Desamor están representados en la cárcel alegórica de Leriano.

[19] Gili Gaya y Whinnom: «adolezca».

nos dex[a]n[20] desesperar[21]; y es esto como las feridas que los cavalleros reciben con honra: aunque las sienten en las personas con dolor, las tienen en la fama por gloria.

¡O amador! si tu amiga quisiere que penes, pena; e si quisiere que mueras, muere; e si quisiere condenarte, vete al infierno en cuerpo y en ánima. ¿Qué más beneficio quieres que querer lo que ella quiere? Haz igual el coraçón a todo lo que te pueda venir; e si fuere bien, ámalo; e si fuere mal, súffrelo; que todo lo que de su parte te viniere es galardón para ti.

Diréis a esto que vos dé fuerça para suffrir, y que vosotros me daréis voluntad para penar. Mirad bien, señores, cuán engañados en esto bivís; que si podéis sostener tan grave pena, cobraréis estimación. E si el suffrimiento cansare y os traxere a estado de muerte, no puede veniros cosa más bienaventurada, que quien bien muere, nunca muere; pues ¿qué fin más honrado espera ninguno que acabar debaxo de la seña de su señor por fe y firmeza y lealtad y razón? Por donde estava bien un mote mío que dezía «En la muerte está la vida»[22]. Dize un varón sabio[23] que no vido hombre tan desventurado como aquél que nunca le vino desventura, porque éste ni sabe de sí para cuanto es, ni los otros conoscen lo que podría si de fortuna fuesse provado. Pues ¿qué más queréis de vuestras amigas sino que con sus penas experimentéis vuestra fortaleza? Que no hallo yo por menos coraçón recebir la muerte con voluntad que sostener la vida con tormento; porque en lo uno se muestra resistencia fuerte, y en lo otro obediencia justa; de forma que con el mal que amor os ordena, os procura alabança. Esforçadvos en la vida, y sed obedientes en la muerte. Pues luego bien dice el thema: que sostengáis en vuestra paciencia vuestro dolores.

---

[20] Lo corrijo. En el original: «dexen».
[21] También el Pensamiento y el Desesperar forman parte de la «cárcel de amor».
[22] En la «Canción de Arnalte», en pág. 175.
[23] Tanto Gili Gaya como Whinnom anotan la fuente: una cita de Demetrio incluida por Séneca en su *De providentia*, libro III.

La tercera parte

Dixe que la tercera parte de mi sermón sería un consejo para que las señoras que son servidas remedien a quien las sirve. Pero primero que venga a las razones desto, digo que quisiera, señoras, conosceros con servicio antes que ayudaros con consejo; porque lo uno hiziera con sobra de voluntad, y haré lo otro con mengua de discreción. Mas como desseo librar vuestras obras de culpa y vuestras almas de pena, dezirvos he mi parescer lo menos mal que pudiere.

Pues para començar el propósito, sólo por salud de vuestras ánimas devríades[24] remediar los que penáis, que incurrís por el tormento que les dais en cuatro pecados mortales. En el de la sobervia, que es el primero, pecáis por esta razón: cuando veis que vuestra hermosura y valer puede guarescer los muertos y matar los bivos, y adolescer los sanos, y sanar los dolientes, creéis que podéis fazer lo mismo que Dios[25], al cual por esta manera offendéis por este pecado. Y no menos en el de la avaricia, que como recogéis la libertad y la voluntad y la memoria y el coraçón de quien os dessea, guardáis todo esto con tanto recaudo en vuestro desconoscimiento que no le bolveréis una sola cosa destas fasta que muera, por llevarle la vida con ellas. Pecáis assí mesmo en el pecado de la ira, que como los que aman siempre siguen, es forçado que alguna vez enojen, e importunadas de sus palabras y porfías tomáis ira con desseo de vengança. En el pecado de la pereza no podéis negar que también no caéis, que los cativos del afición, aunque más os escrivan y os hablen y os embíen a dezir, tenéis tan perezosa la lengua, que por cosa del mundo no abrís la boca para dar una buena respuesta.

Y si esta razón no bastare para la redempción de los cativos, sea por no cobrar mala estimación. ¿Qué os parece que

---

[24] Gili Gaya: «deveríades».
[25] En *Cárcel*, pág. 77: «puedas hazer lo mismo que Dios».

dirá quien supiere que quitando las vidas galardonáis los servicios? Para el león y la sierpe es bueno el matar. Pues dexad, señoras, por Dios, usar a cada uno su officio, que para vosotras es el amor y la buena condición y el redemir y el consolar. E si por aquí no apruevo bien el consejo que os do, sea por no ser desconoscidas, culpa de tan gran gravedad. ¿Cómo, señoras, no es bien que conoscáis la obediente voluntad con que vuestros siervos no quieren ser nada suyos por serlo del todo vuestros?; que transportados[26] en vuestro merescimiento, ni tienen seso para fablar, ni razón para responder, ni sienten dónde[27] van, ni saben por dó vienen, ni fablan a propósito, ni se mudan con concierto; estando en la iglesia, y al cabo el altar, preguntan si hay missa; después que han alçado, cuando han comido, preguntan si es hora de comer. ¡O cuántas vezes les acaesce tener el manjar en la mano, entre la boca y el plato, por gran espacio, no sabiendo de desacordados quién lo ha de comer, ellos o el platel![28]. Cuando se van [a] acostar, preguntan si amanesce, y cuando se levantan preguntan si es ya de noche. Pues si tales cosas desconocéis, a la mi fe, señoras, ni podéis quitar las condiciones de culpa, ni las ánimas de pena, cuando por precio de sus vidas no queréis dar vuestras esperanças. E como vean los que os sirven su poco remedio, traen los ojos llorosos, las colores amarillas, sus bocas secas, las lenguas enmudescidas, que aunque no con ál sino con sus lágrimas, devrían reverdescer vuestras sequedades. Pues ¿por qué, en hora mala para mí, podéis negar galardón tan desseado y por tantas maneras merescido? Diréis vosotras, señoras: «¿No veis, pecador simple, que no se pueden remediar sus penas sin nuestras culpas?» A lo cual yo

---

[26] En *La Celestina*, auto IX: «Yo juzgo por otros que he conocido, menos apasionados y metidos en este fuego de amor, que a Calisto veo. Que ni comen ni beben, ni ríen ni lloran, ni duermen ni velan, ni hablan ni callan, ni penan ni descansan, ni están contentos ni se quejan, según la perplejidad de aquella dulce y fiera llaga de sus corazones. Y si alguna cosa de éstas la natural necesidad les fuerza a hacer, están en el acto tan olvidados, que comiendo se olvida la mano llevar la vianda a la boca.»

[27] Gili Gaya: «por do».

[28] *platel:* «El plato pequeño» *(Auts.).*

respondo que no me satisfaze vuestro descargo, porque el que es affinado amador no quiere de su amiga otro bien sino que le pese de su mal, y que tractándolo sin aspereza le muestre buen rostro, que otras mercedes no se pueden pedir. Assí que, remediando su mal, antes seréis alabadas por piadosas que retraídas por culpadas[29].

Pues si de piedad y amor queréis, señoras, enxemplo, fallaréis que en Babilonia bivían dos cavalleros, y el uno dellos tenía un fijo llamado Píramo[30], y el otro una fija que llamaban Tisbe; y como se viessen muchas vezes, encendió la conversación sus desseos; y, conformes en una voluntad, acordaron de salirse una noche por que tuviessen compañía sus personas assí como sus coraçones; y tomando este acuerdo, concertaron el que primero saliesse esperasse al otro en una fuente que estava fuera de la ciudad junto al enterramiento del rey Nino. Pues como Tisbe fuesse más acuciosa en el andar y en el amor, llegó antes que Píramo a la fuente; y estando acompañada de sola esperança dél, salió de una selva que allí se hazía una leona toda sangrienta y sañuda, de miedo de la cual Tisbe se fue a meter en el enterramiento dicho; e como fuesse desatinada, cayósele el manto que [la] cobría. Llegada la leona a aquel lugar, después que hovo bevido en la fuente, despedaçó el manto y cubriólo todo de la sangre que traía, y bolvióse luego a la montaña. Pues como ya el desdichado Píramo a la fuente llegasse, vistas las señales del manto, sospechó que su amada Tisbe fuesse de alguna bestia fiera comida, y dando crédito a su sospecha, después que con palabras lastimeras lloró su mala ventura, púsose un cuchillo por los pechos. La sola y desdichada Tisbe, cuando ya el roído[31] de la leona cessó, salió de donde estava por saber si era llegado su Píramo; y como llegase debaxo de un moral do cayó con la ferida, fallóle que ya quería dar el ánima, y cayendo en la razón que pudo causar su muerte, llegó a él bolviéndole el rostro arri-

---

[29] En *Cárcel*, pág. 140: «devrían ser las que no pueden defenderse alabadas por piadosas que retraídas por culpadas».

[30] Ovidio, *Metamorfosis*, lib. IV.

[31] Por «rugido».

ba, que lo tenía en la tierra, y besándole diversas vezes su fría boca, mesclando sus lágrimas y su sangre, començó a dezir: «Buelve el rostro, señor mío, a tu desamparada Tisbe. No tengas más amor con la tierra que comigo. Por cierto también terné fuerça para acompañarte en la muerte como para amarte en la vida; assí seguiré yo muerta a ti muerto». E dichas estas palabras, sacóle el cuchillo de los pechos y, puesto en los suyos, abraçóse con su amado y assí acabaron entrambos.

Muchas razones y enxemplos y autoridades podría traer para henchir de verdad mi intención; y no las digo por esquivar prolixidad. Solamente, señoras, os suplico que parescáis a la leal Tisbe, no en el morir, mas en la piedad, que por cierto más grave que la de Píramo es la muerte del desseo; porque la una acaba y la otra dura. E dovos seguridad que no os arrepintáis de mi consejo. Catad que este amor que negáis suele emendarse con pena de quien lo trata con desprecio. E si todavía quisierdes seguir vuestra condición, sostengan los que aman en su paciencia sus[32] dolores. E porque da ya las doze, y cada uno ha más gana de comer que de escuchar:

Ad quam gloriam nos. Amén

Acábase el Sermón de Diego de Sant Pedro.

---

[32] Gili Gaya: «los».

Colección Letras Hispánicas